DIETER BÜHRIG

Mauerriss

DIE VERPASSTE CHANCE DDR 1989: Die schlechte Versorgungslage, die Ausplünderung des Staates seitens der Parteibürokratie, die brutale Unterdrückung der freien Meinungsäußerung und die Einschränkung der Reisefreiheit in den Westen lösen in weiten Teilen der Bevölkerung großen Unmut aus. Als die Kommunalwahlen zu massiven Wahlfälschungen führen, eskaliert die Situation. Noch geht es um den Traum, den sozialistischen Staat grundlegend reformieren zu können. Nur wenige ahnen, dass dieser Traum platzen und die DDR schlichtweg der BRD einverleibt werden würde. Die Hoffnung Utopie, als die Parole »Wir sind das Volk« umschlägt in das Motto »Wir sind ein Volk«. In Wismar und auf der Insel Poel treten der junge Schriftsteller Christian und seine Freunde für diesen dritten Weg ein. Aber Christian hat auch im privaten Bereich zu kämpfen. Soll er der erfolgreichen Malerin Beata folgen und mit ihr den staatlichen Kunstraub aufklären, oder Dorisa, dem scheuen Findelkind mit der schönen Gesangsstimme?

Abitur in Hannover. Studium an der TU Berlin / Elektrotechnik und an der Hochschule für Musik Berlin / Diplom-Tonmeister. Mehrere Jahre als Tonmeister in Musikstudios und als Musikproduzent tätig. Dann Aufbaustudium an der Musikhochschule Lübeck / Musik für das Lehramt an Gymnasien. Unterricht in Musik und Physik. Als Leiter der Schulchöre verantwortlich für eine überregional beachtete Chorarbeit. Zeitweise bildete er als Studienleiter Musikreferendare aus. In Büchern und Fachzeitschriften Publikationen zur Musikpädagogik sowie Chorarrangements. Promotion an der Hochschule für Musik und Theater Hamburg.

Seit 2010 Autor von Kriminal- und anderen Romanen. Mitglied im Verband Schriftsteller in SH, im Lübecker Autorenkreis und im Syndikat.

Bisherige Veröffentlichungen im Gmeiner-Verlag:
Fluchtvögel (2014)
Brüllbeton (2013)
Die verschollene Jungfrau (2012)
Schattenmenagerie (2012)
Der Klang der Erde (2011)
Schattengold (2010)

DIETER BÜHRIG

Mauerriss

Kriminalroman

Original

GMEINER

Besuchen Sie uns im Internet:
www.gmeiner-verlag.de

Im Ehnried 5, 88605 Meßkirch
Telefon 07575/2095-0
info@gmeiner-verlag.de

1. Auflage 2014

Lektorat: Claudia Senghaas, Kirchardt
Herstellung: Mirjam Hecht
Umschlaggestaltung: U.O.R.G. Lutz Eberle, Stuttgart
unter Verwendung eines Fotos von: © World travel images – Fotolia.com
Druck: GGP Media GmbH, Pößneck
Printed in Germany
ISBN 978-3-8392-1621-7

Dies ist kein Tatsachenbericht, sondern ein Tatsachenroman und erhebt nicht den Anspruch einer wissenschaftlichen Analyse der Zeit vor der Wende. Die Personen sowie die Handlung des Romans sind frei erfunden. Jede Ähnlichkeit mit lebenden oder verstorbenen Personen wäre rein zufällig. Gleichwohl basiert vieles auf Tatsachen und enthält mannigfaltige Details aus der Realität. In den Anmerkungen am Schluss des Buches werden einige dieser Dinge kurz erläutert.

VORSPIEL

(In der Nacht zum 14. Dezember 1979, Westflügel des Gothaer Museums Schloss Friedenstein, DDR)

»In Deckung!«, rief der längste von den Dreien und nahm Reißaus. Den anderen beiden war dieser Befehl so vertraut, dass sie, ohne eine Sekunde zu zögern, zur Seite sprangen. Krachend fiel der Wurfanker auf den Rasen und hinterließ eine hässliche Narbe. Die Zinke hatte keinen Halt finden können und war an der regennassen Dachrinne abgeglitten.

»Idiot!«, schnauzte der Lange den Kleinen an. »So wird das nie was mit dir.«

Und der Dicke konnte es sich nicht verkneifen, hinzuzufügen: »Damit kannst du im Staatszirkus keine Karriere machen.«

»Schnauze!«, kommandierte der Lange. »Jetzt keine politischen Anspielungen!« Er buddelte den Wurfanker wieder frei, rollte das Kletterseil sorgfältig in großen Schleifen auf, sodass es sich nicht verheddern konnte, und trat ein paar Schritte zurück. »Ich werd' das mal machen. Passt auf und haltet die Steigeisen bereit!« Er musterte den Dachvorsprung. »Da oben links, wo der Blitzableiter sich abzweigt, da wird es gehen. Außerdem sind wir da ganz dicht am Oberlicht dran.«

Wie ein geübter Diskuswerfer schwang er Anker samt Seilschlingen ein paar Mal hin und her, bis er das Bündel mit einem entschiedenen Ruck nach oben warf. Der Wurfanker verfing sich sofort an der Schelle des Blitzableiters.

»Na also, geht doch!«, prahlte der Lange. »Hat die Pionierausbildung mal zu was Gutem genutzt.« Dann prüfte er mit einem kurzen Ruck, ob das Kletterseil die Belastung aushielt.

»Alles OK!« Dem Dicken befahl er, das Sicherungsseil zu nehmen. Die beiden anderen schnallten sich Steigeisen unter die Stiefel. Der Kleine musste als Erster rauf, weil er angeblich das geringere Gewicht hatte. In Wahrheit wollte der Lange die eigene Haut retten und schickte den Kameraden vor, um zu sehen, ob das Seil wirklich halten würde. Wenn nicht, hätte der Kampf um das sozialistische Vaterland wieder einmal ein Opfer mehr gekostet. Hauptsache, er war es nicht.

Der Kleine streifte sich seine Arbeitshandschuhe über, klinkte sich den Karabinerhaken des Sicherungsseils an die Gürtelschnalle, befestigte eine zweite Kralle am Hosenbund und kletterte geschickt die Regenrinne hoch. Der Dicke führte es von unten nach. Oben angelangt, klammerte sich der Kleine an der Regenrinne fest und hangelte sich am Blitzableiter hoch, der von dort schräg bis zur Dachspitze führte. Alles hielt. Gute deutsche Wertarbeit, Genosse Dachdecker, ging es dem Kletterkünstler durch den Kopf.

Schnell erreichte er das Oberlicht. Mit einem kräftigen Tritt zerbrach er die Fensterscheibe. Der Klimaschreiber registrierte sofort einen Temperaturabfall. Um zwei Uhr nachts. Die restlichen Splitter entfernte der Mann mit seinen durch die Handschuhe geschützten Fingern. Dann hakte er die Reservekralle in den Fensterrahmen und führte das Sicherungsseil durch eine Öse. Das alles war für ihn Routine, das war Bestandteil der

Pionierausbildung, um in ein feindliches Haus einzudringen.

Doch dieses Mal war es kein feindliches Haus, sondern im Gegenteil ein Kulturerbe des Arbeiter- und Bauernstaates. Aber darüber machte sich der Kleine keine Gedanken. Schließlich hatte er seine Befehle. Und die kamen von allerhöchster Stelle. Geheime Kommandosache. Zum Wohle der Werktätigen, wie man ihm mit geheimnisvoll bedeutsamer Miene erklärte.

Ohne Skrupel schwang er sich in den Raum hinein, schraubte seinen Karabinerhaken los und ließ ihn samt Leine nach unten gleiten: »Der Nächste bitte!«

Für den Langen war es nun ein leichtes, seinem Kumpan zu folgen, nachdem er den Rucksack mit den notwendigen Werkzeugen, Materialien und zusammengewickelten Transporttaschen über die Schulter geworfen hatte. Oben angekommen, faltete der Gruppenführer einen Lageplan auf. »Also. Wir gehen jetzt hier über die Dachkammern zum Wartungsraum. Von dort haben wir direkten Zugang zum Ausstellungssaal.«

»Und die Alarmanlage?«, fragte der Dicke besorgt.

»Dummkopf!«, schnauzte der andere ihn an. »Wenn ich was plane, dann achte ich auf jedes Detail. Ich weiß, dass die neue Alarmanlage erst in drei Tagen aktiviert werden soll.« Er lächelte vor sich hin. »Ich habe mir Rückendeckung von ganz oben verschafft.«

Das Notlicht leuchtete den Museumssaal nur spärlich aus, aber es reichte den beiden, um sich zurechtzufinden. Der Lange packte seinen Rucksack aus und entfaltete die Transportsäcke. Mit Kennerblick zeigte er auf einige Gemälde und kommandierte: »Also nur den da, die beiden dort drüben, den neben der Tür und den da hinten. Auf keinen Fall rührst du ein anderes Bild an, verstanden? Wir wollen die Kuh ja nur melken, nicht schlachten.«

Der Dicke verstand das zwar nicht, aber es war ihm egal. Befehl ist eben Befehl. Wird schon seine Richtigkeit haben. Immerhin war die Aktion Teil des Klassenkampfes, hatte man ihm versichert, da musste man nicht seinen eigenen Kopf bemühen. Er zog ein Teppichmesser aus der Hosentasche und wollte sich zuerst an das ›Selbstbildnis mit Sonnenblume‹ von Anthonis van Dyck heranmachen. Doch die Figur auf dem Gemälde lächelte ihn über die Schulter von der Seite her so entwaffnend an, dass er zögerte, das Messer anzusetzen. Eigentlich nicht übel, das Bild, überlegte der Kleine. Viel zu schade für den Kapitalismus. Könnte auch gut in meinem Schlafzimmer hängen. Susanne würde sich bestimmt freuen. Doch er wurde brutal aus seinen Träumen gerissen.

»Schwachkopf! Weg mit dem Messer! Wir schneiden die Bilder nicht aus, wir nehmen sie samt Rahmen mit.«

»Aber …«

»Schnauze. Ist Befehl. Wir hüllen sie jeweils in einen der Säcke und lassen sie nacheinander nach unten gleiten. Der weitere Abtransport ist schon organisiert.«

Die Aktion dauerte nicht länger als eine halbe Stunde. Nachdem die fünf Gemälde verschwunden waren, warf der Lange eine Rolle Tesafilm und einen Schraubenzieher aus Titan, so wie man ihn nur in der BRD herstellte, auf den Boden. Dann befahl er, auch ein Steigeisen liegenzulassen. ›Made in Solingen‹ stand darauf.

»Damit die Staatssicherheit morgen früh auf die richtige Fährte zum Klassenfeind geführt wird«, erklärte er dem verdutzten Kollegen. »Die sind doch so bescheuert, dass sie alles fressen, was man ihnen vor die Schnauze wirft.«

Der Kleine schwieg. Einen derart lockeren Umgang mit der Stasi war er nicht gewohnt. Besser die Klappe halten, als sich an der höheren Politik die Finger verbrennen, war seine Devise.

Dann begannen sie den Rückzug. Als sie durch den Wartungsraum kamen, bemerkte der Kleine einen Abreißkalender an der Wand. Er zeigte den 13. Dezember an. Als ordnungsliebender Bürger riss er das Blatt ab, denn Mitternacht war längst verstrichen. Das Zitat auf der Rückseite las er mit lauter Stimme vor:

Der Marxismus hat seine weltgeschichtliche Bedeutung als Ideologie des revolutionären Proletariats dadurch erlangt, dass er die wertvollsten Errungenschaften des bürgerlichen Zeitalters keineswegs ablehnte, sondern sich umgekehrt alles, was in der mehr als zweitausendjährigen Entwicklung des menschlichen Denkens und der menschlichen Kultur wertvoll war, aneignete und es verarbeitete.

W. I. Lenin: Über proletarische Kultur. Geschrieben 1920

»Was ich sage«, erwiderte der Lange mit einem sarkastischen Lächeln. »Wir eignen uns die bourgeoise Kunst an, um sie weiterzuverarbeiten. Devisenbeschaffung nennen die da oben so was. – Siehste, Kleiner, selbst bei einem Bruch kannste in der DDR noch was lernen!«

Der Kleine steckte sich das Kalenderblatt in die Brusttasche. Als Souvenir an seine geheime Mission zum Wohle des Arbeiter- und Bauernstaats. Susanne wird stolz auf ihn sein.

Die beiden bedienten sich des Seils, um wieder hinunterzuklettern. Eigentlich hätten sie einfacher die Treppen und die Türen benutzen können, denn es war klar, dass es weder Nachtwächter noch eine funktionierende Alarmanlage gab. Der Gruppenführer fand es jedoch sportlicher, auf gleichem Wege wieder umzukehren.

Die Leine ließen sie einfach hängen. Der Dicke und der Kleine schulterten jeweils zwei der in den Schutzhüllen gegen den Regen gesicherten Kunstwerke. Der Lange schnappte sich das fünfte Bild und die restlichen Utensilien. Sie durchschritten in südlicher Richtung den Rosengarten. Auf der Parkstraße, die den Schlossgarten von den Gleisanlagen beim Schlachthof trennte, war um diese Uhrzeit, zumal bei dem miesen Regenwetter, nichts los. Keine Menschenseele, kein Autoverkehr weit und breit. Vor dem Schlachthof stand ein Planwagen der Volksarmee. Der Lange befahl den beiden anderen, die Transporttaschen mit den Gemälden auf die Pritsche zu legen. Dann nahm er eine vorbereitete Plane und deckte sie über die kostbare Ladung. Zum Schluss legten sich die drei Einbrecher hochrangige Uniformen an, die hinter dem Rücksitz auf sie warteten. Der Lange setzte sich hinters Lenkrad und steuerte den Wagen in Richtung Norden.

Es wurde eine lange Fahrt, quer durch die Republik, bis hoch an die Ostseeküste.

Dort erwartete man sie bereits. Der Lange erkannte seinen Kontaktmann, einen örtlichen Parteifunktionär, sofort wieder, obwohl der sich heute als Fischer getarnt hatte. Gut, dass so spät am Abend kein wirklicher Fischer am Hafen war. Der hätte die Verkleidung sofort durchschaut. Der Mann roch weder nach Fischfang, noch zeichnete er sich durch den typisch wiegenden Gang aus, an dem man einen Hochseefischer schon von Weitem erkannte. Seine Kleidung war eine Spur zu sauber, das Hemd gebügelt, die Hände zu glatt und makellos, weil sie niemals mit schwerer Arbeit in Berührung kamen. Außerdem passte seine Thälmannmütze nicht unbedingt zur Kluft eines Fischers.

Der Mann öffnete eine Schuppentür und befahl: »Rasch, hier herein! Beeilt euch, wir haben nur zehn Minuten Zeit, bis die nächste Kontrolle kommt.«

»Das war aber anders abgesprochen«, erregte sich der Lange.

»Ja, das weiß ich auch«, entgegnete ihm der unechte Fischer. »Aber mit der heutigen Grenzbefreiung ist was schiefgelaufen. Ich kann dir das jetzt nicht lang und breit erklären.«

»Sollen wir die Ware dann nicht besser in der Mühlenbecker Zentrale der Kunst und Antiquitäten GmbH abliefern?«

»Spinnst du? Die können das doch gar nicht verbuchen.« Der Mann lachte kurz auf. »Da kommt nur das Zeug aus dem ›offiziellen‹ Kunstraub hin, nicht das aus einem geheimen Bruch. Dafür gibt es eine Sonderweisung von ganz ganz oben. – Also, nicht lange diskutiert: Schafft das Zeugs nach da hinten in den Schuppen und haut so schnell wie möglich ab! Alles andere kannst du getrost mir überlassen.«

Die Transporttaschen mit den Gemälden verschwanden in einer rückwärtigen Gerätekammer. »Hier, Genosse, quittier mal«, verlangte der Gruppenführer. »Fünf Bilderrahmen unbekannter Herkunft samt Leinwand im Zuge der Aktion Sonnenblume unversehrt übergeben. – Nicht, dass es heißt, wir hätten sie uns unter den Nagel gerissen.«

Eigentlich hatte er jetzt erwartet, sein Gegenüber würde einen mit Geldscheinen prall gefüllten Briefumschlag aus der Jackentasche holen. Stattdessen zückte dieser einen Zehn-Mark-Schein: »Hier, fürs Erste. Wegen eurer Spritkosten. Die Kohle kriegt ihr später, wenn die Operation abgeschlossen ist.«

»Verdammt, was soll das?«, empörte sich der Lange. »Wir halten den Hals hin fürs Vaterland und werden mit Almosen abgespeist?«

Inzwischen hatten auch seine beiden Kumpane mitbekommen, was hier ablief. »Wir haben absolut einwandfrei gearbeitet«, schaltete sich der Kleine ein. »Echte Akrobatik war das, um an das Zeugs heranzukommen!«

»Genau«, ergänzte der Dicke. »Saubere Arbeit. Besser noch, als vor zwei Jahren bei dem Sophienschatz von Dresden! – Damals hat's für jeden von uns zehn Riesen gebracht, und jetzt sollen wir mit leeren Händen zurückkehren?«

»Klappe!«, pfiff ihn der Lange zurück. »Revolutionäre Disziplin! Erstens weißt du, dass es uns der Genosse vom Bereich ›Kommerzielle Koordinierung‹ verboten hat, auch nur ein Wort darüber zu verlieren, und zweitens solltest du begriffen haben, dass man in der Partei weiß, was man macht!«

»Die Partei, die Partei, die hat immer recht …«, begann der Kleine vor sich hin zu singen.

»Schluss jetzt!«, kommandierte der angebliche Fischer. »Wir stehen hier nicht auf der Bühne eines Schmierentheaters! Das ist Klassenkampf, Genossen – und zwar an vorderster Front, wenn ihr versteht, was ich meine. Verschwindet jetzt, wir sprechen uns später!«

»Schon recht«, antwortete der Lange. »Aber auch Klassenkämpfer brauchen ihren Lohn! – Du weißt ja, wo wir zu erreichen sind.«

Er gab den beiden anderen ein Zeichen, woraufhin sich das Trio mit dem Planwagen der Volksarmee wieder absetzte.

Enttäuscht war der Gruppenführer dennoch. Er konnte nicht ahnen, dass die Gemälde für ein Jahrzehnt in einem geheimen Lagerschuppen verschwanden. Der Transfer über das Meer rüber nach Skandinavien musste aus Gründen, die die drei Einbrecher nie erfuhren, bis auf Weiteres verschoben werden.

Ihren Lohn haben sie nie bekommen. – Gefasst und wegen illegalen Kunstdiebstahls zur Rechenschaft gezogen wurden sie allerdings auch nicht.

*

Aber auch die vierköpfige Familie aus Magdeburg, die ihren Weihnachtsurlaub auf der Insel Poel verbrachte, wurde enttäuscht. Es war ein Scheinurlaub. Sie hatte ihre Republikflucht von langer Hand vorbereitet und fast ihr gesamtes Vermögen geopfert. Nun stand sie mit ihrem kleinen Notgepäck auf dem Friedhof, der die Inselkirche umgab. Niemand kam und holte sie ab, obwohl das bis ins kleinste Detail abgesprochen war. Niemand erklärte ihnen, was schiefgelaufen war. Besonders die beiden kleinen Jungen waren sauer. Ihre Eltern hatten ihnen versprochen, sie würden in den Norden der Insel fahren, nach Gollwitz, zu dem alten Seeräuberhafen, der schon dem wilden Störtebeker als Unterschlupf diente.

Verbittert kehrten sie in ihre Pension zurück und verbrachten den Resturlaub wie gebucht. Wer weiß, vielleicht ergab sich ja später eine bessere Gelegenheit.

Die Familie musste ebenfalls ein Jahrzehnt warten. Aber dann lohnte sich eine illegale Flucht nicht mehr, weil sich die Verhältnisse grundlegend geändert hatten.

*

Wenige Tage später trafen sich zwei Männer auf dem gleichen Friedhof. Der eine war hier gewissermaßen zu Hause, der andere tat, als wollte er das Grab seiner Eltern auf Weihnachten vorbereiten. So fiel ihre Zusammenkunft niemandem auf. Die Stützpunkte der Grenzbrigade waren weit weg, und die sogenannten ›Freiwilligen Grenzhelfer‹, die die Aufgabe hatten, auffällige Bewegungen von Personen, Autos oder Booten zu melden, kamen hier sowieso nie vorbei.

Die beiden setzten sich auf eine der wackeligen Bänke an der Südseite der Kirche. Die Wintersonne stand so tief, dass sie Mühe hatte, den Wall, der einst Bestandteil der Festung Poel war, zu überwinden. Dennoch blendete sie die beiden Männer, ohne sie nennenswert zu wärmen.

Der Ältere senkte den Kopf und zeichnete mit der Schuhspitze ein Kreuz in den Sand.

»Warum ist das dieses Mal schiefgelaufen?«, fragte er in einem leisen, aber bestimmten Ton. »Sie wissen, dass mir das Schicksal meiner Schützlinge mindestens genauso viel wert ist wie Ihnen Ihre Antiquitäten.«

Der andere, ein kräftig gebauter Mann, der auf den ersten Blick wie ein Fischer aussah, rückte seine Thälmannmütze zurecht und schaute rüber zum Kirchsee, der schmalen, langen Bucht, die das Inselzentrum mit der Wismarbucht verbindet. »Genosse Pastor, es ist bedauerlich, aber so etwas kommt vor. Selbst im Sozialismus, wo alles nach Plan geht.«

»Ach, hören Sie doch auf!«, unterbrach ihn der Ältere. »Erstens habe ich Ihnen schon tausend Mal gesagt, dass Sie mich nicht mit Genosse anreden sollen. ›Herr Pastor‹ genügt mir. Und zweitens habe ich den Eindruck, dass eure Pläne so verschlungen sind, dass nicht einmal die Spitze weiß, was an der Basis abläuft.«

»Na«, antwortete der Jüngere mit einem zynischen Lächeln, »da haben Sie es ja auch einfacher. Ihr Chef da oben im Himmel sieht angeblich sowieso alles und weiß alles. – Warum hat er Ihnen denn kein Zeichen gegeben, dass es in jener Nacht oben auf dem Gollwitzer Küstenbeobachtungsturm einen unvorhergesehenen Wachwechsel gab und wir den Neuen nicht rechtzeitig in den Sonderbefehl zur Freischaltung der Grenze einweihen konnten? Den alten Klipphafen durften wir aus Sicherheitsgründen nicht benutzen. Schließlich, und das wissen Sie genauso gut wie ich, haben wir es hier mit einer geheimen Kommandosache zu tun.«

»Ja, und diese Geheimniskrämerei ist leider auch das, was uns beide verbindet. Sie sorgen dafür, dass dem Volk der Anblick bourgeoiser Kunstwerke erspart wird, und ich sorge dafür, dass es Ausreisewillige gibt, die eure Ware sicher in den Westen begleiten.« Der Pastor machte eine kleine Pause und lächelte vor sich hin. »So dienen wir beide dem realen Sozialismus. Sie frischen die Devisenkasse auf und ich befreie Sie von den potentiellen Feinden der Republik. – Sie sehen, der Sozialismus braucht uns beide, also erwarte ich, dass es in Zukunft nie wieder zu solch einer Pleite kommt.«

Der Pastor wendete sich mit einem Ruck zu seinem Nachbarn und blickte ihm mit einer Kälte ins Gesicht, die jener dem Gottesdiener nie zugetraut hätte. »Wenn beim nächsten Mal wieder was schiefläuft, lasse ich Sie hochgehen! Mal sehen, was unsere Bürger dann zu Ihrem realen Sozialismus sagen.«

»Nun beruhigen Sie sich! Ich gebe zu, dass Sie uns in der Hand haben, weil Sie zu viele Details über unsere Operationen wissen. Dafür gestatten wir Ihnen ja auch, dass Sie hin und wieder eines Ihrer Schäfchen in den goldenen Westen bringen.«

Er lachte kurz auf. »Sie haben recht. Gewissermaßen als Begleitpersonal für unsere Devisenbringer. Aber, – was verstehen Sie schon vom Sozialismus! Wer wie wir so nahe neben dem Kapitalismus lebt, muss gelegentlich auch zu unkonventionellen Mitteln greifen, um im globalen Klassenkampf zu überleben.«

Der Mann richtete sich auf und begann zu deklamieren, als wäre er auf einer Parteiveranstaltung. »Der Genosse Schalck-Golodkowski hat klar gesagt, dass es die Aufgabe der Partei ist, das entwickelte gesellschaftliche System des Sozialismus umfassend zu gestalten, und dazu gehört es, durch offizielle und nichtoffizielle Maßnahmen – ich wiederhole, er hat das wörtlich so gesagt: ›und nichtoffizielle Maßnahmen‹! – zusätzliche Devisenquellen zu erschließen. Also eben auch durch die Veräußerung von, wie Sie nicht ganz korrekt sagten, bourgeoiser Kunstwerke. Genauer gesagt handelt es sich dabei um Werke der unteren Kategorie II, das sind Objekte minderer nationaler Bedeutung, und um Objekte der Kategorie III, also Werke von nur lokalem Wert. – Ich bin mir allerdings nicht sicher, ob Sie als Fluchthelfer das überhaupt verstehen.«

»Vielleicht verstehe ich vom Sozialismus mehr als Sie. Ich meine einen, der ohne Mauern, ohne Schießbefehl, ohne Bürokratie, Bonzentum und Bespitzelung auskommt. Einen, wo die Menschen freiwillig bleiben. Und zwar gern. Einen, wo der Staat dem Volke dient und nicht umgekehrt. Und einen, in dem man das kulturelle Erbe des Volkes würdigt und nicht verscherbelt.«

Der Mann mit der Thälmannmütze stand auf und stellte sich so hin, dass er dem Pastor die Sonne verstellte. »Ihr Kirchenleute seid schon komische Vögel. Eigentlich müsste ich Sie wegen dieser Bemerkung anzeigen, das wissen Sie. Aber ich bin ja auch nur ein Mensch, und schließlich bindet uns unser stillschweigendes Abkommen, das wichtiger ist als alles Persönliche.«

Er schaute kurz in die Runde, um sicher zu sein, dass niemand sie beobachtete, und fügte mit einem spöttischen Unterton hinzu: »Meine Arbeit ruft. Ich kann es mir nicht leisten, hier so viel Zeit zu verplempern, um über Gott und den Sozialismus zu debattieren. – Wissen Sie was? Bei unserer nächsten Aktion werde ich vorher in Ihre Kirche kommen und Ihren Gott um eine Wahrsagung bitten, ob denn auch alles nach Plan gehen wird. Vielleicht funktioniert Ihr Draht ja besser als meiner zur Parteizentrale nach Berlin.«

KAPITEL 1
DER GAFFELSCHONER

(etwa ein Jahrzehnt später)

Eine starke Windbö zerriss für einen Augenblick den dichten Nebelvorhang und öffnete den Blick in die Weite. War da was oder hatte er sich getäuscht? Dem alten Leuchtturmwärter schien, als glänzte das Segel eines Gaffelschoners am Horizont, dort, jenseits der Nebelfelder, wo die Sonne das noch kalte Wasser des Meeres mühsam zu erwärmen versuchte.

Von hier oben auf dem Leuchtturm hatte er einen guten Überblick. Die ferne Erscheinung wirkte auf ihn fast wie der Vorbote einer neuen Zeit. Irgendetwas lag in der Luft. Nicht nur der Himmel sah nach Veränderung aus. Auch unten bei den Menschen auf der Insel und drüben in der nahen Stadt brodelte es. Im Laufe der Jahre hatte er ein Gefühl dafür bekommen. Die Leute waren unzufrieden. Immer häufiger standen sie in kleinen Gruppen zusammen und diskutierten mit heftigen Gesten. Noch im vergangenen Jahr, wenn sich ein Parteifunktionär näherte – und diese Sorte von Mensch erkannte man schon von Weitem –, lösten sich die Gruppen schnell auf, und man zerstreute sich in alle Himmelsrichtungen. Doch heute war das anders. Auch die Menschen hatten sich verändert. Sie sind mutiger geworden, insbesondere die Inselbewohner, die seit jeher als kantiger, rauer Menschenschlag galten. Heute blieben sie zusammen stehen und zeigten den Bonzen bewusst die kalte Schulter.

Das Land stand am Rand eines gewaltigen Umbruchs, dessen war sich der Leuchtturmwärter sicher. Er beschloss, ein Tagebuch zu führen. Er kramte sich ein altes vergilbtes leeres Schulheft heraus und begann, alles sorgfältig mit seinem Primus Druckkugelschreiber Modell 375 vom VEB Schreibgeräte niederzuschreiben.

Seine Aufzeichnungen begannen mit dem geheimnisvollen Gaffelschoner. Er erinnerte sich. Es war vor etwa 20 Jahren. An jenem Morgen vor dem verheerenden Sturm hatte er ihn das erste Mal weit draußen am Horizont gesichtet. Schoner dieser Art verkehrten seit langer Zeit nicht mehr in den hiesigen Gewässern. Damals erregte er seine Aufmerksamkeit, weil er nur mit einem einzigen Segel, mit dem Außenklüver, der weit vorn über den Bug hinaus ragte, verhältnismäßig schnell vorankam.

In der gleichen Nacht kenterte die ›Robbe‹ im Sturm. Das Fischerehepaar kam dabei ums Leben und hinterließ Christian, ihren einzigen Sohn. Pastor Laurentius hatte damals die Trauerfeier in seiner Kirche abgehalten. Es war das letzte Mal, dass das Gotteshaus mit Leben gefüllt wurde. Vorher war auch das anders. Da kamen die Fischer jeden Sonntag und beteten um guten Fang und glückliche Heimkehr. Doch der Fischerberuf starb aus in der Bucht, und damit das Leben in der Kirche. Laurentius hatte danach das Waisenkind eine Zeit lang betreut, bis es auf eigenen Füßen stehen konnte. Er bekam einen guten Posten in der Stadtverwaltung, der ihm genug Zeit ließ, sich nebenbei seinen literarischen Studien zu widmen.

Der alte Leuchtturmwärter erinnerte sich aber an noch mehr. Die Nacht des Unglücks der ›Robbe‹ war auch an seinem Leben nicht spurlos vorbeigegangen. Er hatte in jener Nacht Dienst. Die Signalanlage spukte zwar schon seit geraumer Zeit, aber er war zu sehr in seinen neuen Kunstkalender vertieft, als dass er den Fehler beachtete. Die ›Robbe‹ war möglicherweise durch das defekte Leuchtsignal abgelenkt worden. So fühlte der Alte eine Mitschuld am Tode des Fischerehepaares.

Während er die Augen zusammenkniff, um Genaueres zu erkennen, tastete seine Hand zum Fernrohr, das wie immer griffbereit auf der Fensterbank lag. Es fühlte sich kalt, doch vertraut an, nicht das neueste Modell. Schon seine Vorgänger hatten es benutzt. Der Alte wusste, das hier konnte nicht lügen. Als er vor ein paar Monaten in der Stadt bei einem Optiker vorbeischaute, ließ er sich die neusten Objektive zeigen. Er richtete sie auf die Schiffe im Hafen, und er erschrak über das, was er da sah. Diese neuen Dinger belogen ihn, da war er sich sicher. Sein altes Fernrohr aber log nicht, meinte er, es zeigte ihm stets die Wahrheit. Trotzdem kaufte er ein neues. Vielleicht mussten sich seine Augen erst an die moderne Technik gewöhnen. Das heißt, er kaufte es nicht wirklich, er tauschte es gegen eines seiner antiken Winkelmesser ein, von denen er ohnehin mehrere besaß.

Der Alte schob seine Brille auf die Stirn, langte sich umständlich ein an den Rändern ausgefranstes leinenes Taschentuch aus der Hosentasche seines dunkelblauen, verwaschenen Arbeitsanzugs, putzte damit liebevoll die Linsen des Fernglases und setzte dies bedächtig vor die Augen. Die Ellenbogen stützte er fest an seinem Oberkörper ab, damit es nicht wackelte. In letzter Zeit musste er das immer häufiger tun, denn seine Hände zitterten ein wenig, als wollten sie ihm nicht mehr so recht gehorchen.

Dann richtete er das Instrument auf die Stelle am Horizont, von der er meinte, etwas gesehen zu haben. Er brauchte nicht zu suchen, schließlich kannte er seine Bucht genau, bei jedem Wetter, auch bei Nacht und Nebel. Doch so sehr er sich bemühte, es gelang ihm nicht, die sich inzwischen längst wieder zusammengezogene Nebelwand zu durchdringen. Er wurde den Eindruck nicht los, als hätte ihm der liebe Gott eines der ausgebleichten, grauweißen Tischtücher, die seit Jahrzehnten in der Aussteuertruhe seiner verstorbenen Gattin ruhten, über das Fernrohr gelegt, damit er nicht die Geheimnisse des Allmächtigen erschauen könnte.

Nur der helle Lichtstrahl des regelmäßig kreisenden Leuchtfeuers unterbrach im festen Takt das graue Einerlei. Enttäuscht legte der Alte das Glas auf die linke Seite der Fensterbank. Dann öffnete er den rechten Fensterflügel. Vielleicht war ja etwas zu hören. Er kannte den Klang seiner Bucht sehr genau und wusste, wenn der Blick einmal versagte, die Dinge dem Gehör nach zu unterscheiden. Über seinem Kopf summte die Drehlinsenoptik, die das weiße Licht der Signallampe alle zwei Minuten zweimal, im Abstand von 15 Sekunden für 13 Sekunden unterbrach, im wohlvertrauten Rhythmus. Für den Alten war es die Musik seines Lebens. Sie begleitete ihn bei Tag und bei Nacht, selbst, wenn er weit draußen allein durch die steinübersäten Strände streifte. Wahrscheinlich hatte sein Herzschlag schon längst den

Rhythmus des Leuchtfeuers als den seinigen anerkannt. Er wusste genau, dass er hier überflüssig war. Die Signalanlage wurde schon seit über zehn Jahren von der Verkehrszentrale gesteuert und überwacht.

Als die Zeit reif war, vom manuellen zum automatisierten Betrieb umzusteigen, baute man seine Stelle ab. Da er damals ohnehin kurz vor der Pensionierung stand, ging der Wechsel fast reibungslos vonstatten. Nur als man ihn auch noch aus seiner Dienstwohnung, einem kleinen, an den Turm gelehnten Anbau, verjagen wollte, stellte er sich quer. Nach langem Hin und Her erlaubte ihm der Bezirksrat, sich als Hausmeister der Anlage anzunehmen, vorausgesetzt, er stellte keine extra Gehaltsforderungen. Das hatte der Alte sowieso nicht im Sinn, also durfte er weiterhin über seinem Reich herrschen, auch wenn es wie von Geisterhand ferngesteuert wurde. Immerhin putzte er regelmäßig die Turmfenster und die Spiegeloptik, ölte die Mechanik und säuberte den Rundgang, der auf der obersten Ebene um den Drehkörper herum über den schlanken Turm hinausragte, von Möwenschiet. Überhaupt sah er seine Hauptaufgabe darin, die Vögel vom Leuchtfeuer fernzuhalten, denn er befürchtete, sie könnten den Lichtrhythmus stören und dadurch die Schiffe in der Ferne fehllenken.

Durch das offene Fenster drang feuchtkalte Luft in den runden Raum, der sich im obersten Stockwerk des Leuchtturms direkt unterhalb der Laternenmechanik befand. Der Alte atmete tief durch. Er genoss die Frische und lehnte sich weit zum Fenster hinaus. Draußen herrschte, abgesehen von dem unerbittlichen Rhythmus des Lichtpendels, nur der Klang der Meeresbrandung.

Hin und wieder schlug unten in dem kleinen Fischereihafen, der sich zu Füßen des Leuchtturms befand, eine Leine aufpeitschend gegen die Fahnenstange. Der Leuchtturmwärter hatte sich an diesen hohlen Klang gewöhnt, sodass er ihn gar nicht mehr wahrnahm. Die Fischerkutter schaukelten im trüben Licht einer Uferlaterne vor sich hin. Ab und zu rieben sich die Fender quietschend an der Kaimauer. Der Wellengang hielt sich in Grenzen, da die Mole die Hafeneinfahrt vor dem Wind schützte.

Allmählich klumpte sich die Nebeldecke zu mächtigen Gebilden zusammen, die den riesigen Findlingen ähnelten, die am Ufer lagen, um sich von den brechenden Wellen langsam, aber sicher abschleifen zu lassen. Der Rhythmus dieser Brandung bildete einen harmonischen Kontrapunkt zu dem der Drehlinsenoptik.

Von Südwesten zog eine Gewitterfront über das Land auf. Schwere, bizarr geformte Wolken hingen über dem Himmel, als hätten sich sämtliche Luftgeister der Umgebung zu einem unheilvollen Teufelstanz versammelt. Der Alte wusste dieses Naturschauspiel genau zu deuten. Wenn man lange genug auf einem Leuchtturm gelebt hat, erkannte man bereits an der Form des Wellenganges und an der Farbe der Gischt, wie das Wetter wurde. Bei dieser Wetterlage wird sich niemand mit einem Gaffelschoner aufs Meer wagen, dachte sich der Alte, es sei denn, er wollte sich unbedingt den Hals brechen. Das vorhin muss eine Täuschung gewesen sein. Von einem Segelboot nichts zu sehen, nichts zu hören.

Schon wollte er das Fenster wieder schließen, als von weit entfernt Fetzen von Orgeltönen zu ihm mit dem Wind hinaufwehten. Pastor Laurentius übte in seiner Kirche mal wieder Bach-Choräle. Der Alte auf dem Leuchtturm kannte das Stück: ›Wo soll ich fliehen hin‹. Doch weil die Luft des altersschwachen Windwerks nicht mehr hergab und weil die Pedale kaum bespielbar waren, da sie hoffnungslos klemmten, klang das Werk recht gewöhnungsbedürftig. Und weil der Pastor nicht gerade als ein Virtuose auf seinem Instrument bezeichnet werden konnte, perlten die Töne nur langsam durch dessen Finger. Der Leuchtturmwärter musste unwillkürlich schmunzeln. Der spielt so langsam, wie es sich für einen echten Insulaner geziemt, dachte er. Wird Zeit, ihn mit einem Schachspiel von seiner Orgelliteratur abzulenken. Das aber war nur ein Vorwand. Eigentlich ging es dem Alten darum, bei seinem Nachbarn umsonst die Tageszeitung lesen zu können, denn für ein eigenes Abonnement fehlte ihm das Geld.

Er schloss das Turmfenster. Es hatte inzwischen angefangen zu regnen. Er musterte die Widerspiegelung seines Gesichts in der Fensterscheibe. Die Tropfen auf der Außenseite verzerrten sein Ebenbild, als sei er pockennarbig. Der Alte erkannte sich kaum wieder, denn er hatte seit Monaten nicht mehr vorm Spiegel gestanden, um sich zu rasieren. Er erschrak. War er schon so gealtert? Sein schütteres Haar erschien ihm deutlich dünner geworden zu sein. Und grau war es, so grau wie die Nebelbänke am Horizont. Die Augen hatten das geheimnisvolle Leuchten verloren, das ihn einst so jugendlich machte, und die Fettpölsterchen um seinen Mundwinkel herum hingen herab, weil sie sich den Gesetzen der Schwerkraft unterwarfen. War er inzwischen doch der zerknitterte Alte geworden, der er nie in seiner Jugend werden wollte?

Eigentlich hieß er Hans de la Motte Fouqué und stammte aus einem Adelsgeschlecht, das seinen Ursprung in der Normandie hatte, einer Seefahrergeneration von Hugenotten, die aus religiösen Gründen ihre Heimat verlassen musste und teilweise auch in Norddeutschland ansässig wurde. Jetzt, unter den Bedingungen in der DDR, mochte der Alte seinen Namen nicht an die große Glocke hängen. An seiner Haustür stand nur schlicht ›Fouqué‹. Niemand in seiner Umgebung ahnte von seiner Herkunft. Die meisten kannten nicht einmal seinen Namen. Man nannte ihn den ›alten Leuchtturmwärter‹ oder einfach nur ›den Alten‹. Ihm selbst genügte das, denn er meinte, dass man sich in einem sozialistischen Land besser nicht an seine adlige Herkunft erinnerte. Das Einzige, was ihn damit verband, war die umfangreiche Sammlung nautischer Antiquitäten, die das Turmzimmer und Teile seiner Wohnung vollstellte. Es handelte sich größtenteils um Erbstücke. Und, wenn er mal in die Hauptstadt reiste, erstand er dort das eine oder andere Kleinod.

Früher erhielt er noch ab und zu Pakete von seinen Verwandten aus Westdeutschland, Frankreich und Norwegen. Doch als der Zoll anfing, misstrauisch zu werden, brach er alle Kontakte ab. Das hatte ihn damals sehr mürbe gemacht.

Statt sich über seine Vergangenheit zu grämen, gab er sich einen Ruck. Innerlich empfand er sich keineswegs gealtert. Er ließ seinen Blick durch das enge, runde Turmzimmer schweifen. An der Wand hing neben dem

Fenster eine längst veraltete Seekarte der Bucht. Generationen hatten darin ihre Kurse mit Bleistiftlinien eingetragen und Anmerkungen hinzugefügt, die inzwischen so verblichen waren, dass man sie nicht mehr entziffern konnte. Ein Fremder hätte den Plan eines Schatzsuchers vermutet. Aber Schätze gab es hier nicht, das wusste der Alte zu gut, schließlich kannte er jeden Zentimeter der Bucht. Er brauchte die Seekarte seit Jahrzehnten nicht. Sie ähnelte einem niederländischen Stillleben, indem auch sie von der Vergänglichkeit des Lebens erzählte.

Die anderen Bilder, die sorgfältig eingerahmt ringsum hingen, berichteten von der Fülle des maritimen Lebens. Alles sogenannte Sailing Cards, also kunstvoll ausgestaltete Werbeplakate, die An- und Abfahrten von Überseeseglern ankündigten, für exotische Seereisen warben oder auf gewinnträchtige Aktien hinwiesen, die man für Charterschiffe erwerben konnte. Der alte Leuchtturmwärter war stolz auf seine Sammlung. Er wusste, dass es die umfangreichste dieser Art im gesamten Ostseeraum war. Wertvolle Stücke hingen hier und unten in seiner Wohnung, unter anderem eine Sailing Card aus dem Jahre 1860, die die Abfahrt des amerikanischen Klippers ›Stars and Stripes‹ unter Kapitän Robert Cleaves ankündigte. Auf dem Sims über der Eingangsluke zu dem Turmzimmer thronte ein aus 16 Delfter Kacheln zusammengesetztes Seefahrermotiv aus dem 17. Jahrhundert, das den Walfang einer holländischen Fangflotte zeigte. Daneben standen nicht weniger kostbare Sanduhren, die den Seefahrern zur Navigation dienten, darunter eine sehr wertvolle Orgelpfeifen-Sanduhr aus dem 16. Jahrhundert, die Viertelstunden, halbe

Stunden, Dreiviertelstunden und die Stunde anzeigen konnte. Seine staubempfindlichen Navigationsinstrumente aus Messing, wie die Sextanten und ein Nocturlabium – eine Art Sonnenuhr für die Sterne, die es ermöglichte, die Uhrzeit während der Nacht zu bestimmen – lagerte er unten in seiner Wohnung in Pappkartons. Er wollte seine Schätze nicht gleich jedem Besucher vor Augen führen. Gelegentlich holte er sich das eine oder andere Stück hervor, pflegte es und erfreute sich an seinem Anblick. Manchmal nahm er einen Sextanten mit ans Fenster, um sich in seiner Anwendung zu üben.

Der Alte musterte zufrieden seine Antiquitäten und stieg bedächtig die schmale Wendeltreppe hinunter zum Turmeingang. Unten in seiner Wohnung wandte er sich den Chronometern zu, die auf den niedrigen Schränken und den Fensterbrettern herumstanden. Ihr leises Ticken passte sich genau dem sonoren Rhythmus der Drehlinsenoptik an, bildete gewissermaßen einen feingliedrigen Unterrhythmus.

Er hatte längst mitbekommen, dass sich das alte Uhrwerk seines Großvaters, das auf dem Sims neben der Eingangstür stand, wieder einmal nicht an das Gesetz der Zeit halten wollte. Völlig dissonant behauptete es sich seinen eigenen Zeitschlag. Das durfte der Alte natürlich nicht durchgehen lassen, wenn er jetzt seinen Turm verlassen wollte. Wie einen unartigen Schüler schimpfte er die Standuhr aus, obwohl sie wegen ihrer Altersschwäche ja nichts dafür konnte, und brachte sie mit einer kurzen Drehbewegung seiner linken Hand wieder auf Trapp. Mit der Rechten angelte er sich seinen gelben, ölverschmierten Friesennerz vom Haken.

Dann schlüpfte er in seine blauen Gummistiefel, zog sich die Öljacke über, kontrollierte mit einem letzten Rundblick, ob alles in Ordnung war, und trat hinaus.

Es dunkelte bereits. Ein kräftiger Südwestwind empfing ihn, als er die schwergängige Eisentür öffnete. Er musste sie gut festhalten, damit der Wind sie nicht gegen die Mauer drückte. Sorgfältig verschloss er die Tür hinter sich, obwohl das eigentlich genauso überflüssig war wie seine gesamte Existenz hier draußen auf verlorenem Posten. Wer hätte schon Interesse daran, in einen automatisierten Leuchtturm einzubrechen, in dem es – so schien es jedenfalls – nichts zu holen gab außer dem Rhythmus einer verlorenen Zeit?

Er stieg auf sein Fahrrad, band sich die Kapuze seiner Öljacke unterm Kinn zu und trat kräftig in die Pedale. Er bemerkte nicht, dass in dem Moment, als er außer Sichtweite war, ein Mann das kleine Wachgebäude der Grenzübergangsstelle am landseitigen Ende der Nordmole verließ und zielsicher zur Eingangstür des schräg gegenüberliegenden Leuchtturms huschte. Dort hantierte er so geschickt an dem Schloss herum, dass es im Nu aufsprang. Dann verschwand der Mann im Inneren des Gebäudes.

Die Regenmassen prallten dem Radfahrer entgegen, als wollten sie ihn hindern, hinüber zum Pfarrhaus zu kommen. Doch der Alte war sich sicher, dass ihn der Pastor jetzt genauso brauchte, wie er ihn. Den Weg konnte er nur erahnen, weil die schweren Wolken das Gelände verdunkelten.

Nach einer Viertelstunde erkannte er die Kirchturmspitze. Das Orgelspiel hatte schon seit geraumer Zeit aufgehört. Er wusste nun, dass sich der Pastor in sein bescheidenes Pfarrhaus zurückgezogen hatte. Bald sah er das Stubenlicht. Zum Glück lag der Hauseingang auf der Leeseite, sodass sich der Alte in Ruhe das Regenwasser von seinem Ölzeug abschütteln konnte, bevor er die gute Stube des Pastors betrat. Er hatte es sich abgewöhnt, vorher den Türklopfer zu betätigen, denn der klemmte genauso wie die Pedale der Kirchenorgel. Außerdem wusste der Alte, dass der Nachbar seinen Besuch erwartete.

*

»Sauwetter heute.«

»Ungewöhnlich für die Jahreszeit.«

»Jou. War früher nicht so.«

»Waren halt andere Zeiten.«

»Dann wollen wir mal.«

Pastor Laurentius und sein Gast nahmen am Wohnzimmertisch Platz. Noch war es dort kalt, denn der Hausherr hatte den Kamin gerade erst in Gang gesetzt. Die hellen Flammen des Anmachholzes züngelten wild in der Ofenkassette herum. Der Pastor legte ein dickes Holzscheit nach. Langsam beruhigte sich das Feuer. Es entwickelte sich bald eine dunkelrote Glut, die die kleine Stube in gemütliche Wärme tauchte.

Der Alte griff zur Zeitung, die auf dem Tisch lag, und studierte die Schlagzeile. »Tja, wie das mit Gorbatschows neuer Politik ausgehen wird, da bin ich mal gespannt. Glasnost und Perestroika, also: Offenheit und Umbau. – Schöne Worte. Aber ob sich da für unsereins was ändert? Ob wir dann offen unsere Meinung sagen können?«

Laurentius stellte zwei Groggläser auf den Tisch und fuhr fort: »Wenn du was zum Thema Meinungsfreiheit wissen willst, dann kann ich dir erzählen, was Freunden von mir passiert ist, die in Berlin an einer Gedenkveranstaltung für die Ermordung von Karl Liebknecht und Rosa Luxemburg teilnahmen. Einer von ihnen besaß die Frechheit, Rosa Luxemburg ernst zu nehmen, indem er sie auf seinem Plakat zitierte: ›Freiheit ist immer die Freiheit des Andersdenkenden.‹ Sie wurden verhaftet, weil die Stasi das als Provokation deutete.«

Der Pastor ging zum Bücherschrank und holte ein abgegriffenes Buch hervor. »Hier, Rosa Luxemburg in ihrer Abrechnung mit der Diktaturtheorie im Lenin-Trotzkischen Sinn.« Er blätterte ein wenig in dem Buch herum, bis er die passende Stelle gefunden hatte.

»Was ich noch spannender finde, ist der Satz, der vor diesem berühmten Zitat steht: ›Freiheit nur für die Anhänger der Regierung, nur für Mitglieder einer Partei – mögen sie noch so zahlreich sein – ist keine Freiheit‹. Und wenige Sätze später kommt es noch dicker. Ich zitiere wörtlich:

›Ohne allgemeine Wahlen, ungehemmte Presse- und Versammlungsfreiheit, freien Meinungskampf erstirbt das Leben in jeder öffentlichen Institution, wird zum Scheinleben, in der die Bürokratie allein das tätige Element bleibt. Das öffentliche Leben schläft allmählich ein, einige Dutzend Parteiführer von unerschöpflicher Energie und grenzenlosem Idealismus dirigieren und

regieren, unter ihnen leitet in Wirklichkeit ein Dutzend hervorragender Köpfe, und eine Elite der Arbeiterschaft wird von Zeit zu Zeit zu Versammlungen aufgeboten, um den Reden der Führer Beifall zu klatschen, vorgelegten Resolutionen einstimmig zuzustimmen, im Grunde also eine Cliquenwirtschaft – eine Diktatur allerdings, aber nicht die Diktatur des Proletariats, sondern die Diktatur einer Handvoll Politiker‹.

Überleg dir mal: Die Frau hat das vor 70 Jahren geschrieben, und es ist heute so brandaktuell wie am ersten Tage. Eigentlich müssten Honecker und Co. diese Schrift verbieten.« Er klappte das Buch wieder zu und stellte es zurück ins Regal. »Immerhin wurde der Vorfall auch bei uns in Wismar diskutiert. An einigen Fenstern wirst du Postkarten mit dem Zitat finden. Bei mir hängt auch eine.«

Währenddessen hatte Laurentius einen Grog zubereitet. »Wie wär's, wenn du deinen Leuchtturm mit dem Luxemburg-Zitat bepflastern würdest. Möglichst groß, damit es weithin sichtbar ist.«

»Ach, du weißt ja«, erwiderte der Alte, »mit Politik habe ich wenig am Hut. Ich bin froh, wenn ich in meinem eigenen kleinen Reich in Ruhe gelassen werde.« Er nahm sich sein Glas und hielt es in das Licht des Kaminfeuers, das sich darin verzerrt spiegelte. Die Flammen zuckten bizarr durcheinander und hinterließen auf seiner Hand Lichtreflexe, die wie Wunden aussahen. Durch den oberen Teil des von dem heißen Wasserdampf leicht angelaufenen Glases schien das Gesicht seines Freundes durch, der damit beschäftigt war, in der Tageszeitung gezielt nach einer Meldung zu suchen. Durch das Kristall sah sein Antlitz viel freundlicher aus, als es in Wirklichkeit war. Wieder so ein Glas, das lügt, dachte der Alte spontan. Laurentius' borstiges Haar, seine stets angeschwollenen Schläfenadern, seine buschigen Brauen, unter denen oft jähzornige Augen ihr Gift zu versprühen schienen, und die schmalen, zusammengepressten Lippen wirkten auf Außenstehende nicht gerade wie die eines Seelsorgers.

Vielleicht lügt das Glas ja doch nicht, ging es dem Alten durch den Kopf. Vielleicht spiegelte es nicht sein Äußeres, sondern sein Inneres. Der Alte spürte eine tiefe Zuneigung zu seinem Gegenüber. Einer der wenigen Menschen, denen er vertraute.

»Hier, lies mal«, forderte Laurentius seinen Gast auf, indem er die Lokalseite der Tageszeitung aufschlug. »Christian. – Kennst du doch.«

»Jou. Christian. Ist eine Ewigkeit her.«

Der Alte genehmigte sich einen Schluck Grog, der ihm heute besonders stark vorkam, griff zur Zeitung, lehnte sich im Stuhl zurück und las mit lauter Stimme: »Genosse Bohnsack, der Leiter der Lokalredaktion unserer Zeitung, gibt sich die Ehre, die Verlobung seiner Tochter Beata, Kunstmalerin und Mitglied im Verband Bildender Künstler der DDR, mit Christian Groth, angehender Schriftsteller, bekannt zu geben. Wir laden zu einer Vernissage der Künstlerin im Foyer unseres Verlagshauses ein. Es handelt sich um eine Ausstellung, die im Rahmen unserer Städtepartnerschaft anschließend in Lübeck (BRD) gezeigt werden soll.«

Er hielt das Foto dicht unter die Stubenlampe. Christian erkannte er kaum wieder. Er hatte ihn schon seit Langem aus den Augen verloren. Dicker und kräftiger war er geworden. Das Haar trug er etwas zu lang, aber es stand ihm gut. Dazu ein kleiner, buschiger Schnurrbart. Das Auffälligste an ihm waren die Augen. Obwohl es nur ein Schwarz-Weiß-Foto war, leuchteten sie dem Betrachter entgegen, ein wenig verschüchtert, fast hilflos, und weich und sensibel, so wie das verträumte Lächeln um seinen Mundwinkel. Die Frau an seiner Seite kannte der alte Leuchtturmwärter nicht. Sie gehörte nicht zu seinem Milieu. Sie kam ihm vor wie eine der Titelfiguren auf den abgegriffenen Klatschillustrierten, die sich bei seinem Friseur auf dem Beistelltisch stapelten. Muss sich wohl einen besseren Haarleger geleistet haben, als er es konnte, so kunstvoll sah ihr Schopf aus, dachte er. Dazu ein Gesicht, das in seiner Attraktivität Männern wie ihm Angst einflößte. Auch hier waren die Augen das Auffälligste. Kein Schimmer von Schüchternheit oder hilfloser Weichheit. Kühl berechnend waren sie, lauernd, abmessend, analysierend. Typischer Blick einer Malerin, meinte der Alte feststellen zu müssen, einer Künstlerin, die es gewohnt ist, ihre Umwelt bis ins Detail abzutasten, als wolle sie sich in ihrem Kopf ein Foto davon machen. Ob die beiden unterschiedlichen Naturelle zusammenpassen würden? Man sagt ja, Gegensätze ziehen sich an, philosophierte der Alte.

»Tja, der Christian. Ist ein richtiger Mann geworden. – Aber eine Künstlerehe, na ja«, murmelte er vor sich hin.

»Gute Partie«, merkte Laurentius an, obwohl er das

wahrscheinlich gar nicht einschätzen konnte. Vielleicht trieb ihn der Wunsch, das Paar möge sich in seiner Kirche trauen lassen, zu der Bemerkung. Bei dem Wort ›Partie‹ fiel ihm ein, dass der Alte wegen des Schachspiels und nicht wegen der Tratschspalten aus der Tageszeitung hierhergekommen war. Er holte das Schachbrett und den Holzkasten mit den Figuren vom Kaminsockel und breitete das Feld sorgfältig auf dem Tisch aus. Dann schenkte er frischen Grog nach.

»Denn man los.«

»Jou.«

»Du hast heute Weiß.«

»Jou.«

Der Alte begann wie immer mit der Spanischen Eröffnung. Zug um Zug entwickelte sich das Spiel, alles eingefahrene Bewegungen, dennoch tat jeder so, als säße er das erste Mal vor dem Brett. Endlich fiel der erste Bauer. Kurz darauf musste ein Läufer das Feld räumen. Doch dann ging es andere Wege. Der Alte machte einen Fehler, weil er nicht ganz bei der Sache war. Das mit dem Gaffelschoner ging ihm nicht aus dem Sinn. Nun war seine Dame ernsthaft bedroht.

Als könnte sein Gegenüber Gedanken lesen, warf dieser die ersten Worte seit Spielbeginn in die Runde.

»Du hast ihn auch gesehen?«

Lange Pause.

Keine Antwort. Der Alte fingerte unentschlossen an einem seiner Türme herum. Jetzt war er völlig aus dem Konzept. Also doch, ging es ihm durch den Kopf. Also war es doch keine Täuschung. Er setzte den Turm irgendwo ab, und als der dann endlich an Ort und Stelle stand, bemerkte er sehr schnell, dass der Zug nicht besonders genial war.

Der Pastor ließ es sich nicht anmerken, dass er die Schwäche seines Gegners sofort durchschaut hatte. Er reagierte mit einem harmlosen Ausweichmanöver. Schließlich war es ihm wichtiger, das Spiel in Gang zu halten, als den kurzfristigen Sieg anzustreben. Dann ergänzte er seine letzte Bemerkung:

»Und er hatte zwei Segel. Die Fock und den Klüver.«

Lange Pause.

Keine Antwort. Jetzt entdeckte der Alte, dass ihm sein Gastgeber die Chance geboten hatte, seine gefährdete Dame durch einen Läufer zu decken. Mutig entschloss er sich zu dem kühnsten Zug, der heute getätigt wurde. Doch kaum stand die Figur auf dem neuen Feld, merkte er, dass das fatale Folgen haben könnte. Er trank seinen Grog mit einem Zuge aus, schaute auf seine Armbanduhr und sagte in nebensächlichem Ton:

»Ich muss denn mal wieder.«

»Jou. War schön, dass du mich besucht hast.«

»Klar, mach ich doch gern.«

Pastor Laurentius sammelte die Figuren zusammen, egal, ob sie auf dem Brett standen oder daneben, und verstaute sie wieder sorgfältig im Holzkasten. Das alles war nichts Ungewöhnliches, denn die beiden spielten ihr Spiel nie zu Ende. Für sie war der Weg das Ziel. Das Schachmatt interessierte sie nicht. Für sie sollte es weder einen Gewinner noch einen Verlierer geben. So war es Tradition bei den Insulanern.

Der Pastor geleitete seinen Gast zur Tür. Draußen hatte sich das Unwetter beruhigt.

»Was daraus wohl noch wird«, meinte er zum Abschied. Es klang nicht wie eine Frage.

»Jou, wer weiß.«

Meinte der Pastor nun die bevorstehende Ehe Christians mit der Zeitungstochter oder das zweite Auftauchen des Gaffelschoners, überlegte der Alte. Oder meinte er die neue Politik in der Sowjetunion?

Vielleicht meinte er ja auch alles drei.

*

Am nächsten Morgen hatte sich das Unwetter verzogen. Der für diese Gegend typische graue Dunst in der Luft erfüllte erneut die Bucht, wodurch das Meereswasser in blassgrüner Farbe schimmerte. Der alte Leuchtturmwärter nahm sich vor, einen ausgedehnten Spaziergang unterhalb des Steilufers zu unternehmen und auf dem Rückweg oben entlang des gewundenen Trampelpfads wieder nach Hause zurückzukehren.

Natürlich galt sein erster Blick dem Meer, um abzuschätzen, wie sich das Wetter heute entwickeln würde. Dabei entdeckte er ihn sofort. Ganz weit draußen, knapp unterhalb des Horizonts, befand sich der Gaffelschoner mit seinen beiden charakteristischen Masten und dem weit über den Bug ragenden Klüverbaum. Richtig, zwei Segel hatte er gesetzt, und trotzdem schien er sich nicht von der Stelle zu bewegen, so langsam segelte er in Richtung Stadthafen.

Mühsam suchte sich der Alte seinen Weg durch den teilweise mit Findlingen übersäten Strand. Immer wieder wagte er einen Blick hinüber zum Gaffelschoner, aber der schien wie eine Insel auf der nahezu spiegelglatten See festgefroren zu sein. Lange brauchte der Leuchtturmwärter dieses Mal, um bis an die äußerste Spitze des Steilufers zu gelangen. Kurz bevor er den Punkt erreichte, wo er nach oben klettern und umkehren konnte, wäre er fast über die leblos mitten in den Steinbrocken liegende Person gestolpert. Eine junge Frau, genau an der Grenze zwischen Wasser und Ufergeröll. Ab und zu spülte der Ausläufer einer Welle über ihr Gesicht.

Wieder eine Tote, die das Meer freigab? Der Alte wusste, dass sich gerade hier gefährliche Strömungen unter der Wasseroberfläche verbargen, die so manchem unkundigen Schwimmer das Leben kosteten. Unfreiwillig, wenn er nur mit Badehose bekleidet war, freiwillig, wenn er noch die gesamte Straßenkleidung trug. Diese Frau hier war noch vollständig bekleidet.

Der Alte beugte sich über die Gestalt. Zu oft hatte er während seines Inseldaseins lernen müssen, bei den vom Meer angespülten Menschen die Grenze zwischen Leben und Tod zu erkennen. Hier wusste er sofort, dass die Frau noch lebte. Vorsichtig zog er sie höher ans Ufer, damit die Wellen sie nicht mehr erreichen konnten. Dann breitete er seinen Mantel über sie und nahm die ersten notdürftigen Wiederbelebungsversuche vor. Ihr Atem kam langsam wieder in Gang. Er wusste, dass er sie weder umdrehen noch mit sich schleppen durfte. Vielleicht hatte sie ja innere Verletzungen. Also entschied er sich, auf schnellstem Wege zum Pfarrhaus von Pastor Laurentius zu laufen. Der hatte einen Telefonanschluss, um das Weitere veranlassen zu können.

Weit draußen schwebte nach wie vor der Gaffelschoner mit seinen zwei Segeln am Horizont, als sei nichts gewesen.

*

Als sich der Fährmann Tobias auf seiner letzten Tour dem Heimathafen näherte, sah er von Weitem, dass seine Tochter wieder – oder war es immer noch? – auf dem Anlegesteg neben dem Winterschuppen saß und die Beine ins Wasser baumeln ließ. Doch als das Fahrgastschiff dichter ans Ufer herankam, verschwand sie.

Tobias tat so, als hätte er sie nicht bemerkt. Dann entließ er seine letzten Gäste an Land, steuerte mit einem kurzen Manöver auf den Winterschuppen zu und vertäute seine Barkasse wie immer sorgfältig am Anlegesteg. Dabei warf er einen kurzen Blick auf das Türschloss der Hütte. Alles war in bester Ordnung. Erleichtert machte er sich auf den Weg nach Hause.

Marthe kannte den Fahrplan des Fahrgastschiffes auswendig. Sie empfing ihn mit einem kräftigen, dampfenden Fischeintopf. Dazu gab es Dünnbier. Tobias liebte das. Es war ein beruhigendes Gefühl, ein Heim zu haben.

Sie begaben sich an den, von einer Korbschirmlampe beleuchteten Tisch, murmelten ein kurzes Dankesgebet und begannen schweigend ihr Mahl. Die beiden saßen eng beieinander, so, dass die grelle Glühlampe ihre Gesichter wie bei einem Caravaggio-Gemälde plakativ beleuchtete. Die tiefen Falten auf Tobias' Stirn traten holzschnittartig hervor. Seine buschigen Augenbrauen verdeckten wie ein Sonnenschirm die müde dreinschauenden Augen. Durch die groben Licht-Schatten-Kontraste wirkte sein recht breiter Mund mit dem ungepflegten Schnurrbart darüber wie ein Scheunentor. Er hatte es sich angewöhnt, die Mundwinkel nach unten zu ziehen. Ihm gefiel es, nach außen hin den Mürrischen zu mimen. Seine Frau kannte ihn anders, doch sie nahm es hin. Das mürrische Gesicht gehört zu seinem Beruf, meinte sie. Ein Fährmann hat ein schweres Los, da gibt es nichts zu spaßen. Immerhin trägt er die Verantwortung dafür, dass seine Gäste unversehrt ans andere Ufer kommen.

Durch die Ritzen des Korbschirms drangen schmale Lichtstreifen hindurch, die den niedrigen Raum mit regelmäßigen, leicht verzerrten Lichtmustern füllten. Viel war da nicht zu beleuchten. Einen Kamin, so wie bei Pastor Laurentius, konnten sie sich nicht leisten. Auch nicht die Tageszeitung, geschweige denn Bücher. Ein Wohnzimmerschrank, um die Gäste mit dem Erbporzellan- und Silberbesteckschatz zu beeindrucken, so wie es bei den besseren Leuten im Dorf üblich war, fehlte ebenfalls. Statt der dortigen Landschaftsgemälde in Öl, Familienportraits mit ausgebleichten Rändern oder billigen Marienschnitzereien hingen hier überall an den gekalkten Wänden merkwürdige Gegenstände. Tobias' Leidenschaft waren Schlösser und Schlüssel.

Die wertvollsten Objekte seiner Sammlung bewahrte er in den oberen Wandregalen auf, unter anderem ein altes Fallriegelschloss aus Anatolien, ein fein verziertes Sperrfederschloss aus Marokko und ein frühes Bramahschloss. Alles gut geölt und funktionsfähig, wie es

Tobias voller Stolz seinen wenigen Gästen erklärte, die sich in seine Hütte verirrten. In den Ecken standen Beistelltische, die mit Werkzeugen, Putzlappen und allerlei Schrauben und Federn vollgerümpelt waren. Überall im Raum, selbst auf dem Esstisch, lagen Schlüssel herum. Bartschlüssel, Bohrmuldenschlüssel, Berliner Durchsteckschlüssel und Dietriche aller Art. Tobias träumte davon, ein Schloss zu erfinden, das niemals ohne brutale Gewaltanwendung geknackt werden konnte.

Nachdem er mit seinem Löffel den letzen Rest Fischsuppe ausgekratzt hatte, begann er, so wie es seit Jahrzehnten unter den Eheleuten Brauch war, das allabendliche Gespräch.

»Gefällt mir nicht, dass Dorisa ständig um den Winterschuppen herumlungert.«

»Lass sie in Ruhe, sie wird dir schon nichts kaputtmachen.«

»Gefällt mir nicht, dass sie so spät abends noch nicht zu Hause ist.«

»Sie ist kein Kind mehr. Sie wird sich mit ihren Freundinnen im Dorf getroffen haben.«

»Welche Freundinnen? – Warum kommen die nie zu uns nach Hause? Sind wir denen nicht vornehm genug oder haben wir die Pest, oder was?«

»Weder noch. Mädchen in dem Alter haben andere Interessen.«

»Komische Interessen, das! – Sitzt entweder den ganzen Vormittag auf dem Anlegesteg, treibt sich nachmittags auf der Insel herum oder schwimmt stundenlang in den Gewässern vor dem Steilufer, obwohl jeder weiß, dass es dort gefährliche Strömungen gibt.«

»Woher willst du wissen, was sie den Tag über macht, wo du doch selbst nur auf deiner Fähre hockst?«

»Der Pastor hat's mir erzählt, und der weiß es von dem alten Leuchtturmwärter. Der soll sie dort des Öfteren mit seinem Fernrohr beobachtet haben.«

»Ach was, Geschwätz alter Männer! – Dorisa ist immerhin unsere Tochter, wenn auch nicht die leibliche. Wir sollten ihr vertrauen. Vergiss nicht, sie ist uns eine wertvolle Hilfe im Haus. Du hast den ganzen Tag Dienst auf deinem Schiff, und ich muss bis spät in den Abend hinein im Dorfkrug die Gäste bedienen. Da können wir dankbar sein, dass Dorisa das Haus versorgt und sich um den Garten und um das Gemüse kümmert.«

»Ich will ja auch nicht schlecht über sie reden. Es ist nur so, dass ich mir Sorgen um sie mache. Schon in der Schule hatte sie es nicht leicht. Ich meine, weil sie wegen ihres fremdländischen Aussehens und ihres Sprachfehlers von den anderen gemieden wurde.«

»Hör auf, wie oft habe ich dir gesagt, dass das kein Sprachfehler ist! Sie hat unsere harten Konsonanten und Zischlaute noch nie über die Lippen bringen können. Das ist ihr eben nicht angeboren. Das ist kein Fehler, das ist ihre Natur.«

Tobias hatte keine Lust, sich mit seiner Frau zu streiten und lenkte in versöhnlichem Ton ein. »Ich meine das nicht böse. Aber immerhin kannst du nicht leugnen, dass ihr das in der Schule und bei den Leuten im Dorfe immer wieder zu schaffen gemacht hat. Für die ist und bleibt sie eine Fremde. Dabei gehört sie doch zu unserer Familie und ist also eine Insulanerin genauso wie du und ich.«

»Ach, die Leute im Dorf! – Wenn man ihre Sprache spricht, sind sie ja ganz nett. Das ist ihnen vertraut, da brauchen sie nicht aus sich herauszukommen. Wenn aber einer anders aussieht, anders spricht, fühlen sie sich überfordert. Ich glaube fast, sie haben Angst vor dem Andersartigen, als ob es ihr Dasein stören würde, als ob sie befürchteten, ihre Heimat zu verlieren.«

Dorisa war alles andere als angsteinflößend. Wenn sie sang, waren ihre Eltern jedes Mal gerührt. Ihnen war, als ob sie im Gesang ihre Seele offenbarte. Da konnten sie nichts Hinterhältiges oder Angsteinflößendes hören.«

»Ja, du hast recht. Sie singt wunderschön, besonders unsere Volkslieder. Aber sie singt nicht die Texte, die wir kennen. Sie singt nicht in unserer Sprache, sie singt immer nur auf den Vokalen. Als ob sie die Worte, die unsere Lieder tragen, nicht verstünde, ihren Sinn nicht begreifen könnte. Das macht den Menschen Angst: vertraute Lieder zu hören, denen die Worte fehlen.«

Tobias machte eine Pause und ließ seinen Blick durch das Zimmer schweifen. »Es ist so, als würde ich hier all diese Schlösser ohne ihre Schlüssel sammeln. – Das wäre es nicht wert gewesen zu leben.«

Marthe wusste genau, was ihr Mann meinte. Sie vermied es, ihm zu antworten. Dennoch konnte sie an seinen Augen ablesen, was ihm in diesem Moment durch den Kopf ging. Dinge, die man besser nicht aussprach. Sie beide waren glücklich gewesen, damals, als der Zufall ihnen eine neue Tochter vor die Haustürschwelle legte, kurz nachdem sie ihr leibliches Kind im Wasser verloren hatten. Sie hatten Dorisa mit aller Liebe wie ein eigenes Kind aufgezogen, sie gefördert, wo sie nur konnten.

»Aber langsam wird es Zeit«, beschloss Tobias die Unterhaltung, »dass sie lernt, auf ihren eigenen zwei Beinen zu stehen. Raus aus dem Haus, rüber in die Stadt, einen ordentlichen Beruf ergreifen. – Oder besser noch, einen ordentlichen Mann heiraten. Ich werd mich mal nach einem umsehen.«

»Halt du dich da besser raus!«, musste Marthe wie immer das letzte Wort behalten. »Davon verstehst du nichts. Bleib lieber bei deinen Schlössern und Schlüsseln. Oder besser noch, räume endlich wenigstens in unserer guten Stube deine Eisenteile fort! Man hat hier ja kaum noch Platz zum Essen.«

KAPITEL 2 – STADTLUFT

Zwei Tage später machte sich der alte Leuchtturmwärter auf den Weg zur angekündigten Vernissage der Bohnsack-Tochter. Ihn reizte es zu erfahren, was aus Christian, ihrem Verlobten, geworden war. Er hatte ihn seit über zehn Jahren nicht mehr gesehen.

Der Weg vom Leuchtturm zum Haupthafen der Insel war nicht weit. Dafür dauerte die Überfahrt mit dem Fahrgastschiff hinüber zum Stadthafen in Wismar umso länger. Tobias, der Fährmann, hatte keine Eile und wollte den Motor seiner alten Barkasse wegen eines Passagiers nicht unnötig strapazieren. Während sein Bootsmann, ein mürrischer und wortkarger Kerl namens Butt, den Fahrgast abkassierte, stiefelte Tobias in seine Kommandozentrale und startete das Ablegemanöver. Dabei musste er wegen der Untiefen einen kleinen Bogen fahren und kam wieder etwas näher ans Ufer heran. Der alte Leuchtturmwärter sah dort auf einem Anlegesteg neben dem Winterschuppen eine junge Frau sitzen, die ihre Beine im Wasser baumeln ließ. Das musste Tobias' Pflegetochter Dorisa sein, nahm er an. Als diese sich beobachtet fühlte, verschwand sie schnell hinter dem Ufergestrüpp. Der Alte bekam keine Gelegenheit, ihr Gesicht näher zu studieren.

Nach einer endlos langweiligen Überfahrt erreichte das Schiff den Stadthafen. Dort wartete bereits eine Handvoll Ausflügler, die den Tag mit Spaziergängen auf der Insel genießen wollten. Wenigstens waren so die Spritkosten für den Tag gedeckt, kalkulierte der Fährmann.

Wie er es immer machte, steuerte der alte Leuchtturmwärter als Erstes, wenn er Stadtluft schnuppern wollte, die verräucherte Hafenkneipe am Ende des Piers an, weil hier Bier und Köm am billigsten waren. In der ›Hoffnung‹ war trotz der frühen Stunde schon recht viel los. Die meisten Gäste waren Seeleute jeden Alters, die heute Morgen vergeblich bei der Heuervermittlung angestanden hatten und wegen mangelnder Auftragslage wieder umkehren mussten. Was lag da näher, als in die ›Hoffnung‹ zu gehen und sich ein Helles beim Wirt anschreiben zu lassen, der nie die Hoffnung verlor, sein Geld wiederzubekommen, wenn denn mal der große Auftrag winkte. Vielleicht war das der Grund für den Namen der Kneipe.

Ein paar Angetrunkene lümmelten sich in der Sitzecke am Kamin. Sie hatten die ganze Nacht durchgemacht und schliefen sich ihren Rausch aus. An dem Tisch gleich neben dem Notausgang steckten drei mit schweren Sonnenbrillen und hochgeschlagenen Kragen bewaffnete Männer ihre Köpfe zusammen. Dem Wirt gefiel das Trio nicht. Ganoven dieser Art konnten schnell Ärger bringen, das wusste er aus Erfahrung. In letzter Zeit war in der Stadt gehäuft vom Schmuggelhandel die Rede. Das konnte die Behörden auch schnell in sein Lokal verschlagen. Und das wollte er nicht so gern, aus Gründen, die nur er kannte. An der Theke wärmte sich eine Bordsteinschwalbe mit einem kräftigen Punsch. Kundschaft war hier nicht zu erwarten, also ließ man sich gegenseitig in Ruhe.

Der Wirt grüßte kurz, als der Alte das Lokal betrat. Er wies dem Neuankömmling mit einer knappen Kopfbewegung einen Platz am langen Tisch ganz hinten zu. Dort saß einsam eine merkwürdige Gestalt. Von der gepflegten und kostspieligen Kleidung her passte er nicht in diesen Rahmen, und für einen Edelganoven hatte er zu aufrichtige Augen. Eher schien es sich um einen Schiffseigner oder einen Kapitän zu handeln, denn dass er mit der See verbunden war, spürte man an der leichten Schwankung seines Oberkörpers, was typisch ist für Menschen, die das Rollen des Seegangs so in den Adern haben, dass sie selbst an Land meinen, es ausgleichen zu müssen.

Der Alte brauchte erst gar nicht zu bestellen. Der Wirt brachte ihm unaufgefordert Bier und Köm. Lange Zeit saß er so da, beobachtete seinen Nachbarn aus den Augenwinkeln und genoss das Bier. Glattes Gesicht, keine Anzeichen von Sorgenfalten oder Fettpölsterchen, sorgfältige Rasur, pechschwarze Haare, etwas dunkler Teint, kastanienbraune Augen.

Als der Alte sein zweites Bier per Handzeichen bestellte, machte auch sein Tischnachbar eine entsprechende Geste. Ihm schenkte der Wirt einen bitter riechenden Tee nach.

»Soll ja gesund sein«, versuchte der Alte ein Gespräch in Gang zu setzen. Der andere jedoch beachtete ihn nicht und schwieg weiter vor sich hin. Irgendwann griff der Fremde zur Garderobe, wo die an einem Zeitungsstock festgeklammerte Tageszeitung hing. Umständlich breitete er sie so aus, dass sie sein Gesicht verdeckte, als hätte er es satt, weiterhin gemustert zu werden.

Plötzlich warf der Fremde die Zeitung auf den Tisch, leerte sein Teeglas und begab sich zum Tresen. Der Alte hörte, wie er den Wirt fragte: »Wie kommt man am besten rüber nach Poel?«

Der Mann sprach grammatikalisch fehlerlos, dennoch war er kein Landsmann, vermutete der Alte. Die Satzbetonungen klangen verwirrend, fast, als würde er singend sprechen. Der Wirt erklärte es ihm mit wenigen Worten, und der Fremde verschwand, ohne sich umzuschauen.

Der Alte griff sich die im Regionalteil aufgeschlagene Zeitung, um nachzuforschen, welche Meldung den Fremden so plötzlich zum Fortgang bewogen hatte. Alles, was er dort las, schien ohne große Bedeutung zu sein: Der Wismarer Bahnhof feiert 140. Geburtstag, die Bürger sind stolz auf ihr neu eröffnetes Stadtmuseum und die HO breitet anlässlich des diesjährigen Solidaritätsmarktes ihre Angebote unter bunten Sommerschirmen aus. Schon wollte er das Blatt enttäuscht zurück an die Garderobe hängen, als sein Blick auf eine kurze Meldung ganz unten am Ende der Seite fiel:

›*Letzte Meldung. Vorgestern wurde auf Poel eine bewusstlose junge Frau im Wasser unterhalb des westlichen Steilufers gefunden. Nur einem Zufall ist es zu verdanken, dass sie durch einen Spaziergänger entdeckt und wiederbelebt wurde. Offenbar handelt es sich um einen Suizidversuch, da die Person vollständig bekleidet war und keine Spuren einer äußerlichen Gewalteinwirkung aufwies. Ihre Identität konnte bislang nicht geklärt werden.*‹

Merkwürdiges Zusammentreffen, dachte sich der Alte. Diese Meldung über das unbekannte Wasseropfer und dieser Fremde hier eben in der Kneipe. Er kippte seinen zweiten Köm in einem Zug hinunter, wischte sich kurz über den Mund und ging zum Wirt an den Tresen, um zu bezahlen.

»Wer war denn das?«, fragte er in nebensächlichem Ton und deutete mit einer kurzen Kopfbewegung auf die Tür, durch die der Fremde das Lokal verlassen hatte.

»Keine Ahnung«, antwortete der Wirt. »Nichts Genaues weiß man nicht. Irgendjemand meinte, er sei der Kapitän von diesem Gaffelschoner, der da ab und zu in unserer Bucht auftaucht. Soll ein Kunsthändler aus dem befreundeten Ausland sein. So einer darf in unseren Gewässern ja alles, während unsere Segelboote nicht mal über die Sicherheitszone hinauskommen, ohne abgefangen zu werden. Sind eben schlimme Zeiten heutzutage. – Aber wie gesagt: Nichts Genaues weiß man nicht.«

Dem Alten blieb nichts anderes übrig, als seinen Aufenthalt in der ›Hoffnung‹ mit genauso klaren Worten zu beenden:

»Jou. – Nichts für ungut, aber ich muss denn mal wieder.«

Bis zur Eröffnung der Vernissage, dem Grund seines heutigen Landgangs, hatte er noch genug Zeit, um gemächlich durch die Altstadt zu bummeln. Ab und zu blieb er vor dem Schaufenster eines Geschäfts stehen. Ein Verfolger wäre angesichts der Bandbreite seiner Interessen ins Staunen gekommen. Mal richtete sich sein Blick auf die Auslagen eines Buchladens, mal schien er an Damenoberwäsche interessiert zu sein, mal blinkte über ihm das Zeichen einer Apotheke und ein anderes Mal verweilte er vor einem Tabakladen. Doch im

Grunde hatte er weder Interesse an den Auslagen hinter der Scheibe, noch am Innenleben der Geschäfte. Er beobachtete im Spiegelbild der Fenster vielmehr Menschen, die in der Nähe zusammenstanden und miteinander plauderten. Ihm ging es nicht darum, sie zu belauschen, er liebte es, ihre Gesichter zu studieren, den Inhalt ihrer Gespräche allein aufgrund ihrer Mimik und Gestik zu erraten. Um nicht aufzufallen, stellte er sich dann möglichst vor eine geeignete Schaufensterscheibe, die deren Konterfei reflektierte.

Heute schien in den Seitenstraßen besonders viel Aufregung zu herrschen. Irgendetwas lag in der Luft, denn die Personen, die er beobachtete, gestikulierten ziemlich aufgeregt, als würden sie sich über irgendetwas streiten. Doch den Grund konnte der Alte bei bestem Willen nicht erraten. Irgendwann gab er es auf und lenkte seine Schritte zur Nikolaikirche. Er hatte es sich angewöhnt, immer wenn er in die Stadt kam, hier für eine halbe Stunde zu sitzen und in sich zu kehren. Er betrat die Kirche und setzte sich auf eine Bank. Nachdem er eine Weile vor sich hingeträumt hatte, füllten plötzlich mächtige Orgelklänge das Kirchenschiff. Er erkannte das Werk schon bei den ersten Tönen: Bachs Toccata und Fuge F-Dur BWV 540. Schade, dass Pastor Laurentius das nie spielte, aber die Mechanik seiner renovierungsbedürftigen Orgel gab das nicht her. Und er musste sich eingestehen, dass wohl auch dessen fingertechnischen Fähigkeiten nicht dazu ausreichen würden, die Musik so brillant zu Gehör zu bringen, wie es hier ein Berufsorganist vermochte.

Die Klänge vereinnahmten ihn schnell, und bald vergaß er seine übrige Lebenswelt samt Gaffelschoner und

Vernissage. Lange nachdem der Schlusston der Fuge verhallt war, kam der Alte wieder zu sich. Die Glocken oben auf dem Turm schlugen mehrfach. Er zählte nicht mit, doch ein zufälliger Blick auf seine Taschenuhr ernüchterte ihn schlagartig. Die Vernissage hatte schon längst begonnen. Nun würde er den offiziellen Teil versäumt haben.

»Ich muss denn mal wieder«, murmelte er leise vor sich hin, als bräuchte er einen äußeren Anschub, und machte sich langsam auf den Weg. Er wusste ja, dass er ohnehin zu spät kam.

*

So viel Publikum hatte das Verlagshaus der Ostseezeitung lange nicht mehr erlebt. Vor dem Gebäude stand ein Lieferwagen mit Lübecker Nummer und der Aufschrift ›Hanse-Catering‹. Der alte Leuchtturmwärter konnte mit dem Fremdwort nichts anfangen. Klingt eher nach einer Boxveranstaltung als nach einer Kunstausstellung, fand er. Aber das Firmenlogo, zwei gekreuzte Messer und Gabel vor einer Hansekogge, versprach eher kulinarische Genüsse.

Im Foyer drängten sich die Gäste. Jeder hielt ein Sektglas in der Hand. Blau, also mit Schuss Curaçao, gelb, also mit Schuss Orangensaft oder perlend klar, also Sekt pur. Hin und wieder stritt man sich um die Appetithäppchen. Artischockenherzen mit Datteln, sauer eingelegte Heringe mit Dillspitzen, Käsewürfel mit Cocktailkirschen. Luxus pur, Luxus aus dem Westen. Eine der schönsten Errungenschaften der Städtepartnerschaft, dachten viele der Gäste. In der einen Hand das Glas, in der anderen das Häppchen, plauderte man ziellos und elegant um die Wette. Jeder wusste das Neuste, war in allem bewandert und fühlte sich unheimlich wichtig und ungemein redegewandt.

Als sich der Alte mit seiner etwas abgetragenen Kleidung durch die Menge zwängte, um in den Ausstellungsraum zu gelangen, spürte er, dass er genau gemustert wurde. Genau und direkt, nicht so heimlich, wie er es vorhin auf den Seitenstraßen durch die Schaufensterscheiben getan hatte. Kannte man den? War der wichtig? Bestimmt ein hochrangiger Künstler aus dem Westen, inkognito. Ein Musiker sicherlich, denn nur Sonderlinge wie Musiker können es sich leisten, im nicht gesellschaftsfähigen Äußeren auf einer Top-Vernissage zu erscheinen. Der Alte, er war der Einzige, der weder Glas noch Häppchen trug, schlängelte sich durch die Menge, erwiderte hier und dort den Gruß eines gegenseitig Unbekannten, nickte freundlich ablehnend den Damen zu, die ihn mit einer Geste ihrer sektglasbewaffneten Hand zu einer Plauderei einluden, und begab sich auf die Suche nach Christian und seiner gastgebenden Braut. Doch die konnte er nirgendwo entdecken.

Endlich, und Gott sei Dank unbeschadet, erreichte er den Saal, in dem die Bilder der Gastgeberin hingen. Auch hier dichtes Gedränge, aber alles konzentrierte sich zur Mitte hin, dort, wo der Kulturpapst einer westdeutschen Zeitung eine seiner unnachahmlichen Ansprachen über die Kunst im Allgemeinen, die Ästhetik der Abstraktion im Besonderen und über den Menschen per se zum Besten gab, gut gewürzt mit Zitaten aus den Klassikern und aus der internationalen Presse, die er regelmäßig für seine Artikel in Ermangelung eines eigenen Urteils bemühte.

Die Gemälde an der Wand waren von all dem weit entfernt, und ganz offenbar interessierte sie niemanden, denn alle kehrten ihnen den Rücken zu. So hatte sich eine kleine Gasse zwischen den Bilderrahmen und den Kunstkennern gebildet, die der Alte ausnutzte, um die Werke in aller Ruhe zu betrachten. Niemand behinderte ihn dabei. Wahrscheinlich hatte man hingenommen, dass der Musikus inkognito nicht das Gespräch suchte. Der Alte näherte sich den ersten Exponaten. Ganz dicht konnte er herantreten, denn eine Alarmanlage gab es hier nicht. Was er dort sah, fesselte ihn. Es handelte sich ausschließlich um Portraits, keine Selbstbildnisse der Künstlerin und keine Darstellungen lebender Persönlichkeiten. Die kleinen Hinweisschilder an der Seite der Bilder wiesen es aus: Leonardo da Vinci, Vincent van Gogh, Paul Klee, Giotto, William Turner, Jan Vermeer. Der Alte kannte sie durch die Kunstkalender, die er jedes Jahr aufs Neue in seinem Turmzimmer aufzuhängen pflegte.

Die alten Meister schauten alle nicht besonders glücklich drein. Das lag aber nicht daran, wie man vermuten konnte, dass die Besucher des heutigen Abends (Tages, Vormittags) sich mehr für ihr eigenes Sehen-und-Gesehen-Werden interessierten als für die Ölbilder an der Wand. Die Konterfeis zeichneten sich durch eine eigentümliche Maltechnik aus, die den Alten schockierte.

Die Bilder waren weder abstrakt, noch wiesen sie manieristische Verzerrungen auf. Auf den ersten Blick schien es sich um ein realistisches Abbild des betreffenden Malers zu handeln. Jeder war im Stil seiner Zeit gekleidet und andeutungsweise in dem ihm eigenen Pinselstrich gemalt. Doch die Gesichter sahen in merkwürdiger Weise deformiert aus. Es schien, als hätte die Malerin sie, als die Farbe noch nicht festgetrocknet war, mit den Fingern quer durchgestrichen, sodass die Augen blind wurden. Doch bei näherer Betrachtung erkannte man, dass das nicht die Frucht einer blinden, zufälligen Zerstörungswut war. Beata hatte diese scheinbaren Verwischungen mit akribisch genauer Pinselführung technisch brillant nachempfunden.

Und noch etwas beängstigte ihn. Alle Figuren waren in eine Art gläsernen Käfig eingesperrt, der allen Regeln der Raumgeometrie widersprach. Nur wenige, unauffällige, mit einem Lineal gezogene Striche, so, als würden sie wie mit feinen Spinnweben ein geheimnisvolles Netz um das jeweilige Portrait legen. Der Alte war kein guter Psychologe. Dennoch spürte er die Unruhe, die diese Gemälde verströmten, doch er konnte sie nicht deuten. Zumindest war ihm klar, dass es sich bei der Malerin um eine leidenschaftliche, innerlich zerrissene Persönlichkeit handeln musste. Zu gern hätte er sie kennengelernt. Aber wer in dieser lärmenden, oberflächlichen Menge war sie?

Nachdem er seine Runde beendet hatte, setzte er sich an einen leeren Beistelltisch und hoffte, die Bedienung würde ihn bald mit Getränken und Häppchen versorgen. Doch nichts dergleichen geschah. So saß er da, von niemandem wahrgenommen, legte sein Kinn in die linke Handinnenfläche und stützte den Ellenbogen auf die Tischkante. Er begann, die vor ihm stehenden Menschen genauer zu studieren. Zwischen ihnen und ihm schien eine einseitig lichtdurchlässige Spiegelwand zu stehen. Es war fast so wie vorhin bei den Schaufensterscheiben.

Die Leute standen in kleinen Gruppen zusammen. Fest ineinandergekeilt, nur selten wechselten die Gesprächspartner, als sei man eine konspirative Gemeinschaft. Bei einigen bewegten sich die Münder unaufhörlich, bei anderen klebten sie an den Sektgläsern, die nie leer zu werden schienen. Ihre Augen flackerten unbeständig hin und her, als sei man auf der Flucht. Und immer wieder wirbelten fahrige Hände durch die Luft, mal drohend, mal besänftigend, als würde man sich einer besonderen Gebärdesprache bedienen.

Plötzlich zerteilte sich die Menge, und man machte einem jungen Paar Platz. Der Alte erkannte Christian und seine Braut sofort, auch wenn die beiden nur wenig Ähnlichkeit mit dem Paar auf dem Zeitungsbild hatten. Er wollte aufstehen und den jungen Mann begrüßen, doch der würdigte ihn keines Blickes. Die beiden schritten wortlos an ihm vorbei durch eine Tür, die sich direkt neben seinem Beistelltisch befand.

*

Kaum waren sie verschwunden, widmeten sich die anderen Gäste wieder ihrer Konversation, ihrem ziellosen Perpetuum mobile. Der Alte fing an, sich zu langweilen. Schon wollte er aufbrechen, als ihn Geräusche aus dem Nebenraum ablenkten.

»Verdammt, warum hat mich niemand informiert?«, tönte eine tiefe, herrschsüchtige Stimme.

»Aber Papa, wir dachten, wir könnten dich nicht mit jeder Kleinigkeit belästigen«, antwortete in hellem Ton eine anscheinend junge Frau. Sicherlich die Braut, dachte sich der Alte. Und der Mann musste ihr Vater, der Chefredakteur Bohnsack sein.

»Kleinigkeit?«, donnerte die Bassstimme. »Nadine, eine meiner besten Redakteurinnen ist einer heißen Sache auf der Spur und wird wenig später halbtot drüben am Steilufer an Land gespült, und alles so fein eingefädelt, dass es wie ein Suizid aussieht. Das nennt ihr eine Kleinigkeit?«

»Das konnte Beata vorher nicht wissen«, mischte sich ein Tenor ein. Der Stimme nach war das wohl Christian, meinte der Alte.

»Rede nicht um den heißen Brei herum! Ich bin es gewöhnt, dass eine gute Journalistin etwas vorher weiß, ehe es sich ereignet. Nadine war so eine. Sie hatte eine Nase für das Sensationelle. Ich wünschte, meine Tochter hätte das auch, statt einfältige Bilder zu malen – Bilder, die den Puls der Zeit nicht treffen, Bilder, die keinen aufregen.«

»Hör auf, Papa! Ich gehe meinen eigenen Weg, auch wenn es dir nicht in den Kram passt. Ich bin Künstlerin und kein Paparazzo. Mich interessiert nicht der Schein, mich interessiert das Sein der Menschen. Man muss die Illusionen, die man von anderen hat, genauso zerstören wie die verlogene Maske, hinter der sich diese Menschen verstecken. Nur so gelangt man zur Wahrheit.«

»Unsinn! Du redest wie einer deiner mäßig begabten Professoren an der Kunstakademie. Sollen sie sich in ihrem Elfenbeinturm verstecken, aber mit dem wahren Leben hat das nichts zu tun.«

»Ich fürchte«, schaltete sich die Tenorstimme ein, »eure Debatte bringt uns jetzt nicht unbedingt weiter. Mich, lieber Schwiegervater in spe, würde vielmehr interessieren, welche Spur diese Nadine verfolgt hatte, um mit so einem traurigen Schicksal zu enden.«

»Das kann ich dir sagen. Nadine war mehrere Tage lang nicht mehr in die Redaktion gekommen, aber als mir dann ein Kollege die Nachricht von der Frau im Wasser vorlegte, ahnte ich, um wen es sich handelte. Ich habe mich in den Unterlagen, die Nadine in ihrem Schreibtisch aufbewahrt, umgeschaut.«

»Warum hast du nicht die Polizei informiert, als du wusstest, wer es war?«, unterbrach ihn der junge Mann. »In der Zeitung stand etwas von unbekannter Identität.«

»Ach was, Polizei! Ich spüre, dass wir einer großen Sache auf der Spur sind, da kann uns die Polizei nur hinderlich sein. Ich will mich erst mal selbst dahinterklemmen, bevor es in aller Öffentlichkeit an die große Glocke gehängt wird.«

»Du bist der perfekte Paparazzo, Papa!«, rief die Frau in ironischem Ton. Doch ihr Vater fuhr unbeirrt fort.

»Es geht um illegalen Kunsthandel. Wie ihr wisst, wurden in letzter Zeit gehäuft Bilder berühmter Maler und andere wertvolle Antiquitäten aus den Galerien und Museen gestohlen. Es scheint, als ob sich einige Kriminelle an dem kulturellen Erbe unserer Republik bereichern wollten. Wenig später tauchen sie im Westen auf dem Schwarzmarkt wieder auf. Mal ein Frans Hals, mal ein Jan Brueghel. Nadine muss in ein wahres Wespennest gestochen haben. Sie hat Hinweise dafür gefunden, dass ein wesentlicher Teil dieser Aktivitäten ausgerechnet über unsere Stadt abgewickelt wurde.«

»Schwer zu glauben«, warf seine Tochter ein. »Wir leben hier in einer idyllischen Kleinstadt am Rand der Welt, in der man noch nie zu etwas Großem fähig war, nicht einmal auf dem Gebiet der Kriminalität.«

»Eben, meine liebe Beata«, entgegnete ihr Vater. »Gerade unter dem Deckmantel der Idylle gedeiht das Verbrechen am besten. Wer vermutet schon in der Provinz die erste Liga der Schmuggelbanden? Und außerdem musst du bedenken, dass wir an der Nahtstelle zwischen Land und Meer wohnen. Das Meer ist weit, da verliert sich schnell jede Spur. Und an Land haben wir ein ausgebautes Verkehrsnetz, auf dem man genauso schnell in alle Himmelsrichtungen verschwinden kann. Fehlt also nur noch ein diskretes Versteck als Umschlagplatz für die heiße Ware.«

»Mein Schwiegervater in spe redet schon fast wie ein eingefleischter Ganove«, spöttelte Christian.

»Richtig, mein lieber Schwiegersohn in spe«, konterte der Zeitungsmann. »Ganoven und Journalisten sind sich in manchem ähnlich. Beide lieben es, fremde Türen aufzubrechen, um an ihr Ziel zu kommen.« Er lachte hell auf. »Das wirst du schon noch selbst lernen. – Übrigens, da wär' noch etwas, das ich mit euch besprechen wollte.«

Der alte Leuchtturmwärter, dem es peinlich war, unbeabsichtigt Zeuge des Gesprächs zu sein, hörte ein leichtes Stühlerücken. Wahrscheinlich hockten die drei jetzt enger zusammen.

»Das Problem ist, dass Nadine für unbestimmte Zeit ausfällt. Sie liegt im Koma, und wer weiß, wann sie wieder reden kann. Außerdem müssen wir sie jetzt da raushalten. Vor allem dürfen wir nicht bekannt geben, dass sie die Aktion überlebt hat. Die Bande kennt ja jetzt ihr Gesicht.«

Bohnsack machte eine längere Pause. Er atmete hörbar tief durch. Dann fuhr er fort: »Leider habe ich in der Redaktion niemanden, der geeignet wäre, Nadines Mission fortzusetzen. Und ich selbst kann mich darum nicht kümmern. Es wäre zu auffällig, wenn sich ein Zeitungsboss in der Unterwelt herumtreiben würde. – Aber mir ist da etwas anderes eingefallen.«

Wieder eine Pause, die Bohnsack geschickt einbaute, um dem Folgenden den Nachdruck der Wichtigkeit zu verschaffen.

»Liebe Beata, was würdest du als Künstlerin sagen, wenn man deine Werke aus dieser Ausstellung stehlen und auf dem Schwarzmarkt für billiges Geld an einen arabischen Scheich verramschen würde, der sie dann in seinem Harem zur persönlichen Erbauung aufhängt?«

»Was soll das, Papa? Vorhin waren es noch einfältige Bilder und jetzt siehst du mich Seite an Seite mit Frans Hals und Jan Brueghel. Du führst doch was im Schild. Worauf willst du hinaus?«

»Ganz einfach. Du wirst den Fall übernehmen.« Die verdatterten Einwände seiner Tochter überging Bohnsack mit einem lauten Befehlston. »Erstens: Du bist meine Tochter. Ich habe dich immer gefördert, sonst hättest du heute nicht diese Vernissage. Also ist es an der Zeit, sich zu revanchieren. Zweitens: Du bist

Fachgutachterin bei der Kulturgutschutzkommission. Schon von daher solltest du ein Interesse haben, dass dem sozialistischen Vaterland kein nationales Kulturerbe abhanden kommt. Drittens: Du bist selbst Malerin und kennst dich in der Kunstszene aus, du bist jung und ehrgeizig und dich kennt kaum jemand.«

Wieder wollte seine Tochter aufbegehren, aber Bohnsack räumte ein: »Ich meine natürlich unter den Ganoven und Schmugglern. – Und viertens hast du einen hoffnungsvollen Mann an deiner Seite. Der kann dich unterstützen.«

Jetzt wollte sich Christian nicht länger zurückhalten. »Aber das ist doch Unsinn! Ich bin Schriftsteller, Lyriker. Ich kann doch nicht …«

»Papperlapapp! Auch Ganoven und Lyriker sind sich in manchem ähnlich! Was dem einen sein Dolch, ist dem anderen sein Wort. Beide können tödlich treffen.« Bohnsack stieß ein lautes, scharfes Gelächter aus, als meinte er, einen besonders feinen Witz gerissen zu haben. »Schluss mit den Widerreden! Ich werde euch jetzt in die näheren Details aus Nadines Recherchen einweihen, dann werdet ihr sehen, dass das genau das Richtige für euch ist. – Schließlich ist es ja auch ein Kampf der Kunst gegen die Barbarei.«

Draußen vor der Tür, dort, wo der alte Leuchtturmwärter bislang einsam an seinem Beistelltisch gesessen hatte, kam plötzlich Leben auf. Einer der Bediensteten hatte endlich das lang ersehnte Tablett mit den Getränken und den Häppchen aufgetragen. Wie durch Zauberhand zerbrach die scheinbar einseitig lichtdurchlässige Spiegelwand zwischen dem Alten und den Partygästen. Alle stürzten sich auf den kulinarischen Nachschub, sodass sich der Alte erschrocken an die Wand presste. Ehe er sich gewahr wurde, waren alle Köstlichkeiten verschwunden. Wieder ging er leer aus.

Der Lärm hatte auch die Aufmerksamkeit der drei Verschworenen im Nachbarzimmer erregt. Neugierig lugte Beata durch den offenen Türspalt und erblickte den Alten, der wieder ganz allein am Tisch saß.

»Nichts für ungut, aber ich muss denn mal wieder«, sagte dieser und lächelte Beata mit einem entschuldigenden Blick an. Die aber zog ihren Kopf schnell wieder zurück und knallte die Tür mit einer energischen Geste zu.

Als der alte Leuchtturmwärter am späten Abend nach Hause kam, fand er einen Zettel in seinem Briefkasten: ›Ihre Wasseruhr muss ausgewechselt werden. Bitte halten Sie sich am kommenden Montag um zehn Uhr bereit.‹

»Merkwürdig«, sinnierte der Alte. Nachdem er sich jahrelang über die defekte Wasserleitung beschwert hatte, wurde sie erst vor drei Jahren repariert, und damals kam auch eine neue Wasseruhr ins Haus. »Typisch ›realer Sozialismus‹: Erst passiert gar nichts wegen der Versorgungsengpässe, und dann gibt es gleich Wasseruhren in Massen.«

Als er seine Wohnung betrat, musste er über sich selbst schmunzeln. Jetzt redete er schon fast so politisch wie sein Freund und Nachbar, der Pastor Laurentius.

*

Marthe, die Ehefrau des Fährmanns Tobias, war am nächsten Tag in die Stadt gekommen, um zum Friseur zu gehen. Einmal im Monat gönnte sie sich den Luxus. Sie genoss diese Auszeit. Endlich mal runter von der Insel, ›rüber nach Deutschland‹, wie sie zu sagen pflegte. Der Spruch stammte aus der Zeit vor 1803, als die Insel Poel zu Schweden gehörte. Bis heute hat sich die Redewendung bei den Insulanern erhalten. Mit den Mecklenburgern wollte man nur ungern zu tun haben. Die Poeler waren stolz auf ihren Sonderstatus.

Auf dem Marktplatz setzte sich Marthe in ein Café und beobachtete durch das Fenster das Treiben auf der Straße. Nach und nach entwickelte sich da draußen eine eigenartige Geschäftigkeit. Es begann damit, dass drei Personen betont langsam quer über den Platz schlenderten. Jeder von ihnen hatte ein brennendes Teelicht in der Hand. Wie durch Zufall taten das auch drei andere Bürger, jedoch benutzten sie die andere Diagonale. In der Mitte trafen sich beide Gruppen. Man sprach nicht miteinander, man sah sich gegenseitig nicht an. Man stand einfach nur in der Mitte des Marktplatzes und hütete die Flamme seiner Kerze. Nach einer Weile setzten die beiden Gruppen ihren Weg fort. Wenig später kamen sie aus ihren Ecken erneut hervor und wiederholten das Spiel. Diesmal tauchten jedoch auch zwei entsprechend handelnde Gruppen an den beiden anderen Ecken auf. Wieder traf man sich in der Mitte. Jetzt stellte jeder sein Teelicht auf dem Boden ab und verschwand wortlos.

Als ein Freiwilliger Helfer der Volkspolizei im Rahmen seines Rundgangs um die Ecke bog, merkte er sofort, dass da was im Busche war. Wieder so eine illegale Zusammenrottung, wie neuerdings jeden Dienstag. Rasch lief er ins Rathaus und benachrichtigte seine Dienststelle.

Inzwischen waren mehr als zehn Teelichter in der Mitte des Marktplatzes zusammengekommen. Das merkwürdige Hin und Her breitete sich rasch aus. Die westdeutschen Touristen, die zu einem Tagesausflug nach Wismar gekommen waren, und ein paar einheimische Passanten blieben stehen und schauten sich die stille Demonstration an. Manche zeigten Sympathie mit den ›Spaziergängern‹. Einer rief sogar: »Schluss mit den Reisebeschränkungen! Freie Ausreise für jeden, der das will!«

Er wurde sofort von einem hageren Kerl abgedrängt, der ihn anschnauzte: »Hau ab! Wer für sich und seine Familie auch künftig ein Leben in Glück und Geborgenheit wünscht, kann sich wahrlich nicht mit diesem Mob solidarisieren.« Ein anderer pflichtete ihm bei: »Wir lieben unsere Stadt und sehen, es geht voran. Umso mehr packt uns die Wut, wenn dieser Frieden durch antisozialistische Kräfte gestört wird.«

Jetzt waren es schon etwa 20 Gruppen, die sich an der Aktion beteiligten. In der Mitte des Platzes hatte sich ein kleines Lichtermeer gebildet. Die Touristen fotografierten eifrig, wagten es aber ansonsten nicht, sich einzumischen. In den Zugangsstraßen zum Marktplatz fuhren Mannschaftswagen der Polizei auf. In der Kreisdienststelle der Staatssicherheit stufte man die Aktion als angespannte Lage ein, als Gefahr für die staatliche Sicherheit. Der zuständige Genosse, der sich durch das ständige Tragen einer Thälmannmütze auszeichnete, holte aus der obersten Schublade seines Schreibtischs einen schmalen Aktenordner hervor. ›Vorbeugekomplex‹ stand auf dem Deckblatt. Es handelte sich um eine Liste von ›Personen, die Träger der politisch-ideologischen Diversion waren und bestimmte Bevölkerungskreise massiv beeinflussten und zu Handlungen gegen den Staat aufwiegeln konnten‹. Er öffnete die Akte. 36 Namen standen dort, für die er in seiner Kreisdienststelle zuständig war. Innerhalb von 24 Stunden hatte er im Ernstfall ein Isolierungslager aufzuziehen, das mit Stacheldraht und Wachtürmen gesichert werden sollte. Viele der Namen kannte er. Auch dieser zwielichtige Pastor von der Insel war darunter.

Er zögerte. Instinktiv fühlte er, dass dieser Ernstfall noch nicht eingetreten war. Er wollte erst einmal abwarten, vielleicht beruhigte sich die Lage ja wieder. Ein paar Spaziergänger und ein paar Teelichter im Zentrum der Stadt würden noch keinen Aufruhr nach sich ziehen. Außerdem hatte er Angst, dass der Pastor zu viel plaudern könnte. Dann war sein einträgliches Geschäft mit sichergestellten Kunstwerken und Antiquitäten in Gefahr. Schließlich gedachte er der peinlichen Situation vom Anfang des Jahres, als eine internationale Jugendgruppe anlässlich des Festivals des Politischen Liedes auch die Stadt Wismar besuchte. Mitglieder von Singgruppen aus Kuba, Madagaskar und Australien wollten hier den Geburtstag ihres Tourneeleiters feiern. Sie kamen auf die fatale Idee, ihm zu Ehren 41 Kerzen auf dem Marktplatz anzuzünden. Doch die brannten nicht lange. Eine Hundertschaft der Polizei rückte an. Brennende Kerzen waren schon seit Längerem das

Erkennungszeichen von Oppositionellen und Ausreisewilligen, die in der Amtssprache als ›Übersiedlungssuchende‹ bezeichnet wurden. Also trieb man die Liedersänger samt Betreuer und FDJler mit Gummiknüppeln in die Bereitschaftswagen und schloss sie im Fußballstadion ein, so wie es sich für vermeintliche Regimegegner gehörte. Erst Stunden später klärte sich der harmlose Vorfall auf.

So eine Blamage wollte sich der Thälmannmützenmann nicht ein zweites Mal leisten. Also gab er den Befehl, die Sicherheitskräfte vor Ort sollten das Problem zunächst mit der leisen Gangart lösen. So wenig Aufsehen, wie notwendig, lautete die Parole.

Marthe hatte die Vorgänge auf dem Platz mit Sorge beobachtet. Damit wollte sie nichts zu tun haben. Doch sie hatte das Gefühl, dass sie in dem Café wie in einer Falle saß. Sie trat vor die Tür und beschloss, so schnell und unauffällig wie möglich zu verschwinden. Doch sie hatte sich einen denkbar ungünstigen Augenblick ausgesucht. Gerade eben hatte einer der Demonstranten in der Mitte des Platzes ein Plakat entrollt: ›Keine Reisebeschränkungen! Wir wollen auf der Ostsee segeln‹.

Das war für den Einsatzleiter das Signal. Die Polizisten drängten alles, was ihnen vor den Knüppel kam, zur Platzmitte. Marthe wurde zufällig in dieses Gedränge hineingesogen und begann um ihre neue Frisur zu fürchten. Sofort fuhren die Mannschaftswagen vor und bildeten eine Wagenburg um die Gruppe von nunmehr etwa 100 Personen. Im Nu drängte man sie mit Gewalt auf die Pritschen, und die Wagen düsten unter Sirenengeheul zum Gebäude der SED-Kreisleitung. Dort begann man sofort mit der erkennungsdienstlichen Behandlung und den Verhören. Alle mussten mit weit gespreizten Beinen und Armen an der Wand stehen. Ab und zu fielen ein paar Stockschläge. Auch Marthe bekam einen schmerzhaften Hieb auf den Rücken.

Am späten Abend legte man eine Pause ein. Jeder erhielt ein Brötchen und eine halbe Bockwurst. Dann gingen die Verhöre bis Mitternacht weiter. In früher Morgenstunde wurden Marthe und ein paar andere entlassen. Jetzt kam auch ihr Name auf die Liste für den Vorbeugekomplex. Außerdem stellte man ihr den Bescheid für eine Ordnungsstrafe von 200 Mark und einen Beleg zur Einzahlung von 75 Pfennigen für die halbe Bockwurst mit Brötchen aus. Gott sei Dank kam sie frühmorgens noch rechtzeitig zum Hafen, um das erste Fährschiff zurück zur Insel nicht zu verpassen. Ihr Mann wunderte sich, sagte aber nichts.

KAPITEL 3 – DREIECK

Beata und Christian zogen sich mit den Unterlagen, welche die auf mysteriöse Weise verunglückte Journalistin Nadine hinterlassen hatte, in eines der hinteren Büros des Wismarer Verlagshauses der Ostseezeitung zurück. Sie nahmen an einem unaufgeräumten Schreibtisch Platz. Beata schob die Utensilien der Vorgänger beiseite und legte einen schmalen Aktenordner und ein dickes Notizbuch auf den Tisch. Außerdem hatte sie eine Kanne Kaffee und Pappbecher mitgebracht. Während sie sich um die Schriftstücke kümmerte, blätterte Christian in Nadines Tagebuch herum. Plötzlich rief er: »Mensch hier, Bea, hier wirst ja du erwähnt!«

Die junge Frau erschrak, obwohl sie wusste, dass sie nichts zu verbergen hatte. »Unmöglich! Was habe ich mit Kunstschmuggel zu tun?«

»Hier steht als einer der letzten Einträge: ›Beata Bohnsack, die zuständige Genossin aus der Kulturgutschutzkommission kontaktieren. Klären, in welcher Kategorie die Gemälde aus dem Gothaer Kunstraub eingestuft waren.‹ – Das verstehe ich nicht. Ich weiß zwar, dass du in einer Kommission bist, aber was du da genau machst, ist mir ebenso schleierhaft wie das mit den Kategorien.«

Die junge Frau wehrte ab: »Ach was, das gehört jetzt nicht hierher. Und außerdem würdest du dich langweilen, wenn ich dir das alles erklären sollte.«

»Nein«, beharrte ihr Verlobter. »Wenn ich schon bei der Verbrecherjagd dabei sein soll, dann will ich auch bis ins Detail die Rahmenbedingungen kennen.«

»Na gut. Also, wenn du es genau wissen willst, ich bin Gutachterin in dieser Kulturgutschutzkommission. Sie basiert auf dem Kulturgutschutzgesetz und soll gewährleisten, dass der Export von Kulturgut aus der DDR nicht den Bestand des national bedeutsamen Kulturguts gefährdet. Als Kunstmalerin ist es für mich selbstverständlich, sich für diese Arbeit zu engagieren.«

»Freiwillig? Wieso?«

Beata wandte die Augen von ihm ab, blickte zum Fenster hinaus und antwortete leise, als würde sie mit sich selbst sprechen: »Vielleicht weil ich hoffe, dass meine Werke auch dereinst zum bedeutsamen Kulturgut zählen werden.«

»Und vielleicht auch, weil damit gewisse Privilegien verbunden sind«, unterbrach er sie. »Freie Reisen in den Westen, bessere Chancen beim Verkauf der eigenen Werke, eine öffentliche Ausstellung, hier und da ein paar Sonderprämien und …«

Sie klappte den Aktenordner zu und schob ihn selbstbewusst weit von sich. »Ja, auch das. Warum nicht? Ich war überzeugt, dass ich dadurch unserem Land am besten dienen könnte.«

»Wieso *war*? Bist du es denn nicht mehr?«

»Ach, ehrlich gesagt …«

Sie unterbrach sich und stand auf, trat ans Fenster und öffnete es. Die feuchte Herbstluft tat ihr gut. Das half, die Gedanken zu ordnen.

»Ehrlich gesagt, habe ich so meine Zweifel bekommen.«

Christian missfiel der pessimistische Ton in ihren Worten. »Nein Bea, so darfst du nicht reden. Ich wollte dich mit meinen Worten nicht kränken. Ich bin überzeugt, du hast alles Zeug für eine herausragende Künstlerin. Deine Vernissage neulich hat doch gezeigt, dass ...«

»Ach, es ist lieb von dir, dass du mich lobst«, entgegnete sie. »Doch du hast mich missverstanden. Ich meine nicht, dass ich Zweifel an mir habe, sondern an der Funktion dieser Kulturgutschutzkommission. – Und nicht nur daran. Je älter und reifer ich werde, desto mehr zweifle ich an der ganzen Kulturpolitik unseres Landes.«

»Da bist du weder die Erste noch die Einzige, die an unserem Staat zweifelt«, versuchte Christian sie zu trösten. Er angelte sich ein Geodreieck aus dem Krimskrams, den ihr Vorgänger auf dem Schreibtisch hinterlassen hatte, und spielte damit. Er klemmte die beiden äußeren Ecken des Dreiecks zwischen Tischplatte und Zeigefinger, sodass es wie ein Segel aussah. Mit dem Daumen gab er ihm einen leichten Schubs. Es begann unter seinen Fingern zu rotieren. Plötzlich verlor es das Gleichgewicht und fiel scheppernd auf die Arbeitsplatte.

Beata beachtete ihn nicht. »Meine künstlerische Karriere begann damit, dass ich im Examen ein paar Ölgemälde einreichte, von denen meine Lehrer behaupteten, sie würden mich als vielversprechende Kulturkämpferin ausweisen.«

Sie schloss für einen Moment die Augen und hing ihren Erinnerungen nach. Ganz den Prinzipien des Sozialistischen Realismus folgend, hatte sie damals akribisch und handwerklich perfekt ausgemalte Portraits von westlichen Politikern und Gesellschaftsidolen angefertigt. Von Weitem sahen sie aus, als wären sie von einem spanischen Hofmaler geschaffen. Sie wirkten wie

Bilder aus der Ahnengalerie kapitalistischer Schlossherren. Opulent, stolz und siegesbewusst. Doch bei näherer Betrachtung entpuppten sich die Gesichter als verunstaltete Masken, als würde man das Antlitz in einem Zerrspiegel sehen. Die Künstlerin hatte einfach die Augen und den Mund ihrer Figuren mit den Fingern verwischt, kurz bevor die Ölfarbe getrocknet war. Dadurch flossen die Farben ineinander über, und es schien, als wären die Porträtierten blind und sprächen eine falsche Sprache.

Christian versuchte erneut, das Geodreieck in Rotation zu versetzen. Wieder fiel es polternd auf den Tisch.

Beata schreckte aus ihren Erinnerungen auf. »Hör auf, mit dem lächerlichen Dreieck herumzuspielen. Mir ist es ein Anliegen, mich mit dir ernst über meine Vergangenheit zu unterhalten. – Damals war ich naiv. Ich war von meinem Sendungsauftrag überzeugt. Kunst im Dienste des Proletariats. Sofort nach dem Examen übertrug man mir den verantwortungsvollen Posten eines Gutachters in der Kulturgutschutzkommission.«

»Das ist doch schon was«, unterbrach er sie mit ironischem Unterton und warf das Dreieck zurück zu den anderen Sachen.

»Ja, sicher«, fuhr Beata fort. »Aber mein Idealismus bröckelte, als ich eines Tages bei einem Besuch in Berlin ausgerechnet hinter dem Schreibtisch des Mannes, der an der Spitze des DDR-Außenhandels steht, ein wertvolles Gemälde von Otto Nagel entdeckte.«

»Und? Ist das so wichtig? Was für ein Nagel war das denn, der da am Nagel hing?«

»Hör auf mit deinen blöden Witzeleien. Für mich war es schon wichtig, denn er gehörte zu meinen Vorbildern. Ein proletarisch-revolutionärer Maler, der zum Umkreis von Heinrich Zille und Käthe Kollwitz zählte. Und ein Bild, das in ein öffentliches Museum gehört und nicht in das Büro eines der höchsten Staatsfunktionäre.«

Sie schloss das Fenster, setzte sich an den Schreibtisch und schenkte sich eine Tasse Kaffee ein. Sofort füllte sich der Raum mit dem herben Geruch von billigem Pulverkaffee. Christian folgte ihr. Jetzt hatte auch er Lust auf einen Kaffee.

»Es wurde noch schlimmer«, fuhr sie fort. »Nämlich je mehr Einblick ich in die Praxis der Kulturgutschutzkommission bekam. Eigentlich war es meine Aufgabe, die beiden wichtigsten Organisationen für den Kulturexport, die ›Kunst und Antiquitäten GmbH‹, die ihr Hauptlager in dem kleinen Ort Mühlenbeck im Havelland nördlich von Berlin unterhält, und den ›VEB Antikhandel Pirna‹, beide Tochtergesellschaften des Außenhandelsimperiums, zu überprüfen, ob sie die strengen Auflagen des Kulturgutschutzgesetzes einhielten. Ich musste jedoch permanent in deren Machenschaften eingreifen, was mir natürlich immer mehr Feinde verschaffte, sogar bis hin in die eigene Chefetage. Es begann damit, als ich mich vergeblich gegen den Ausverkauf impressionistischer Bilder aus dem Nachlass des 1935 verstorbenen Malers Christian Rohlfs wehrte. Valutamark war den örtlichen Agenten der Mühlenbecker GmbH wichtiger als das nationale Kulturerbe der DDR.«

»Du musst das nicht persönlich nehmen. Das ist nun mal unser System. Und Valutamark hilft ja immerhin beim Aufbau unseres Landes.«

Beata schlug mit der Faust auf den Tisch, sodass der Kaffee aus ihrer Tasse überschwappte. Sie funkelte ihn zornig an: »Also nein! Wenn das deine ehrliche Meinung ist, sollten wir besser Schluss für heute machen.«

»Nun bleib mal auf dem Teppich! Stecke dir die Valuta besser selbst in die Tasche, als dass sie bei dem Genossen Staatsratsvorsitzenden in seiner luxuriösen Jagdvilla landen. – Ich meinte das ironisch. Soweit solltest du mich ja wohl kennen«, reagierte Christian ein wenig verschnupft und leerte seinen Kaffeebecher in einem Zug. Das Zeug schmeckte bitter. Er verzog den Mund und schüttelte sich kurz.

»Ach, weißt du, mein Schatz«, erwiderte sie und legte ihre Hand auf die seinige, ohne ihn anzuschauen. »Wer kennt schon seinen Nächsten wirklich? Jeder trägt seine Maske und jeder vermeidet es, dass man ihm dahinter schaut. Gerade das ist für mich das Hauptthema meiner Malerei.«

»Ich denke, wir sind hier, um Kunsträubern auf die Sprünge zu kommen«, konterte Christian trocken. »Nicht um über deine Kunstideale zu streiten und erst recht nicht, um über unseren Staat und die Valutamark zu politisieren.«

»So eine nüchterne Arbeitshaltung kenne ich von dir ja noch gar nicht.« Beata schenkte ihm Kaffee nach. »Aber das ist gut.« Sie griff zu dem Aktenordner und entnahm ihm ein paar Seiten und eine Klarsichthülle, in der Fotos steckten.

»Diese Nadine hat eine gute Vorarbeit geleistet. Hier.« Sie schob ihm einen Schnappschuss zu und deutete mit dem Finger auf die Person, die darauf zu sehen war. Er trug eine Thälmannmütze und fiel durch sein kantiges Kinn auf. »Auf der Rückseite hat Nadine vermerkt: ›Vorm Staatssicherheitsgebäude‹.«

Christian merkte auf. »Dann wird sich wohl auch die Stasi für die Kunsträuber interessieren. Das könnte für uns ein heißes Eisen werden. Vielleicht vermutet man die Täter in deiner Kunstszene.«

»Na ja, für meine Kollegen würde ich ja gern meine Hand ins Feuer legen. Aber wer weiß, heutzutage kann man nicht mal seinen besten Freunden trauen. Überall kriselt es, und jeder will sein Schäfchen rechtzeitig ins Trockene bringen.«

Sie wühlte in den anderen Fotos herum und seufzte. »Und man kann es ihnen im Grunde genommen gar nicht übel nehmen, wo man das doch bis in die Staats- und Parteispitze beobachten kann. Wer weiß, was mal aus diesem Nagel-Gemälde wird, von dem ich dir erzählt habe. Vielleicht verschwindet das eines Tages auch in den Westen.«

Sie ordnete die Bilder nebeneinander an. Dann studierte sie jedes Foto einzeln. »Hm, da ist keiner, den ich kenne. Jedenfalls keiner, der auf meiner Vernissage war. – Da fällt mir ein, dass da so ein merkwürdiger älterer Mann saß, der einzige Besucher, den ich vorher nie gesehen hatte. Ich hatte das Gefühl, dass der uns beide belauschen wollte, als wir bei meinem Vater saßen und über die Gemäldediebstähle sprachen.«

»Ich hatte nichts Verdächtiges bemerkt«, antwortete Christian. Auch er betrachtete die Fotogalerie. »Hier, das sind Fotos, die Nadine auf dem Fahrgastschiff nach Poel gemacht haben muss. Im Hintergrund kann man die Insel erkennen.«

Beim letzten Bild stutzte er. »Diese Hütte kommt mir bekannt vor. Das muss auch auf Poel sein. Irgendwie erinnert sie mich an einen Bootsschuppen, an dem ich mal vor langer Zeit vorbeigesegelt bin. Aber ich kann dir jetzt bei bestem Gewissen nicht sagen, wo das war.«

Beata goss sich den letzten Rest Kaffee in ihren Becher und leerte ihn bedächtig. Ihr war eine Idee gekommen. »Weißt du was? Ich glaube, wir haben jetzt immerhin zwei Spuren, die wir weiterverfolgen sollten. Du solltest mal wieder segeln gehen und nach dem Gebäude Ausschau halten.«

Sie kramte die Fotos zusammen und legte sie in die Klarsichthülle zurück. Den Aktenordner und Nadines Notizbuch steckte sie in ihre Aktentasche, während sie weiterredete. »Ich klemme mich hinter den Mützenmann. Ich weiß ja, wo ich ihn finden kann und werde ihn ein wenig beobachten.«

Sie sprach den letzten Satz so leise aus, dass es schien, als hätte sie mit sich selbst geredet. Christian wunderte sich ein wenig, dass Beata so abrupt und gedankenversunken ihr Treffen beendete, ohne ihn in ihre nächsten Schritte einzuweihen.

*

Christian stieß seine Jolle mit einem kräftigen Schwung vom Steg ab, legte das Ruder und zog die Großschot an. Das Segelboot nahm sofort Fahrt auf, und als er dann auch noch das Genuasegel dichtholte, musste er sich weit über die hohe Kante hinauslehnen, um einen Teil der Krängung durch sein Gewicht auszugleichen. Harter Amwindkurs. Jetzt waren Christian und sein Boot in ihrem Element. Gischtsprühend zerteilte der Bug die Wellen. Hinter ihnen schäumte sich das Kielwasser zu einer langen, hellen Nabelspur auf.

Schnell war der Stadthafen zurückgeblieben. Die Häuser schrumpften zunehmend, und die Menschen am Ufer verwandelten sich in kleine, verlorene Striche. Bald blieb das gesamte geschäftige Treiben der Stadt zurück, als würde es überhaupt nicht existieren. Der junge Mann liebte diesen Moment. Ab und zu brauchte er Distanz zu seiner Mitwelt. Hier draußen, auf sich allein gestellt, fand er sie, und damit die Ruhe, um zu sich selbst zu finden.

Mit einer eleganten Wende setzte er sich auf einen neuen Kurs ab. Je weiter er sich von der Stadt entfernte, desto deutlicher sah er Beata und die gestrige Vernissage vor seinem inneren Auge. Christian bewunderte seine Verlobte. Sie war schön, intelligent, künstlerisch vielversprechend und stammte aus einem soliden Haus. Ob er sie auch liebte, darüber war er sich immer noch nicht im Klaren. Denn sich lieben, bedeutet in der Konsequenz, ein ganzes verflixt langes Menschenleben miteinander zu teilen, Höhen und Tiefen zu erleben, Routine zu ertragen, den anderen zu akzeptieren wie er ist und sich über alle Widersprüche hinaus gegenseitig zu stützen. Je länger er darüber nachdachte, desto deutlicher spürte er eine gewisse Beklemmung, dass diese Zukunft eintreten könnte.

Nicht, dass er Angst vor den äußeren Spuren des Älterwerdens oder vor der Routine des Alltags hätte.

Sicher, er teilte Beatas künstlerische Auffassungen, die radikale Ablehnung der Welt des Scheins, die kritische Auseinandersetzung mit der Tradition, die Suche nach einer inneren Wahrheit. ›Man muss die Illusionen, die man von anderen hat, genauso zerstören wie die verlogene Maske, hinter der sich die Menschen verstecken‹, hatte sie gestern gesagt.

Dieser Satz war ihm seither nicht aus dem Kopf gegangen. Was sie in ihrer Malerei anstrebte, hoffte er, auf seine Lyrik anwenden zu können. Meine Lyrik muss so provozieren wie Beatas Kunst, beschloss er. Aber genau das war es, ging es ihm plötzlich durch den Kopf. Ich beginne, mich in meinen ästhetischen Anschauungen nach ihr zu richten. Ich beginne, mein eigenes Ich aufzugeben. Ich mache mich unbewusst zu einem Sprachrohr ihrer Anschauungen.«

Christian segelte jetzt parallel zum Festlandufer. Dort hinten, auf der anderen Seite der sich breit öffnenden Bucht, winkte der Inselleuchtturm herüber. Ob ihn jetzt der alte Leuchtturmwärter durch sein Fernrohr beobachten würde? Christian kannte ihn nicht persönlich, aber er gehörte zu seinem Leben dazu. Es war die vertraute Kulisse seiner Jugend, die er heute besonders deutlich wiedererlebte. Mit Worten provozieren? Illusionen zerstören, Masken niederreißen – und dann noch in Gedichtzeilen? War es wirklich das, was er anstrebte?

Das Segel killte. Er war so in seine Gedanken versunken gewesen, dass er die Drehung des Windes nicht wahrgenommen hatte. Zu spät bemerkte er, dass er jetzt allein durch die Segelstellung nicht mehr verhindern konnte, ans Festlandufer auf Legerwall zu geraten. Er musste also eine Halse machen, die ihn zur anderen Seite der Bucht führte. Seit Langem war er nicht mehr so weit hinaus gesegelt. Mit seinem neuen Kurs steuerte er die Insel an, die er seit seiner Kindheit nicht mehr besucht hatte.

Ihm war klar, dass das ein langer Schlag werden würde. An eine heutige Rückkehr in den Stadthafen war nicht zu denken. Das nahm Christian in Kauf. Er konnte in einer der windgeschützten Buchten der Insel ankern. Von dort war es nicht weit zum Pfarrhaus. Pastor Laurentius würde bestimmt nichts dagegen haben, wenn er bei ihm übernachtete. Eigentlich freute er sich sogar darauf. Das gab ihm ein gutes Stück Jugenderinnerung zurück.

Lange dauerte dieser Schlag. Er hatte genug Zeit, um über sich und seine bisherigen poetischen Versuche Rechenschaft abzulegen. Jetzt, wo er allein auf dem Wasser war, konnte er es sich eingestehen: Er war überhaupt nicht zufrieden mit dem, was er bislang geleistet hatte. Und das lag daran, dass ihm die richtige Grundeinstellung fehlte.

Warum sollte er mit seinen Worten provozieren, entschleiern, niederreißen? Das entsprach nicht seinem Wesen. Und Gedichte, darüber war er sich klar, sollten nicht im Widerspruch zur Persönlichkeit ihres Schöpfers stehen, denn dann wären sie nicht wahr, dann wären die Worte austauschbar. Authentisch müssten seine Gedichte klingen, aber gleichzeitig auch distanzierend, denn sie sollten Individuelles verallgemeinern. So wie es die Musik vermag, die reinen Klanges ist ohne den Ballast bedeutungsschwangerer Worte. Doch Lyrik ohne konkrete Worte, wie sollte das funktionieren?

Christian wusste keine Antwort auf die Frage. Nur, dass er noch meilenweit von dem entfernt war, was er wollte.

Erst als er die Fahrrinne kreuzte, die die Stadt mit den großen Häfen der Welt verband, tauchte vor ihm der Gaffelschoner auf. Dieser hatte die beiden Klüversegel gesetzt und bewegte sich lautlos dem offenen Meer zu. Das Boot schien in der Strömung, die hier vor der Insel herrschte, mitzutreiben. Weder bildete sich eine nennenswerte Bugwelle noch eine Kiellinie. Das Schiff war ganz einfach nur da und kam näher. Mehr nicht. Christian wurde neugierig. Er hatte in der Stadt zwar schon einiges von der Existenz dieses geheimnisvollen Segelboots gehört, aber er hielt das alles für das typische Seemannsgarn, das man in den Kneipen des Stadthafens vor sich hin spann.

Der junge Mann holte die Schoten ein wenig an und ging etwas höher an den Wind. Dadurch nahm seine Jolle deutlich an Fahrt auf. Nach wenigen Minuten war er so dicht an dem fremden Boot, dass er Einzelheiten erkennen konnte. Es machte einen gepflegten Eindruck. Der Schiffsrumpf wirkte wie frisch gestrichen, die Blöcke gelackt, und nirgendwo sah man Rostspuren an den Nägeln der Kraweelbeplankung. Die übrigen Segel waren faltenfrei zusammengelegt und eingezeist, die Leinen sorgfältig aufgeschossen und über die Belegnägel gehängt. Die Messingbeschläge glänzten in der Sonne. Nichts rührte sich an Bord, kein Mensch war zu erkennen. Am Bug prangte in großen Lettern der Schiffsname: ›Sokatra‹.

Der Schoner glitt an der Jolle vorbei. Die Nationale, die recht schlaff die Fahnenstange herunterhing, konnte

Christian nicht entziffern. Im Wesentlichen dominierten die Farben rot und grün. Darüber schien das Symbol einer Pflanze, möglicherweise ein Blatt oder ein Palmwedel zu ruhen. Es handelte sich nicht um das Hoheitszeichen eines der Ostseestaaten. Die kannte er. Auf dem Spiegelheck stand als Heimathafen: ›Toliara‹. Das klang nach einem Ort, der ziemlich weit weg sein musste. Fremd, aber nicht befremdlich. So, als würde jemand sagen: ›Hier kannst du gut ankern.‹

Nach wenigen Minuten war der Gaffelschoner an ihm vorbei. Christian hatte keine Lust, ihn zu verfolgen, wusste er doch, dass er dem großen Boot an Geschwindigkeit unterlegen war. Er luvte ein wenig an und erreichte bald den Kirchsee, das schmale Haff, das die Insel wie ein Kanal zur Hälfte durchschnitt. Die Wassertiefe wurde hier sehr flach. Christian konnte den Bewuchs auf dem Grund klar erkennen. Mehrere, mit dichtem Schilf und windschiefen Krüppelkiefern umkränzte Buchten luden zum Ankern ein. Er steuerte sein Boot gemächlich auf eine Lücke im Ufergestrüpp zu.

Als er nahe genug heran war, ließ er die Schoten los, damit der Wind keinen Widerstand mehr finden konnte. Aber er merkte sofort, dass das falsch war. Hier, im Schatten der Sträucher, kam der Wind schlagartig von vorn. Die Segel killten unbeständig hin und her. Der Wind, obwohl er recht schwach war, begann, das Boot zurückzutreiben. Christian war gezwungen, schnell das Hilfspaddel aus dem Kajütaufbau zu holen. Mit ein paar kräftigen Schlägen trieb er sein Boot das kurze Stück zum Ufer voran, dann zog er das Kielschwert hoch.

Das Boot glitt mit leichtem Schub auf den feinen Sand. Der junge Mann sprang ins Wasser, das ihm hier nicht einmal bis zu den Waden reichte. Dabei schwankte das Boot derart, dass das Paddel ins Wasser fiel.

Christian bemerkte es nicht. Er watete mit der Festmacherleine in der Hand an Land und vertäute seine Jolle an dem Stamm einer Ulme. Mit gekonnten Griffen schlug Christian die Segel ab. Als er sich wieder aufrichtete, bemerkte er auf der anderen Seite der kleinen Bucht eine Jugendliche, die auf einem meterhohen Findling kauerte. Sie hatte ihre Beine angezogen, die Arme um die Knie geschlungen und ihren Kopf auf ihren Unterarm gelegt. Sie schien ihn aus den Augenwinkeln zu beobachten.

Hübscher Anblick, wie die dänische Meeresjungfrau, fand Christian. Nur, dass ihr der Fischschwanz fehlte. Umständlich hantierte er mit den Leinen seines Segelbootes herum und tat so, als hätte er sie nicht gesehen. Die Jugendliche sprang plötzlich von ihrem Stein auf und warf sich mit einem kurzen Anlauf ins Wasser. Mit wenigen, kräftigen Zügen erreichte sie das Paddel, das inzwischen fast bis in die Mitte des Haffs getrieben war. Sie schnappte es sich, schwamm zu Christians Jolle zurück und warf es an Bord. Dann kletterte sie an Land und hockte sich in einiger Entfernung auf den waagerecht ausgewucherten Stamm einer Krüppelkiefer. Nun saß sie fast genauso da wie vorhin auf dem Findling, nur, dass ihr jetzt das Wasser von den Haaren auf ihre Kleidung tropfte. Alles war klitschnass, das einfarbige T-Shirt, die engen Bluejeans und die leichten Turnschuhe.

Das alles ging so schnell, dass Christian eine Weile brauchte, um zu begreifen, was vorgefallen war. Das Paddel! Wie ungeschickt. Dass das ausgerechnet ihm passieren musste, einem erfahrenen Segler. Und dann noch vor den Augen einer jungen Frau.

Glücklicherweise fiel ihm ein, dass er unten in dem niedrigen Kajütaufbau stets ein paar Decken aufbewahrte für den Fall, dass er an Bord übernachten musste. Auch bewahrte er in einem wasserdichten Seesack einen kompletten Satz Ersatzkleidung auf für den Fall, dass er mal unfreiwillig über Bord gehen sollte. Bei Jollen kommt das schon mal vor, da musste man vorgesorgt haben. Kurz entschlossen holte er eine Decke und den Seesack hervor und begab sich zu der jungen Frau, die leicht bibbernd auf dem Ast saß, obwohl die Sonne sie zu wärmen begann. Christian bemerkte, dass sich eine Gänsehaut auf ihren Armen bildete.

»Danke für das Paddel«, sprach er sie verlegen an und reichte ihr die Gegenstände. »Hier, was Trockenes. Nicht dass du dich erkältest. – Sind zwar Männersachen, aber fürs Erste wird es gehen.«

Die Fremde antwortete nicht, aber Christian spürte an ihrem Blick, dass es ihr recht war. Unbeholfen redete er weiter auf sie ein. Ihm fiel gar nicht auf, dass sie bislang kein Wort gesprochen hatte.

»Wenn du willst, kannst du das anziehen. Dann können wir hoch zum Pfarrhaus gehen. Das ist nicht weit. Dort können wir warten, bis deine Kleider wieder trocken sind. – Ich meine, wenn du nichts dagegen hast. Ich kenne Pastor Laurentius gut, der wird uns helfen.«

Die junge Frau schnappte sich kommentarlos die

Sachen und verschwand hinter einem dichten Gestrüpp. Kurz darauf erschien sie wieder. Ihre nasse Kleidung hatte sie in die Decke eingewickelt.

Christian machte währenddessen sein Segelboot strandklar, warf das Paddel wieder in den Kajütaufbau und schloss die Schotten der Kajüte ab. Als er sie in seinen Klamotten sah, musste er lächeln. Hemd und Hose schlotterten ihr wie hilflose Lappen um die zierliche Figur. Mit ihrem nassen, blauschwarzen Haar, dem dunklen Hauttyp, der grazilen Nase und der ovalen Gesichtsform sah sie nicht wie eine Einheimische aus. Auf den ersten Blick hielt er sie für eine Vietnamesin, eine von den vielen, deren Eltern in der DDR in Folge der Kriegswirren eine neue Heimat gefunden hatten. Andererseits passten ihre großen, runden Augen mit den ausgeprägten Lidfalten nicht zu dem Bild, das er von Asiatinnen hatte.

»Ich heiße Christian. Und du?«

»Dorisa«, entgegnete sie ihm. Das klang wie ›Doisa‹. Das r war nur zu erahnen. Offenbar fiel es der Fremden schwer, harte Laute auszusprechen. Ihre Stimme klang, als würde sie singen. Etwas befremdend, aber Christian ließ sich nichts anmerken. Im Gegenteil, er fand, dass das ihre geheimnisvolle Erscheinung positiv verstärkte.

»Also, wie gesagt, wenn du nichts dagegen hast, Dorisa, können wir …«

»Schon recht«, unterbrach sie ihn mit ihrer merkwürdigen Aussprache. »Zeig mir den Weg zum Pfarrhaus.«

*

Pastor Laurentius freute sich, dass Christian ihn nicht vergessen hatte, auch wenn er es nicht nach außen zeigte. Mürrisch wie immer empfing er die beiden jungen Leute und konnte sich, nachdem er ihre Geschichte gehört hatte, mahnende Worte nicht verkneifen.

»Was für ein Blödsinn, mit einer Jolle hierher zu segeln! Die Fallwinde, die Strömungsverhältnisse, der Wellengang … Was da alles hätte passieren können!«

Er bereitete einen besonders kräftigen Grog, einen mit umgekehrtem Mischungsverhältnis zu. »Hier, damit ihr euch aufwärmen könnt.«

Außerdem legte er ein neues Holzscheit in den Kamin, der bei ihm das ganze Jahr über im Einsatz war, auch bei gutem Wetter. »So, da können die Klamotten schneller trocknen. – Und überhaupt, in dem Haff da unten in der Erlenbucht zu schwimmen, ist auch nicht ohne. Wie oft sind da schon welche ins Meer gerissen worden! – Diese Jugend! Leichtsinnig!«

»Wenn ich mich richtig erinnere«, unterbrach ihn Christian, »sind wir beide damals dort immer gern schwimmen gegangen.«

»Ja, das ist über zehn Jahre her, da waren wir auch noch jung und kräftig. Aber heute, heute ist das alles anders geworden.« Er merkte, dass seine Argumentation nicht besonders schlüssig war und schenkte sich Rum pur ein. Das machte ihm Mut vorzuschlagen: »Ich werde mal die alten Fotoalben herausholen, damit sich die junge Dame ein Bild machen kann, wie wild es damals bei uns zuging.«

Christian befürchtete einen rührseligen Erinnerungsabend vor dem Kamin, deswegen widersprach er: »Nein, lass die mal lieber stecken. Spiel uns etwas auf deiner Orgel vor. Das habe ich lange nicht mehr gehört. Und Dorisa wird das bestimmt auch interessieren.«

Die hatte sich bislang nur wenig an dem Gespräch beteiligt. Einerseits wollte sie es vermeiden, dem Älteren ihr Problem mit der Aussprache zu offenbaren, andererseits fühlte sie sich in der spießigen Umgebung nicht besonders wohl. Sie erinnerte sie an ihr eigenes Zuhause. Viel lieber wäre sie mit ihrem neuen, jungen Bekannten durch die unberührte Natur der Inselbuchten gestreift. Aber da sie nun abwarten musste, bis ihre Kleider trocken waren, ergab sie sich ihrem Schicksal und nickte dem Pastor zustimmend zu.

»Wenn ihr unbedingt wollt …«, ließ sich Laurentius scheinbar unwillig herab, obwohl er darauf brannte, der jungen Frau seine Orgel zu zeigen. »Aber nicht, dass ihr dann enttäuscht seid. Ist nämlich nicht viel dran an dem alten Ding. Und außerdem habe ich Gicht in den Knochen, da kann ich nicht mehr so virtuos spielen wie früher.«

Die drei begaben sich rüber in die Kirche, in der es gar nicht so kalt war, wie Christian es von früher in Erinnerung hatte. Die Sonne stand immer noch hoch am Himmel, und ihre wärmenden Strahlen zeichneten im Kircheninneren auf den Steinplatten die bunten Farben des Fenstermosaiks nach. Als der Pastor das Windgebläse anwarf, erklang ein dumpfes Grollen, als würde es sich gegen die bevorstehenden Musikklänge wehren. Laurentius kannte die Zicken seiner Orgel. Er schlug mit der Ferse gegen eines der Fußpedale. Das Grollen hörte schlagartig auf.

»Verdammt, gestern gingen sie noch alle. Ihr müsst wissen, dass ich in den letzten Wochen das gesamte Pedal auf Vordermann gebracht habe. Eigenhändig! Jetzt sollte eigentlich kein Ton mehr klemmen.«

Dann griff er wahllos in das Bündel Noten, das neben dem Spieltisch lag. »Hier, das ist gut. Bach. Variationen über ›Vom Himmel hoch da komm ich her‹, Bach-Werke-Verzeichnis 769. Das ist zwar ein Weihnachtslied, man kann es aber immer wieder gut hören, auch im Sommer.« Er zog ein paar Register. Um seine Zuhörer besonders zu beeindrucken, wählte er sehr obertonlastige Klangfarben und legte los.

Die erste Variation wurde kein Anfangserfolg. Schrill, scheppernd und mühsam nach Luft ringend, entwickelten sich Klänge, die nicht unbedingt in die Kirche passten. Christian hielt sich die Ohren zu, Dorisa verkroch sich so gut es ging hinter ihm. Der Organist merkte von all dem nicht das Geringste. Stolz spielte er den Satz zu Ende. Doch als Laurentius den zweiten Teil in ganz intimer Registrierung intonierte, verwandelte sich das alte Gemäuer in einen lebendigen Konzertraum. Die Klänge harmonierten mit den Farbspielen der Sonnenstrahlen auf den Steinplatten. Bei der dritten Variation begann Dorisa, den Choral ganz leise mitzusummen, so leise, dass es nur Christian merkte. Er war überrascht, wie gut sich ihr Gesang mit der Musik mischte.

Als der Organist mit der vierten Variation einsetzte, stand Dorisa auf und stellte sich neben ihn. Sie schaute auf seine Noten und sang die Hauptmelodie auf der Silbe ›mo‹ mit. Laurentius horchte auf. So einen Gesang hatte er in seiner Kapelle seit Jahrzehnten nicht mehr erlebt. Er lächelte ihr dankbar zu, nur kurz, damit er nicht aus dem Notentext kam. Vor Beginn der letzten Variation legte sie ihre Hand auf die Tastatur, um ihm anzudeuten, dass sie einen Moment brauchte, um sich die Stellen einzuprägen, in denen der Choral vorgeschrieben war. Dann ging sie zum Rand der Orgelempore und lehnte sich über die Brüstung in den Kirchenraum hinein. Mit leicht nach unten gesenktem Kopf begann sie, den Cantus Firmus auf dem Vokal ›a‹ mit voller Stimme zu singen. Der Organist fügte sich mit seiner Begleitung geschickt ein.

Der Kirchenraum verstärkte Dorisas Stimme mit seiner einladenden Resonanz. Vergessen war die Einsamkeit, die dort unten auf den Kirchenbänken seit Jahren herrschte. Verziehen waren die mechanischen Schwächen der renovierungsbedürftigen Orgel. Kirchenschiff und Orgelempore verschmolzen zu einer Einheit. Es dauerte lange, bis der letzte Ton in der hallenden Akustik verebbt war. Lange Zeit blieben die drei oben auf der Empore regungslos sitzen, so, als würde die Musik in ihnen weiterschwingen. Schließlich klappte Pastor Laurentius sein Notenheft zu, schob die Registerzüge wieder ein und schaltete die Luftzufuhr ab. Er räusperte sich, stand auf und murrte vor sich hin:

»Wir müssen denn mal wieder. – Wenn du Lust hast, Dorisa, kannst du gern mal wiederkommen, dann können wir zusammen Musik machen. Vielleicht findet Christian auch mal Zeit und hört uns zu.«

*

»Endlich!«, seufzte Beata leise. »Endlich hab ich dich.« Sie griff zu ihrem Fernglas, das sie seit Tagen immer im Auto bereitliegen hatte und schaute prüfend hindurch. »Ja, das ist er. Jetzt gilt es, ihn so unauffällig wie möglich zu verfolgen. Ich muss aufpassen, denn er kennt mich. Wahrscheinlich gehört er zur Stasi und wird in Überwachungsdingen geübt sein. Ich darf also auf keinen Fall auffallen.«

Sie blieb fürs Erste in ihrem Wagen sitzen und machte sich so klein wie möglich. Aber das war nicht nötig. Der Thälmannmützenmann, der gerade das Staatssicherheitsgebäude verlassen hatte, ging drüben auf der anderen Seite der breiten Durchgangsstraße in Richtung Stadtmitte.

Beata startete den Motor und hängte sich in gebotener Entfernung hinter ihn dran. Als er in die engen Straßen der Altstadt einbog, konnte sie ihm mit dem Auto nicht mehr folgen. Kurz entschlossen parkte sie und blieb ihm zu Fuß auf den Fersen. Hier herrschte heute viel Publikumsverkehr. Einerseits war das gut, weil sie so gut in Deckung bleiben konnte. Andererseits musste sie aufpassen, ihr Opfer in der Menge nicht aus den Augen zu verlieren.

Der Mützenmann bog zum Hafen ab und steuerte die Anlegestelle der Poel-Fähre an. Beata verharrte in sicherer Entfernung und wartete ab. Sie bemerkte, dass sich der Mann prüfend nach allen Seiten umschaute. Instinktiv drehte sie sich um. Im Spiegelbild einer Schaufensterscheibe konnte sie erkennen, wie der Mann die Fähre betrat. Ihr war klar, dass sie ihm auf dem engen Boot nicht weiter unerkannt folgen konnte, und sie wartete, bis das Fahrgastschiff abgelegt hatte.

Dann rannte sie zu ihrem Auto. Sie wusste, dass die erste Anlegestelle in Kirchdorf auf Poel lag. Mit dem Auto war sie sicherlich schneller dort als das Schiff. Ohne auf die Verkehrsregeln zu achten, raste sie in Richtung Poel, überquerte den schmalen Damm, der die Insel vom Festland trennte, und hielt ihren Wagen an einer geeigneten Stelle gegenüber des Hafens, von der aus sie die Anlegestelle überblicken konnte, ohne weiter aufzufallen. Sie blieb im Auto sitzen und wartete.

Plötzlich fiel ihr Blick auf eine Hütte am Rand der kleinen Hafenanlage. Das war doch genau die Hütte, die Nadine damals im Rahmen ihrer Recherchen nach den Kunstschmugglern fotografiert hatte! Und wie es schien, hatte sie das Motiv genau aus dem jetzigen Blickwinkel aufgenommen. Eigentlich hätte Christian den Schuppen aufstöbern sollen, so war das abgesprochen. Doch der hatte in letzter Zeit auffällig wenig Zeit weder für sie noch für ihre gemeinsame Jagd nach den Dieben übrig. Was war es bloß, dass sich ihr Verhältnis so abgekühlt hatte, grübelte sie. So konnte das nicht weitergehen.

Beata beschloss, ihn bei nächster Gelegenheit zur Rede zu stellen. Sie wurde in ihren Gedanken unterbrochen, da die Fähre aus Wismar im Kirchsee auftauchte. Beata beobachtete das Anlegemanöver mit dem Fernglas. Die Fahrgäste stiegen an Land. Erst nach einer Weile, alle anderen waren bereits außer Sichtweite, kam der Mützenmann in Begleitung mit dem Fährmann aus dem Bootinneren hervor. Sie betraten den Anlegesteg. Es schien, als ob die beiden sich in Richtung Ortsmitte begeben wollten. Beata warf den Motor an und wollte schon losfahren, um rechtzeitig die Verfolgung am Hafenvorplatz fortzusetzen.

Da bemerkte sie, wie die beiden den Bootsschuppen ansteuerten, der ihr vorhin aufgefallen war. Der Fährmann beugte sich über eine Seemannskiste, die dort an der Bretterwand lehnte, und zog etwas hervor. Offensichtlich den Schlüssel zur Hütte, denn er öffnete die Tür, und beide Männer verschwanden im Innern.

Nach einer Weile kamen sie wieder heraus. Der Mützenmann hatte eine längliche Papierrolle unter dem Arm. Die Tür wurde wieder verschlossen, und der Schlüssel kam an seinen Platz zurück. Dann gingen die beiden Männer wieder zum Fahrgastschiff zurück und verzogen sich unter Deck.

Beata wartete, bis die Fähre erneut ablegte. Ihr Opfer war nicht wieder an Land gegangen, also schien er seine Reise mit dem Schiff fortsetzen zu wollen. Sie überlegte, wie sie ihm weiter folgen konnte, denn sie wusste nicht, welches Ziel das Boot hatte. Bald war es im Kirchsee verschwunden.

»Dem werde ich jetzt nicht mehr auf den Fersen bleiben können. Wenn er im Staatssicherheitsgebäude aus- und eingeht, wird es nicht schwer sein, seinen Namen herauszufinden.«

Daraufhin fuhr sie bis zum Parkplatz vor dem Hafen und ging zu Fuß zu dem Bootsschuppen. Im Hafen war, nachdem die Fahrgäste sich in alle Richtungen zerstreut hatten, nichts mehr los. Niemand kümmerte sich um sie. Sie öffnete die Seemannskiste neben dem Schuppen und brauchte eine Weile, ehe sie das Versteck für den Schlüssel gefunden hatte. Er lag zuunterst in einer Seitentasche, gut getarnt durch allerlei altes Werkzeug und ausgediente Fahrradschlösser. Beata zögerte nicht. Sie griff sich den Schlüssel und öffnete die Schuppentür.

Im Halbdunkel konnte sie zunächst nicht viel erkennen, doch schnell gewöhnten sich ihre Augen an die Dämmerung. Der Raum überdachte eine Art Slipanlage, über die im Winter das Fahrgastschiff aus dem Wasser gezogen werden konnte. Die Regale an den Wänden waren vollgestopft mit Ersatzteilen, Werkzeug, abgegriffenen Rettungsringen, verschlissenen Sitzpolstern und allerlei undefinierbarem Gerümpel. An der landseitigen Rückwand befand sich eine mit einem Holzgitter abgetrennte Kammer. Durch die Ritzen der Holzlatten hindurch konnte Beata rechteckige Gegenstände erkennen, die an der Wand gestapelt waren und mit billigen Säcken abgedeckt waren. Bilderrahmen. Als Kunstmalerin und Gutachterin der Kulturgutschutzkommission hatte sie ein sicheres Gespür dafür, was sich dort versteckte. Die Tür zur Kammer hatte Gott sei Dank kein Schloss, nur einen verrosteten Riegel.

Beata trat näher und lüftete vorsichtig einen der Leinensäcke. Ihr stockte der Atem. Sie erkannte sofort, um welche außergewöhnlichen Kunstschätze es sich handelte: Gemälde von Frans Hals, Anthonis van Dyck, Jan Lievens, Jan Brueghel und Hans Holbein. Beatas Hände zitterten und wurden feucht. Plötzlich wurde ihr bewusst, dass sie das Geheimnis um den Gothaer Kunstraub gelüftet hatte, der vor etwa zehn Jahren durch die

Presse ging, und der auch sie als Kunststudentin damals brennend empörte.

Das muss ich sofort den Behörden melden, war ihr erster Gedanke. Vorsichtig trat sie den Rückzug an, darauf achtend, keine Spuren zu hinterlassen. Als sie wieder im Auto saß, atmete sie tief durch. Ihre Entdeckung war ohne Zweifel eine kulturpolitische Sensation. Schade, dass sie heute ihre Kamera nicht mit dabei hatte. Langsam fuhr sie zurück in Richtung Wismar.

Kurz vor dem Damm, der die Insel mit dem Festland verband, hielt sie auf einem kleinen Parkplatz am Rand des Haffs. Von hier aus hatte sie einen schönen Blick auf die Silhouette der alten Hansestadt. Wie ein drohender Zeigefinger erhob sich der allein stehende verbliebene Turm der Marienkirche, dessen Mittelschiff im Krieg schwer beschädigt und 1960 gesprengt wurde. Rechter Hand glitzerte über die Wasserfläche der Wismarbucht hinweg die riesige Werfthalle, ein Symbol für das neue Wismar. Und hinter Beata grüßte die Kirchturmspitze von Kirchdorf wie eh und je, so, als hätte sich auf der Insel seit Jahrhunderten nichts verändert.

Beata atmete die frische, leicht salzige Luft, die über das seichte Haffwasser wehte, ein. Ein Gedanke bohrte sich langsam in ihren Kopf. Was, wenn die Behörden mit den Kunsträubern unter einer Decke standen, zumindest Teile davon, oder gar die Bonzen der Partei? So unglaublich das klang, aber für ausgeschlossen hielt Beata das nicht. Sie erinnerte sich an ihren Besuch im DDR-Außenhandelsministerium in Berlin, wo sie ausgerechnet hinter dem Schreibtisch eines Spitzenfunktionärs ein wertvolles Gemälde von Otto Nagel gesehen hatte.

Und heute war es der Mützenmann, der ganz offensichtlich beim staatlichen Kunstraub seine Hände im Spiel hatte. Denn, was der da vorhin in seiner Papprolle davontrug, war bestimmt alles andere als eine technische Zeichnung vom Fahrgastschiff. Zu gut kannte Beata die Art von Zeichenrollenköcher, die der Mützenmann beim Verlassen der Hütte unter dem Arm hatte, um zu wissen, was man darin transportierte.

Nein, der Gang zu den Behörden wäre nicht der richtige Weg, entschied sich Beata nach längerem Grübeln. Das hieße, den Teufel mit dem Beelzebub austreiben zu wollen. Ich werde das in die eigene Hand nehmen, sinnierte sie. Zunächst gilt es, die kostbaren Gemälde an einen anderen Ort zu bringen, sie vor dem Zugriff des Thälmannmützenmannes und seiner Helfershelfer zu schützen.

Ein sicherer Ort? Sofort hatte Beata eine Idee, wie sie das Ganze über die Bühne bringen konnte. Der Mützenmann und seine Kumpane werden sich grün ärgern, wenn sie entdecken, dass ihre Schatzkammer geplündert ist. Das wird sie nur noch gefährlicher machen, aber das war Beata im Moment egal. Und Christian? Auf dessen Hilfe konnte sie eigentlich verzichten. Jetzt hatte sie ohnehin sämtliche Fäden in der Hand, und da hielt sie es für besser, keinen Zweiten mit hineinzuziehen, weder ihn, noch ihren Vater, der das sowieso nur als Pressesensation ausschlachten würde. Nein, fand Beata, endlich bot sich die Gelegenheit, ihre eigenen Wege zu gehen, und das wollte sie auskosten.

Mit allen Mitteln.

KAPITEL 4 – UMBRUCH

»Das Zeugs muss jetzt hier raus!«, befahl der als Fischer verkleidete Mann. »Wir gehen unruhigen Zeiten entgegen, da ist es besser, das Lager aufzulösen. Wer weiß, wie sich die politische Lage entwickelt. In der Stadt häufen sich die Scharfmacher und die Besserwisser.«

Er hatte seinem Kumpel verschwiegen, wer der Auftraggeber für diese nächtliche Aktion war. Wer weiß, ob der mitgezogen hätte, wenn er wüsste, um wen es sich handelte. Dafür gab es einen anderen guten Grund mitzumachen: Der Unbekannte hatte viel Geld – Westgeld – in der Hütte hinterlegt, in dem das ›Zeugs‹ verschwinden sollte.

Kurz nachdem das Steilufer umrundet war, drosselte der ältere der beiden Männer den Motor. Das Boot verlor schnell an Fahrt. Der andere holte zwei lange Angelruten aus dem Cockpit und steckte sie in die Halterungen an der Reling. Die beiden stülpten sich die Kapuzen ihrer Öljacken über, um ihre Gesichter zu verbergen. Jetzt sah es aus, als würden sie von ihrer nächtlichen Angeltour nach Hause kommen.

Sie hielten sich dicht am Ufer, damit sie nicht in den Bereich des Leuchtfeuers kamen, das in regelmäßigem Abstand über die Bucht huschte. In dem Boot roch es keineswegs nach Fisch. Im Cockpit lagerten vielmehr längliche Papprollen. Sorgfältig achtete der Bootsführer darauf, dass sie kein Spritzwasser abbekamen. Hin und wieder ließ er seinen Blick über das Ufer gleiten. Beruhigt stellte er fest, dass um diese späte Zeit niemand unterwegs war.

Auch in der Bucht war nichts los. Kein anderes Boot weit und breit. Von drüben im Stadthafen schimmerte das diffuse Nachtlicht der Kaianlagen herüber. Endlich näherten sie sich ihrem Ziel. Der Mann steuerte das Boot vorsichtig um die Spitze der Nehrung, eine mit Salzbinsen überwucherte flache Landspitze, die das Haff von der Meeresbucht trennte. Hier begann das Naturschutzgebiet, und der Kapitän wusste, dass es verboten war, mit einem Boot einzudringen. Aber das scherte ihn nicht, denn für ihn ging es um Wichtigeres.

Er schaltete den Motor aus. Mit ein paar Ruderschlägen überwanden sie die letzten Meter, bis sie das Boot an einem versteckten Anlegesteg festmachten. Sie schienen sich hier gut auszukennen. Sie schnappten sich die Papprollen und verschwanden im Dunkeln.

Als sie nach einiger Zeit wieder an den Steg zurückkehrten, hatte jeder von ihnen einen Eimer in der Hand. Die Fische darin zappelten und zuckten nicht mehr. Sie waren offenbar schon vor längerer Zeit gefangen worden. Die Eimer verschwanden im Cockpit, dort, wo vorher die Papprollen lagerten. Nun konnte nichts mehr schiefgehen. Der Ältere löste die Festmacherleine und stieß das Boot mit einem kurzen Fußtritt vom Steg ab. Der andere betätigte eine Weile das Paddel, bis sie weit genug weg waren, um den Motor wieder anzuwerfen.

Bald hatten sie die Bucht überquert. Im trüben Schein der Nachtlaternen legten sie an der Kaimauer des Stadthafens an. Drei betrunkene Seeleute torkelten den beiden entgegen und spöttelten über die toten Fische im Eimer. Der Mann, der den Motor bediente hatte, spürte sofort, dass hier etwas faul war. Die drei hatten keine

Alkoholfahne. Außerdem meinte er, einen von ihnen trotz seiner Verkleidung wiedererkannt zu haben. Es waren Zöllner, die den Hafen möglichst unauffällig kontrollieren wollten. Die Hinweise auf illegale Schmuggelei hatten sich in letzter Zeit gehäuft, und nächtliche Angler waren schon immer verdächtig. Doch die beiden Gestalten von dem Motorboot kümmerte das nicht. Keiner der drei Zöllner bemerkte, dass unter den Fischen in ihren Eimern in Plastikbeutel eingewickelte Geldscheinbündel lagen.

*

Vereinzelt schwebten kleine Haufenwolken in niedriger Höhe gemächlich über den blauen Himmel und warfen kurzlebige Schatten auf die grüne Insel. Wie exotische Schildkröten sahen die Wolken aus, mit runden Buckeln, die weiß im Sonnenlicht leuchteten, und mit dunklen, glatten und waagerechten Unterseiten, als hätten sie sich auf ihrem Weg ihr Bauchfett abgeschliffen.

Von ihnen ging keine Gefahr aus, das wusste Dorisa. Im Gegenteil, sie versprachen schönes, stabiles Wetter, vorausgesetzt, die Quellwolken verdichteten sich nicht zum Nachmittag hin. Ein idealer Tag also, um die von Nordwesten einströmende frische Meeresluft und die schlichte Schönheit der leicht hügeligen Landschaft zu genießen.

Dorisa radelte vor sich hin summend über ein paar holprige Wirtschaftswege, bis sie den entlegenen südwestlichen Teil der Insel erreichte, in dem sie seit Längerem nicht mehr gewesen war. Sie lehnte ihr Fahrrad an die Rückseite einer niedrigen Holzhütte, die früher, bevor das Ufer zum Naturschutzgebiet erklärt wurde, den Seegrasbauern als Zwischenlager diente.

Heute schien sie verwaist zu sein, denn der Wirtschaftsweg, der von dem etwas entfernt gelegenen Gehöft hierher führte, war fast vollständig mit Gras überwuchert. Die junge Frau stapfte mit ihren Gummistiefeln unbekümmert durch das sumpfige Gelände. Hin und wieder schreckten Möwen auf und flogen schnatternd schimpfend hinaus auf See. Von Naturschutz hatte Dorisa keine Ahnung.

Nachdem sie eine aufgelassene Viehweide überquert hatte, erreichte sie den südlichen Ausläufer des Steilufers. Ohne auf Wege zu achten, kletterte sie quer über den mit Büschen verwachsenen Hang. Ab und zu schürfte sie sich die Haut an den Distelzweigen auf, aber das störte sie nicht. Während ihres Streifzugs hatte sie nicht aufgehört zu summen. Jetzt, als sie die Kante des Steilufers erreichte, hielt sie inne. Sie ließ sich auf einem halbverfaulten Baumstumpf nieder.

Der Ausblick faszinierte sie. In südlicher Richtung grüßten die Kirchen, Schornsteine und Werfthallen von Wismar herüber. Im Norden glänzte das offene Meer. Drüben im Westen, auf der anderen Seite der Bucht, konnte sie klar die Uferlinie von Hohen Wieschendorf erkennen. Dort war sie noch nie, erst recht nicht weiter westlich in der Wohlenberger Wiek oder gar in der Boltenhagener Bucht mit seinem charmanten Seebad. Mit dem Rad wäre das bestimmt eine Tagesfahrt gewesen, meinte sie. Das hätten ihre Pflegeeltern nie erlaubt. Aber vielleicht würde Christian sie mal mit seinem Segelboot dorthin bringen. Der kannte sich in den Gewässern am Horizont bestimmt gut aus. Überhaupt Christian.

Sie schloss die Augen, die wärmende Sonne verführte zum Träumen. Die Erinnerung an das Erlebnis neulich in der Kirche ließ sie nicht mehr los. Zum ersten Mal erfüllte sie ein gewisses Selbstbewusstsein, das sie bei ihren Pflegeeltern nie erfahren hatte. Christian und der Pastor hatten ihr zugehört, hatten ihre Stimme gewürdigt, hatten sich nicht über ihre Sprachprobleme aufgeregt. Zu Hause und in der Schule hatte man es ihr beigebracht zu schweigen. Du darfst nicht auffallen, war die Devise ihres Vaters. Gerade mit deinem fremden Aussehen und deiner Art, anders als die Leute hier zu reden, kannst du dir leicht Feinde schaffen. Seit vorgestern hatte sie zwei neue Freunde, einen netten alten, den sie gern zum Vormund gehabt hätte, und einen noch netteren jungen, mit dem sie am liebsten auch heute den ganzen Tag verbracht hätte. Aber der war ja mit seiner Jolle wieder in die Stadt zurückgesegelt.

Als Dorisa wieder aufblickte, entdeckte sie ein Segelboot in der Fahrrinne, die nach Wismar führte. Es war viel größer als das von Christian. Es hatte zwei Masten, und die Bugwelle, die das Schiff bildete, glänzte in der Sonne, obwohl es nur zwei Segel ganz vorn, fast vor dem Bug führte. Das musste das Schiff sein, von dem ihre Eltern gelegentlich redeten, dachte sie, dieses geheimnisvolle fremde, von dem man im Dorf nur hinter vorgehaltener Hand sprach. Dorisa gefiel die schlanke und elegante Form des Seglers. Sie ahnte, dass es sehr sportlich segeln konnte, wenn es unter voller Besegelung stand. In einem Anflug von Kindlichkeit erhob sich Dorisa, streckte sich und wedelte mit den Armen, obwohl sie ahnte, dass man sie an Bord überhaupt nicht erkennen würde.

Plötzlich bemerkte sie, dass dort drüben Leben an Deck aufkam. Ein paar Gestalten mühten sich an den Leinen und Winschen ab. Langsam baute sich das Focksegel hinter den beiden bereits gesetzten Klüversegeln auf. Die drei Segel blähten sich stolz im Wind. Dorisa hatte so etwas noch nie gesehen. Ihr kam das Schiff überhaupt nicht so fremd vor, wie die Leute immer sagten. Sie begann, mit lauter Stimme eine Vokalise hinüberzusingen. Täuschte sie sich oder erwiderte dort einer der Matrosen ihren Gruß?

Durch das Segel nahm das Boot an Fahrt auf und verschwand bald hinter dem Steilufer. Beschwingt kehrte Dorisa zu ihrem Fahrrad zurück. Da sie jetzt von der anderen Seite an die Holzhütte kam, an deren Rückseite es lehnte, fiel ihr das Fenster neben der Eingangstür auf, von der ein kurzer Pfad direkt zu einem schmalen Steg führte, der das Uferschilf zum See hin überbrückte. Die Sonne stand zufällig gerade so, dass sie das Innere der Hütte erleuchtete.

Neugierig näherte sich Dorisa. Durch die von Spinnweben eingerahmte Scheibe konnte sie im Halbschatten des Inneren einen Haufen von Gerümpel und alten Fischernetzen erkennen. Ein kräftiger Sonnenstrahl spiegelte sich direkt auf einem Stapel Bilderrahmen, deren kunstvoll ausgeschmücktes, aber falsches Blattgold im Licht funkelte.

Die junge Frau hatte das Gefühl, einen verborgenen Schatz entdeckt zu haben. Doch die Rahmen blickten sie wie mit hohlen Augen an. Sie waren leer, verstaubt, sie schienen seit Längerem keine Gemälde mehr beherbergt zu haben. Auch hier hatten sich Spinnweben breitgemacht. Davor lagerten mehrere längliche Papprollen, allerdings noch ganz sauber und neu, als hätte man sie erst kürzlich hier aufgestapelt.

Dorisa spürte eine starke Versuchung, in die Hütte einzubrechen, um das Rätsel zu lösen. Doch dann besann sie sich eines Besseren. Was ging sie fremdes Eigentum an? Wie sagte Tobias, ihr Pflegevater, immer? Bloß nicht auffallen. Also stiefelte sie zur Rückseite der Hütte, nahm das Fahrrad und schob es den verwilderten Wirtschaftsweg so weit hoch, bis sie die schmale Betonstraße erreichte, die sie zurück nach Kirchdorf bringen sollte.

Doch gleich hinter der nächsten Kurve bei Hinter Wangern kam alles anders. Die Straße machte einen scharfen Knick um einen verlassenen Hof herum, und da hier sowieso nie Verkehr herrschte, schnitt Dorisa die Kurve ab. Ehe sie sich versah, streifte sie den Kotflügel eines eleganten Wartburg. Bremsen quietschten. Dorisa versuchte, das Lenkrad zur Seite zu reißen, verlor dabei den Halt und fiel auf die raue Betonpiste. Eine mit einem unauffälligen Trenchcoat gekleidete Frau stieg aus dem Auto. Ihr Haar verbarg sich unter einem weißhellblau gestreiften Kopftuch, wie ihn die Landfrauen bei der Arbeit tragen. Eine sehr dunkel getönte große Brille verdeckte einen Teil ihres Gesichts, als wollte sie unerkannt bleiben.

Die Frau beugte sich über Dorisa: »Verdammt, das hätte ins Auge gehen können! Bist du verletzt?«

Dorisa schwieg, nicht nur weil sie unter Schock stand, sondern auch, weil sie ihren fremdländischen Akzent nicht zeigen wollte. Sie schüttelte nur den Kopf.

Der Frau war der Zwischenfall offenbar ebenso unangenehm. Sie begutachtete die Schürfwunden auf Dorisas Knie. Gott sei Dank war die Haut nur leicht aufgeraut, sie blutete nicht. »Mensch, da sind wir ja noch mit heiler Haut davongekommen. Warte, ich habe einen Verbandskasten im Auto. Das kriegen wir wieder hin.«

Die Autofahrerin warf einen kurzen Blick auf den Kotflügel ihres Wagens. Da waren nur unerhebliche Schleifspuren zu erkennen, die man leicht wegpolieren konnte, stellte sie erleichtert fest. Sonst hätte sie womöglich ihrem Vater, dem der Wagen gehörte, erklären müssen, wie es zu dem Unfall gekommen war und was sie in dieser verlassenen Inselgegend zu schaffen hatte.

Sie nahm ein Stück Watte aus dem Verbandskasten und wischte sorgfältig den Staub von der leichten Wunde. Dann tröpfelte sie ein wenig Jod darauf. Dorisa fühlte ein leichtes Brennen, stand auf und testete ihr Rad, ob es noch funktionstüchtig war.

»Na siehst du«, meinte die Unbekannte. »Geht ja schon wieder. Soll ich dich nach Hause fahren oder kommst du allein zurecht?«

»Ja, ja«, antwortete Dorisa kaum hörbar und setzte sich aufs Rad. Als sie am Auto vorbeikam, sah sie, dass auf dem Rücksitz längliche Papprollen lagen, genau in der Art, wie sie sie in der Holzhütte gesehen hatte. Sie ließ es sich aber nicht anmerken und radelte davon.

Die Frau blickte ihr solange nach, bis Dorisa hinter der nächsten Biegung verschwunden war. Dann stieg sie wieder in ihren Wagen und fuhr langsam die Betonstraße weiter Richtung Süden, auf der Sackgasse, die unten beim Naturschutzgebiet endete.

*

Am Montagmorgen pünktlich um zehn Uhr klingelte es an der Tür zur Wohnung des Leuchtturmwärters. Dichter Nebel lag über der Bucht, sodass niemand in der Nachbarschaft die Ankunft der kleinen Autokolonne bemerkte.

»Ach ja, der Austausch der Wasseruhr«, erinnerte sich der Alte. Er nahm den Schlüssel von der Wand und öffnete. Mehrere Leute standen vor der Tür. Wie Bedienstete der Wasserwerke sahen sie nicht aus. Auf dem Hafenvorplatz parkten Dienstwagen und einer der berüchtigten Kombiwagen von der Staatssicherheit.

»Herr Fouqué?«, fragte ein undurchsichtig aussehender Mann, der mit einem festen Ledermantel bekleidet war.

»Ja, der bin ich«, entgegnete der Alte irritiert. Das stand doch auf seinem Klingelschild.

Der Mann hielt ihm einen Ausweis vor die Nase, den er nicht näher studieren konnte, so schnell war der Lappen wieder in dessen Manteltasche verschwunden.

»Müller, Steuerfahndung.« Der Ledermantelmann drängte den Alten an die Wand, sodass ein Teil seines Gefolges Platz hatte, um ins Haus einzudringen. Währenddessen fuhr er unerbittlich fort: »Uns liegen Hinweise vor, die eine Steuerhinterziehung Ihrerseits vermuten lassen. In Ihrem eigenen Interesse: Bewahren

Sie Ruhe und folgen Sie den Anordnungen meiner Mitarbeiter.«

Der alte Leuchtturmwärter wurde kreidebleich. Er fühlte ein Stechen in der Brust, das ihm das Atmen erschwerte. Was ging hier ab, grübelte er. Warum kommen die ausgerechnet zu mir, wo ich mich doch stets politisch zurückgehalten habe? »Wieso Steuerhinterziehung? Als Rentner habe ich doch nichts zu versteuern.«

»Sie sind vorläufig festgenommen, bis der Fall geklärt ist«, bellte der Ledermantelmann.

»Um was geht es denn genau?«, wagte der Alte einzuwenden.

»Das werden Sie noch früh genug erfahren. Packen Sie ein paar persönliche Sachen zusammen, Ersatzkleidung, Waschutensilien, Ausweis, und folgen Sie meinen Kollegen.« Er nickte kurz nach hinten und kümmerte sich nicht weiter um den Alten. Völlig verdattert packte dieser, begleitet von zwei bullig aussehenden Staatsdienern, seine Siebensachen. Dann zerrte man ihn in den Kombiwagen.

Während der Alte in die Untersuchungshaftanstalt gebracht wurde, stellte die Ledermanteltruppe seine Wohnung auf den Kopf. Ein Gutachter vom VEB (K) Antikhandel Pirna listete akribisch alle Möbelstücke, Bilder und ihm wertvoll erscheinenden Gegenstände auf, die man in den Zimmern und in der kleinen Unterkellerung fand. Seine besondere Aufmerksamkeit erregten Pappkartons, die im Keller und im Schlafzimmer unter dem Bett, auf dem Wäscheschrank und hoch gestapelt neben der Tür standen. Sie trugen Paketzettel mit Adressen aus Norwegen, Frankreich und aus der Bundesrepublik. Als der Gutachter deren Inhalt ans Tageslicht förderte, gingen ihm die Augen über. Einen derartigen Schatz an nautischen Antiquitäten hatte er noch nie auf einem Haufen gesehen.

Er fotografierte alles, stellte eine detaillierte Liste samt Kurzbeschreibung auf und schrieb hinter jeden Posten seine geschätzte Wertangabe, ausgehend von den aktuellen D-Mark-Preisen des westlichen Marktes für Kunst und Antiquitäten. Dann addierte er alles und kam auf eine Summe, die die vermögenssteuerliche Freigrenze von 50.000 Mark um ein Zehnfaches überschritt.

Nach einem Tag intensiver Arbeit zog sich das Überfallkommando wieder zurück. Man versiegelte die Wohnung, nachdem man vorher auch noch sämtliche Aktenordner, Notizhefte und den Briefverkehr sichergestellt hatte. Draußen war der dichte Nebel inzwischen in eine trübschwarze Nacht übergegangen. Der Hafen war den ganzen Tag über wie ausgestorben. Niemand ließ sich blicken, vielleicht ahnte man die Nähe der Staatssicherheit. Da blieb man lieber hinter geschlossenen Fenstern und Türen zu Hause.

Das runde Zimmer oben im Leuchtturm ließ die Horde außer Acht. Erstens stand das nicht auf ihrem Einsatzbefehl, und zweitens interessierte sie der Turm nicht, weil man wusste, dass das Leuchtfeuer bereits seit Jahren automatisiert betrieben wurde. So entging den Steuerfahndern eine der schönsten und umfangreichsten Sammlungen von Sailing Cards.

*

Wenig später bekam Pastor Laurentius Besuch von Christian. Schon seit Tagen herrschte schlechtes Wetter, sodass der junge Mann diesmal nicht das Segelboot benutzte, sondern mit seinem klapprigen Trabi zur Insel Poel fuhr.

Der Pastor war allein. Er machte sich Sorgen um seinen Nachbarn, den alten Leuchtturmwärter, der sich jetzt schon mehrere Tage lang nicht mehr hat sehen lassen, um die Zeitung zu lesen. Eigentlich wollte Christian mit Laurentius über Dorisa sprechen. Vielleicht kannte er sie ja näher, wusste etwas von ihrer Vergangenheit, denn schließlich war man auf der Insel fast so etwas wie eine große Familie.

Doch der Pastor winkte gleich ab: »Gut, dass du mit dem Auto gekommen bist. Lass uns bitte sofort rüber nach Timmendorf fahren zum Leuchtturm. Ich muss wissen, was mit dem Alten ist. Ich habe lange nichts mehr von ihm gehört, und die Leute hier verhalten sich in letzter Zeit so merkwürdig zurückhaltend.«

»Das wundert dich?«, antwortete Christian. »Wo du so deutlich und öffentlich für die Reformbewegung eintrittst. Du glaubst doch wohl nicht, dass du das unbeobachtet machen darfst? Viele Leute wollen da nicht mit reingezogen werden. Sie halten sich lieber zurück.«

Laurentius klopfte ihm väterlich auf die Schulter. »Gut, dass wenigstens du kein Schiss hast, dich bei mir blicken zu lassen. Also musst du auch in Kauf nehmen, dass ich dich samt Auto für meine Interessen einspanne. Los also, nicht viel geredet. Auf nach Timmendorf.«

Als sie losfuhren, fluchte die Schattengestalt, die sich während der ganzen Zeit schräg gegenüber dem Pastorat in der Bushaltestelle versteckt hielt. Wie immer hatte diese nur ihr Fahrrad dabei, weil sie wusste, dass ihre Zielperson stets ebenfalls entweder mit dem Rad oder dem Linienbus, aber niemals mit dem Auto unterwegs war. Der Mann resignierte. An eine Verfolgung war jetzt nicht zu denken. Er beschloss, den Bericht nach oben für den heutigen Tag mit der Bemerkung abzuschließen: ›Keine besonderen Vorkommnisse. Zielperson verbringt Tag im Haus.‹

Es regnete in Strömen. Der Pastor hasste es, eingezwängt in einem Trabi zu sitzen, für den das Passieren eines Schlaglochs – und davon gab es hier genügend – einem Sprung von der Steilküste glich. Aber das war besser, als sich auf dem Fahrrad durchnässen zu lassen. Über dem kleinen Hafen von Timmendorf lag ein dichter Regenschleier. Niemand ließ sich blicken. Christian hielt ganz dicht vor dem Hause, um nicht unnötig durch den Regen laufen zu müssen. Laurentius sah sofort, dass man die Eingangstür zur Wohnung des Leuchtturmwärters versiegelt hatte.

»Verdammt, da ist was schiefgelaufen«, fluchte er und eilte, ohne sich um den Regen zu kümmern, zur Haustür. Christian blieb ihm auf den Fersen. »Hol mal die Stange von deinem Wagenheber«, befahl er dem Jüngeren.

Die Tür war rasch aufgebrochen, die Zollplombe zerrissen. Doch das störte die beiden nicht. Sie stürmten in die Küche, dem ersten Raum, der gleich rechts vom schmalen Flur abzweigte. Erschrocken prallten sie vor dem Anblick zurück, der sich ihnen bot. Überall waren die Schubladen aus den Schränken herausgerissen und der Inhalt lag auf dem Boden zerstreut zwischen den Lebensmitteln. Im nächsten Raum, einer unterkellerten Kammer, sah es nicht anders aus. Auch im Wohnraum links vom Flur war das Chaos perfekt, ebenso in dem dahinter liegenden Schlafzimmer. Wäsche, Kleidung, Bücher, alles wirr durcheinander, als ob hier ein Einbrecher gehaust hatte.

Der Pastor wusste von seinen gelegentlichen Besuchen, dass der alte Leuchtturmwärter Pappkartons aufbewahrte und es stets vermied, über deren Inhalt zu reden. »Altes Zeugs, Erinnerungen aus der Kinderzeit, alte Wäsche, nichts Besonderes«, kommentierte er dann immer. Doch die waren heute verschwunden, ebenso wie die alten Uhren, die hier standen. Da fiel dem Pastor das Turmzimmer ein. Er wusste, wo der Alte den Schlüssel aufbewahrte. Der hing immer noch an seinem Nagel.

Mit raschen Schritten stürmten die beiden die Wendeltreppe hinauf und schlossen die Eingangsluke auf. Laurentius atmete auf. Hier war alles noch so am Platz, wie er es kannte. Auf den Fensterbänken lagen die Fernrohre, und an der Wand hing nach wie vor die wertvolle Sammlung der Sailing Cards. Ohne weiter nachzudenken, eher aus einer Intuition heraus, nahm der Pastor sämtliche Bilder von der Wand und hüllte sie in eine Decke.

Christian befahl er, die nautischen Utensilien mitzunehmen. Zum Glück hing neben der Haustür das wetterfeste Ölzeug. Das diente als Schutz vor dem Regen, um die Sachen trocken in den Trabi zu schaffen. Ohne sich um das aufgebrochene Zollsiegel zu kümmern, verschwanden die beiden in Richtung Kirchdorf. Christian musste hinter einem kleinen Schuppen gleich neben dem Pastorat halten. Dort versteckten sie ihre Beute.

Zum Dank für seine Mithilfe drückte der Pastor

Christian ein Bündel Aufkleber in die Hand. In der Mitte waren eine zerrissene Kette aus sieben Gliedern, ein Regenbogen und eine Friedenstaube mit dem Olivenzweig im Schnabel abgebildet. Drum herum stand der Leitsatz: ›In der Freiheit Gottes handeln. Gerechtigkeit, Frieden, Bewahrung der Schöpfung.‹

»Hier, schenk ich dir«, meinte Laurentius. Kannst du auf deinen Trabi kleben und auch an die Touristeninformationstafel auf dem Marktplatz in Wismar. Damit man weiß, dass es bei uns in der DDR auch noch andere Stimmen gibt.«

Christian brachte einen Aufkleber an seiner Heckscheibe an. Das Motiv gefiel ihm, auch wenn er die politische Anspielung nicht so richtig durchschaute.

Der Aufpasser in der Bushaltestelle hatte längst das Weite gesucht und saß inzwischen vorm Fernseher. Tatort im Ersten. Das war spannender als sein Dienst. Warum kriegen wir hier nicht auch so spannende Filme hin, seufzte er, bevor er sich schlafen legte.

Wenn der gute Mann geahnt hätte, dass die Realität in seinem Lande begann, spannender zu werden als sämtliche Traumfabrikfilme aus dem Westen, dann hätte er längst nicht so ruhig geschlafen.

*

Als Christian am nächsten Tag seinen Trabi vor dem Verlagshaus der Ostseezeitung parkte, erlebte er eine böse Überraschung. Kaum war er aus seinem Auto ausgestiegen und wenige Schritte gegangen, rief ihn von hinten eine resolute Stimme an:

»Halt, Sie da! Kommen Sie sofort zurück!«

Christian drehte sich um. Ein Volkspolizist stand neben seinem Wagen und notierte sich das Kennzeichen. Christian hatte schon immer ein deutliches Unbehagen gespürt, wenn er die grüne Uniform sah. Nicht dass er ein schlechtes Gewissen hatte. Er mochte grundsätzlich keine Uniformen, zumal, wenn sie so langweilig grün waren, wie die der Vopo, und wenn die aus ihnen herausragenden Gesichter in Bezug auf ihre Gesichtsfarbe genauso herablassend grün aussahen wie ihre Kittel.

Falsch geparkt, war Christians erster Gedanke, denn an dem Trabi konnte es nicht liegen. Der hatte gerade vor Kurzem erfolgreich die Technische Überprüfung bestanden. Hier war doch noch nie Parkverbot, fiel ihm ein. Hilflos schaute er sich um, ob man nicht inzwischen ein Schild angebracht hatte. Doch er kam in seinen Betrachtungen nicht weit. Der Grünling fauchte ihn unfreundlich an: »Sind Sie der Halter von diesem Kfz? – Ihre Papiere bitte!«

Gott sei Dank hatte Christian heute seine Brieftasche dabei. Das war nicht selbstverständlich, denn oft vergaß er sie in der Küchenschublade.

»Worum geht es denn?«, versuchte er vorsichtig, ein Gespräch mit dem Staatsangestellten einzuleiten.

Doch der antwortete ihm nicht. Mit langsamer, akkurater Schrift notierte dieser die Personalien. Er ließ sich viel Zeit. Er ärgerte sich, dass er jetzt nicht seine Kamera dabei hatte, um den Missetäter erkennungsdienstlich abzulichten und eine Beweisaufnahme des Tatbestandes zu machen.

»Ist denn irgendetwas nicht in Ordnung?«, versuchte

es Christian mit einem zweiten Anlauf. »Der Wagen war doch gerade in der TU.«

Der Staatsdiener schwieg immer noch. Er musterte sein Gegenüber. Sein Gesichtsausdruck ließ auf nichts Gutes schließen. Lange Haare, Hippiekleidung, verweichlichte Körperhaltung. Plötzlich deutete er auf Christians Heckscheibe.

»Und was ist das da?«

»Was meinen Sie? Den Aufkleber? Das ist eine farbige Variation der Symbolik der ökumenischen Bewegung der Kirchen der DDR, nur, dass hier das Kreuz Christi durch einen Regenbogen ersetzt wurde.«

Christian begann langsam seine Selbstsicherheit zurückzugewinnen. »Ist doch wohl nicht verboten, oder?«, fügte er keck hinzu.

»Was da drauf steht, interessiert mich nicht«, blaffte der Grünling zurück. »Aufkleber im Bereich der Rückspiegelsicht sind verkehrsgefährdend. So kann ich das Kfz nicht im öffentlichen Straßenverkehr zulassen.«

Der Mann klappte entschieden sein Notizbuch zu und gab Christian seinen Personalausweis zurück. Den Führerschein und die Wagenpapiere behielt er. »Das Kfz ist vorläufig beschlagnahmt. Bis zur endgültigen Klärung bitte ich Sie, sich uns zur Verfügung zu halten. Sie werden demnächst vom Kreisamt hören.«

Christian musste sich seinem Schicksal ergeben. Verbittert kam ihm zu Bewusstsein, dass er jetzt Dorisa und dem Pastor Laurentius auf der Insel so schnell keinen Besuch mehr abstatten konnte.

Der Leutnant Schulz vom Volkspolizei-Kreisamt tippte noch am gleichen Tag ein Protokoll über den Vorgang. Um ganz sicherzugehen, verfasste er außerdem eine Anfrage an den Genossen für Inneres im Rat der Stadt Wismar. Ob der Tatverdächtige mit seinem Aufkleber eine Provokation gegen die Interessen des sozialistischen Vaterlandes begangen habe. Mit sozialistischem Gruß.

Der stellvertretende Genosse Inneres hatte keine Lust, sich mit einer derartigen Lappalie zu befassen, schließlich galt es, die Kräfte auf die wirklichen Volksfeinde, die dienstags demonstrierenden Ausreisewilligen auf dem Marktplatz zu konzentrieren. Mit fahriger Schrift notierte er handschriftlich quer über den Antrag des Genossen Schulz: ›Kann der OP-Chef doch selbst machen. Ist doch nichts dabei.‹ Sicherheitshalber hinterließ der stellvertretende Genosse Inneres eine Aktennotiz beim zuständigen Genossen für Staatssicherheit. Man sollte diesen Christian Groth, Schriftsteller (nicht im Kulturbund der DDR organisiert!), unter Beobachtung stellen.

Wenige Tage später konnte sich der aufmüpfige junge Mann seinen Trabi wieder abholen, nachdem man ihn unter Hinweis auf den Paragraphen 4 der Ordnungswidrigkeitsverordnung abgemahnt hatte:

›Störung des sozialistischen Zusammenlebens: Wer vorsätzlich das sozialistische Zusammenleben der Bürger stört, indem er … Gegenstände, Symbole oder andere Zeichen in einer den staatlichen oder gesellschaftlichen Interessen widersprechenden Weise verwendet, … kann mit Verweis oder Ordnungsstrafe bis 500 Mark belegt werden.‹

Den Aufkleber hatte man sorgfältig abgekratzt. Macht nichts, dachte sich Christian. Er hatte ja noch ein paar übrig. Also klebte er jetzt nicht nur einen auf die Heckscheibe, sondern auch noch einen auf die Frontscheibe.

KAPITEL 5 – VOKALISE

Christian kam in letzter Zeit häufiger auf die Insel, meistens mit seiner Jolle. Bei richtig miesem Regenwetter zog er allerdings die Fahrt mit seinem Trabi vor. Doch gestern stellte sich heraus, dass der Anlasser kaputtgegangen war und er längere Zeit auf Ersatz warten musste. Also machte er sich mit dem Regionalbus auf den Weg nach Kirchdorf. Es war weniger die wiederbelebte Freundschaft mit Pastor Laurentius, die ihn hierhin zog, als der Wunsch, Dorisa zu sehen. Und zu hören. Denn der Pastor hatte sich längst der Entwicklung des musikalischen Talents der jungen Frau angenommen und sie regelmäßig an seine Seite auf die Orgelempore eingeladen. Dorisa kam gern. Die Wirkung ihrer Stimme in der hallenden Kirche zu erleben, machte sie glücklich und zugleich stolz. Endlich hatte sie eine wirkliche Aufgabe gefunden. Das war etwas ganz anderes, als zu Hause bei Tobias und Marthe den Gemüsegarten zu pflegen oder das Fährboot zu schrubben.

Laurentius hatte eine gewisse Zeit gebraucht, um sich auf den merkwürdigen Gesang seines Schützlings einzustellen. Zunächst legte er ihr das Schemelli-Gesangbuch von Johann Sebastian Bach vor. Doch sehr schnell merkte er, dass Dorisa Probleme mit der Textaussprache bekam und darüber die musikalische Gestaltung vernachlässigte. Dass sie beim Sprechen über die harten Konsonanten und Zischlaute stolperte, hielt er für einen Sprachfehler. Er hoffte, dass Dorisa ihn durch das singende Ausformen der Worte überwinden würde. Doch dem war nicht so. Als

Nächstes versuchte er es mit den ›Conconen‹. Er erinnerte sich, dass ein italienischer Gesangspädagoge Liedübungen komponiert hatte, die als Vokalisen, also auf Vokalen gesungen, auszuführen waren. Doch die wiederum lehnte Dorisa ab, weil sie sie musikalisch langweilig fand. Eines Tages war Laurentius in die Stadt gefahren, um sich bei dem Organisten der Hauptkirche zu informieren. Der empfahl ihm ein paar eigens als Vokalisen komponierte Stücke bekannter Komponisten, allen voran Rachmaninows Vocalise op. 34, Nr. 14. Aber auch eine Sonatine von Louis Spohr und eine Etüde von Gabriel Fauré.

Dorisa sang die Lieder mit Begeisterung. Scheinbar waren sie eigens für sie komponiert worden. Ihre Stimme ergänzte den Klang der Orgel, als hätte diese ein neues, ein menschliches Register entdeckt. Doch diesmal war es der Organist, der sich mit der Musik nicht so ganz zufrieden gab. Ihm fehlte etwas Wesentliches, die tiefere Aussage dieser Werke. So schön sie klangen, sie schienen ihm nichts als raffinierte, aber seelenlose Gesangsübungen zu sein.

Zu dem heutigen Treffen kam Laurentius mit der Idee, ein paar Stellen aus der Matthäuspassion von Johann Sebastian Bach zu nehmen und die Texte zu überkleben. Die Sängerin sollte die Melodie nur wie ein Instrument ausführen, wie eine Oboe, nur auf einem Vokal oder mit weich klingenden Silben wie na oder mo. Dorisa fand es zunächst etwas lächerlich, die Texte auszublenden. Doch als sie das versuchte, was Laurentius von ihr wollte, begriff sie schnell, dass man die Stimmungen und Gefühle, die die Texte ausdrückten, auch ohne den realen Klang einer Wortbedeutung erleben konnte.

Inzwischen war Christian in der Kirche eingetroffen und setzte sich still auf eine der hinteren Bänke, um zuzuhören. Oben auf der Orgelempore hatte Laurentius die Arie ›Ich will dir mein Herze schenken‹ aufgeblättert. Er begann, Dorisa einen Vortrag über das Stück zu halten, über den Beginn der Arie, der leitmotivisch die Brücke schlägt zu den Einsetzungsworten Jesu aus der vorangegangenen Abendmahlszene: Trinket alle daraus, das ist mein Blut des neuen Testaments.

»Du musst das so verstehen«, erläuterte er. »Jesus widmet uns Menschen sein Fleisch und Blut, und wir schenken ihm als Gegengabe unser Herz. Wir sollten dieses Lied also …«

»Bitte hören Sie auf!«, unterbrach sie ihn etwas unwirsch. »Erzählen Sie mir jetzt nicht, wie ich das Lied interpretieren soll. Ich will das selbst herausfinden. Ich denke, das wird in der Musik schon deutlich, und zwar auch ohne den Text, und auch, wenn man nichts über irgendwelche Leitmotive weiß. Spielen Sie mir die Melodie einfach mal vor.«

Laurentius entgegnete nichts. Er trug die Sopranstimme samt einer angedeuteten Begleitung auf der Orgel vor. Dorisa hatte zwar das Notenlesen in der Schule gelernt, aber zum fließenden Vomblattsingen reichte es nicht. Doch dank ihrer ausgeprägten musikalischen Auffassungsgabe fühlte sie sich schnell in die Melodik hinein.

»Gut, das gefällt mir«, meinte sie daraufhin. »Für mich atmet diese Musik Freude und Zuversicht. Wir sollten das Tempo aber ein wenig schneller nehmen, dann kommen die großen Bögen besser zur Geltung.«

Laurentius musste über die kleine Zurechtweisung schmunzeln. »War ja auch nur zur Übung. Also los jetzt. Nimm deinen Klavierauszug und stell dich an die Brüstung, damit sich deine Stimme unten in der Kirche besser gegen die Orgel absetzt. – Und sing es auf der Silbe ›na‹.«

Dorisa sah sofort, dass Christian da unten im Halbdunkel saß, aber sie sagte nichts. Sie freute sich über seine Anwesenheit. Die Situation hatte etwas Besonderes, denn ihr wurde klar, dass sie erstmals vor einem richtigen Publikum sang.

Und sie gab sich alle Mühe, die Musik so schön wie möglich zu gestalten. Mit Freude und voller Wärme sang sie die weit ausholende Melodik. Die Taktstriche beachtete sie kaum, um unnötige, kurzatmige Betonungen zu vermeiden. Ihr war mehr daran gelegen, große Bögen zu erzeugen, wobei ihr das belebte Tempo, das Laurentius nun vorlegte, zugute kam.

Christian kannte das Stück nicht, aber für ihn klang es, als würde Dorisa ein Liebeslied singen. Als der Klang des Nachspiels im Kirchenraum verebbt war, rief sie ihm zu: »Hallo Christian, schön, dass du da bist. Komm zu uns hoch, leiste uns Gesellschaft. Der Pastor wird nichts dagegen haben.«

Natürlich freute sich Laurentius über den Besuch seines einstigen Schützlings. Und darüber, dass dieser Interesse an seiner Musik zeigte. Und ganz augenscheinlich auch an der jungen Frau.

Er begrüßte ihn mit einem kräftigen Handschlag. »Wir können dich gut gebrauchen. Du kannst mir die Noten umblättern.«

»Aber ich kann doch gar nicht Noten lesen!«

»Das macht nichts, du siehst ja, wo die Melodie rauf und wo sie runter geht. Außerdem nicke ich dir dann mit dem Kopf zu.«

Er blätterte in seinem Klavierauszug der Matthäuspassion weiter vor. Mitten im zweiten Teil wurde er fündig. »Hier, dass sollten wir als Nächstes versuchen. ›Aus Liebe will mein Heiland sterben.‹ Samt dem ergreifenden Rezitativ vorweg.«

Mit einem vagen Seitenblick zu Dorisa fügte er vorsichtig hinzu: »Ich will jetzt keinen Vortrag über das Werk halten. Aber Christian sollte wissen, dass wir hier an der Stelle sind, an dem das Volk von Pilatus die Bestrafung Jesu fordert: ›Lass ihn kreuzigen!‹ – Mehr will ich dazu nicht sagen. Die Musik soll für sich sprechen.«

Die beiden jungen Leute setzten sich links und rechts neben ihn auf die Orgelbank. Wieder musste er die Melodie vorspielen. »Aber nicht heimlich den Text mitlesen!«, forderte er Dorisa auf, denn in seinem Klavierauszug war der Text nicht überklebt worden.

Die Sängerin schloss die Augen und nahm die Stimmung der Musik in sich auf. Dann erhob sie sich und sagte leise: »Schön, aber ganz anders als die Arie vorhin. Sehr berührend. Traurig, aber dennoch tröstlich. – Das ist schwer zu beschreiben, aber ich will es versuchen.«

Wieder ging sie zur Emporenbrüstung. Jetzt betrübte sie es ein wenig, dass Christian nicht dort unten als ihr Publikum saß. Doch sie wusste ihn in ihrem Rücken, und sie wusste, dass er ihr genauso intensiv zuhören würde, als säße er dort unten.

Das einleitende Rezitativ gelang ihr nicht besonders.

Ohne Worte klang der Sprechgesang etwas verwirrend. An der Stelle ›Betrübte hat er aufgerichtet‹ konnte es sich Laurentius nicht verkneifen, leise mitzusingen. Wie zeitlos und doch aktuell diese Musik ist, ging es ihm durch den Kopf. Christian schien zu merken, dass Dorisa mit dem Rezitativ Schwierigkeiten hatte. Er stand auf, stellte sich schräg hinter sie, legte ihr die Hände auf die Schultern und zog sie sanft zu sich heran. Seine körperliche Wärme tat ihr gut. Sie entspannte sich und sang die Arie mit einer Melancholie, die eine gewisse Wärme und Zuversicht ausströmte. Nachdem sie ihren Gesang beendet hatte, schmiegte Dorisa ihren Kopf an seinen. So blieben sie eine Weile an der Brüstung stehen. Dann gingen sie Hand in Hand zu Laurentius zurück, der ihnen auf der Orgelbank Platz machte, sodass sie jetzt nebeneinander saßen.

»Schön hast du gesungen«, lobte der Organist. »Aber nur auf Vokalise zu singen, hat seine Grenzen. Das wirst du im Rezitativ gemerkt haben. – Ich glaube, es wird Zeit, dass du in der Stadt einen Sprecherzieher aufsuchst.«

»Aber wozu?«, widersprach Christian. »Das war doch wunderbar. Wozu braucht man dann den Text? Und außerdem entspricht das Dorisas Naturell. Das ist sie selbst, die da singt. Das ist ihr Charakter, ihr Stil. Eben ihre Sprache. Wer weiß, wie das wird, wenn man ihr unsere gewöhnliche Sprache, diesen entsetzlichen Wust an Bedeutung und Geschichtlichkeit, auch beim Singen aufzwingt?«

Christian schlug mit der flachen Hand auf die Orgeltastatur, was einen schrillen, dissonanten Klang erzeugte.

»Gerade das ist es, was auch mich beim Abfassen von Gedichten so stört. Kaum spricht man das Wort ›Liebe‹ aus, schon bricht in den Köpfen der Zuhörer eine Lawine von Assoziationen, Meinungen und Vorurteilen aus, sodass jeglicher natürlicher Zugang dazu verschüttet wird. – Der reine Klang der Musik kennt das nicht, weil er sich von dieser äußeren Bedeutungsebene distanziert. Weil er verallgemeinert, ohne auf dem Glatteis von verbalen Gemeinplätzen auszurutschen.«

Er strich vorsichtig mit den Fingern über die Tasten, ohne einen Ton zu erzeugen. Dann richtete er sich auf, drehte sich etwas zur Seite und blickte dem Pastor direkt in die Augen.

»Ich habe eine Idee. Das, was wir hier eben gehört haben, war, wie ich meine, einmalig. Das war Musik, die sicherlich auch andere Menschen gern hören, Menschen, die weder wissen, was eine Matthäuspassion ist, noch jemals etwas über den Unterschied zwischen Rezitativ und Arie gehört haben. Aber Menschen, die sehr wohl verstehen, was Freude, Trost, Schmerz und Hoffnung sind.«

Er machte eine kleine Pause, weil sich die Gedanken in seinem Kopf überschlugen. »Öffne deine Kirche, veranstalte Abende meditativer Musik. Du an der Orgel und Dorisa mit der Stimme. Ich habe gute Kontakte zur Zeitung, da könnte ich ein wenig die Werbetrommel rühren. Gerade jetzt im Sommer, wo die vielen Urlauber auf unsere Insel kommen, wirst du schnell ein volles Haus haben.«

»Und mich fragst du da nicht?«, empörte sich Dorisa, doch Christian nahm ihr sofort den Wind aus den Segeln.

»Liebe Dorisa, ich bin sicher, dass es dir gefallen wird, weil du so gern singst. Und du singst eben anders als die anderen. So leicht, so verträumt, so weltentrückt. Gerade weil du keine Worte brauchst, keine Botschaften, keine Belehrungen. – Ich kann mir vorstellen, dass das gerade heute die Menschen brauchen. Es mag sie zwar befremden, diese Musik von Johann Sebastian Bach anders zu hören, als man es gewohnt ist. Aber gerade diese Impulse sind es, die wir brauchen, um uns zu erneuern.«

Er griff zu Laurentius' Klavierauszug, der immer noch auf der Notenablage der Orgel ruhte, und blätterte ziellos darin herum. Ihn faszinierte das Notenbild. Da er nicht viel von Musik verstand, kam es ihm vor wie eine Botschaft aus einer anderen Welt. Die Texte interessierten ihn nicht.

Nach einer Weile fuhr er fort: »So ergeht es jedenfalls mir bei meinen Versuchen, mich und meine Lebenswelt mit den Mitteln der Lyrik zu erkennen. – Nicht, dass ich mich gegen die Tradition stemme. Sie ist eine Grundlage, aber sie ist kein Selbstzweck. Wenn man das Alte behütet, nur des Alten wegen, aus demütiger Ehrfurcht, dann ist das unproduktiv, finde ich. Kontraproduktiv, ja, unter Umständen sogar reaktionär.«

Er stellte den Klavierauszug wieder auf die Ablage. Dann nahm er Dorisa das Heft, in dem die Texte überklebt waren, aus der Hand. »Die Reinheit der Klänge sind es, die ich suche, auch und gerade weil sie dem Alten gegenüber verpflichtet sind. Was braucht man Buchstaben, Konsonanten, Worte, Sätze, wenn in der Musik bereits alles gesagt ist, was gesagt werden musste.«

»Ach, du spinnst«, riss Dorisa ihn aus seinen Träumen. »Willst du dich darüber lustig machen, dass ich Probleme mit der Aussprache habe?«

Pastor Laurentius legte seine Hand auf ihr Knie. »Nein, Dorisa, lass ihn nur. Er meint etwas ganz anderes. – Er sucht. Und das ist immer besser, als zu verharren. Vielleicht hat er ja recht.«

Der Alte schob die Registerzüge wieder zurück und schaltete die Orgel ab. Ein leises Stöhnen, das Ächzen des Blasebalgs, schwebte für einen Moment durch den Kirchenraum, dann wurde es still. Er stand auf, sammelte seine Noten zusammen und verstaute sie sorgfältig in seiner abgegriffenen Aktentasche.

»Was meinst du damit: die Kirche öffnen? Soll ich jetzt nur noch Orgel spielen, statt zu predigen? Meinst du, das bringt wieder Leben in mein Haus?«

»Nicht entweder oder«, entgegnete Christian. »Mach erst einmal Musik. Zusammen mit Dorisa. Ich bin sicher, dass Leute kommen, um sich das anzuhören. Vielleicht bleibt dann auch mal der eine oder andere, um deiner Predigt zuzuhören.«

Christian schaute auf seine Armbanduhr und erhob sich. »Für heute muss ich mich leider verabschieden. Mein Bus kommt in ein paar Minuten.« Er schüttelte Laurentius die Hand, der ihm mit einem warmen Lächeln antwortete: »Schön, dass du da warst. Bis auf bald.«

Auch Dorisa stand auf und hakte sich bei ihm unter. »Komm, Christian, ich bringe dich zur Bushaltestelle.«

*

Als die beiden die Wismarsche Straße erreichten, sahen sie den Bus in Richtung Stadt gerade vor ihrer Nase davonfahren.

»Mist! Der nächste geht erst in einer Stunde«, fluchte Christian, doch Dorisa nahm es gelassen: »Macht nichts. Dann können wir noch ein wenig zusammen durch die Gegend streifen. Ich habe 'ne Idee. Wir gehen runter zum Hafen. Da zeige ich dir meinen Lieblingsplatz. – Ich meine, nur, wenn du dazu Lust hast.«

»Gern, warum nicht. Und ich kann dir zeigen, wo ich gut mit meiner Jolle anlegen kann. Wenn du willst, kannst du ja bei nächster Gelegenheit mitsegeln.«

Die beiden schlenderten einen kleinen Fußweg zum Kirchsee hinunter. Er war glitschig nass, doch der Regen hatte inzwischen nachgelassen. Auf dem Wasser war nichts los, kein Wellengang, kein Boot. Auf der gegenüberliegenden Seite waren bereits die Wolken aufgerissen, und die Sonne tauchte die Gehöfte von Niendorf in eine kleine Sonneninsel ein.

Nachdem sie die holprige Hafenstraße durchquert hatten, bog Dorisa in einen unscheinbaren Wirtschaftsweg ein, an dessen Ende ein Schuppen stand, dessen Vorderseite direkt zum Wasser führte. An der vom Ort nicht einsehbaren Seite dieses Schuppens befand sich ein schmaler Anlegesteg.

»Das wäre ideal zum Anlegen«, rief Christian. Schön hier. Ich glaube, hier war ich schon mal. Muss lange her sein.«

»Hier ist mein Lieblingsplatz«, erklärte Dorisa. »Freut mich, dass es dir auch gefällt.« Sie zog sich die Schuhe aus, setzte sich auf die Holzkante des Stegs und ließ ihre Füße im Wasser kreisen. Ohne Umschweife tat es Christian ihr nach. Er verfolgte schweigend das Wechselspiel der sich durchkreuzenden Wellenringe, die sie mit ihren Fußbewegungen verursachten. Die Wellen breiteten sich in der kleinen Bucht langsam aus, bis sie weiter draußen auf dem Kirchsee abebbten, weil sie ihre Energie verloren hatten. Von hier aus blickte man direkt nach Süden und konnte den gesamten Kirchsee bis hinunter zur Wismarbucht überblicken, die in einem diffusen Nebelvorhang eingebettet war. Dennoch, trotz der schlechten Sicht, erkannten Christians geübte Segleraugen dort am Horizont die Umrisse eines größeren Segelbootes.

»Da, schau, der Gaffelschoner. Kaum zu erkennen, aber ich bin sicher, er ist es. Und wenn ich mich nicht täusche, hat er vier Segel angeschlagen, die drei Vorsegel und das Schonersegel. Das ist das große Segel zwischen den beiden Masten. Auf diese Entfernung sieht es fast so aus, als würde er sich nicht bewegen. Aber das täuscht. Der macht bestimmt so seine drei Knoten. Schneller als meine Jolle, bei diesem wenigen Wind jedenfalls.«

Dorisa lächelte. »Lieber Christian, den habe ich sofort gesehen, als wir hier am Steg ankamen. Da runter nach Süden schauen, ist immer das Erste, was ich mache, wenn ich hierher komme. Ich habe mir das angewöhnt, weil ich wissen will, ob mein Vater …« Sie unterbrach sich plötzlich und biss sich auf die Lippen. Eigentlich wollte sie ihm nichts über ihre Vergangenheit verraten.

Aber nun war es raus. »Dein Vater?«, hakte Christian sofort nach. »Was ist mit deinem Vater?« Er warf ihr einen kurzen Seitenblick zu, spürte ihr Unbehagen und schwieg eine Weile. Dann sagte er: »Wenn du über deinen Vater nicht sprechen möchtest, dann lass es.«

»Nein, Christian. Ist schon recht so. Irgendwann wirst du meine Geschichte sowieso mitbekommen. Die hier im Dorf kennen sie, und sie sind redseliger, als es mir manchmal lieb ist.«

»Dann wäre es mir schon lieber, deine Geschichte aus deinem eigenen Mund zu hören, liebe Dorisa.«

»Ja, du hast recht. So wichtig ist sie dann nun auch wieder nicht, als dass man ein Geheimnis draus machen sollte.« Sie zog ihre Füße aus dem Wasser und setzte sich so auf die Kante des Stegs, dass sie ihre Knie mit beiden Händen umklammern konnte. Mit regungsloser Miene und verlorenem Blick auf den Gaffelschoner am Horizont erzählte sie ihm ihre Geschichte.

»Alles begann am späten Tage nach dem schweren Sturm, der unsere Insel vor etwa 20 Jahren heimgesucht hatte. Du musst wissen, dass mein Vater Tobias der Fährmann der Barkasse ist, die die Insel mit der Stadt verbindet. Er und meine Mutter Marthe waren kinderlos geblieben, bis mein Vater an jenem Abend, bei seiner letzten Überfahrt zurück zur Insel, auf seinem Boot ein Findelkind entdeckte, das wohl irgendeine ledige Mutter auf diese Weise loswerden wollte, denn bis heute hat sich niemand gemeldet. Meine Pflegeeltern nahmen sich ihm an und gaben ihm den Namen Dorisa. Sie hatten mal gelesen, dass das so viel bedeute wie ›Die aus dem Meer‹.«

»Das klingt ja märchenhaft«, meinte Christian, doch Dorisa widersprach ihm. »Na, ja, märchenhaft«, entgegnete sie. »Märchenhaft war meine Kindheit nicht gerade. Im Gegenteil. Ich musste schon früh hart ran und den

Pflegeeltern helfen. Ich mag sie zwar sehr gern, besonders meine Mutter, und ich weiß, dass sie sich für mich sehr aufgeopfert haben. Aber ehrlich gesagt, sind sie mir fremd. Das liegt nicht an meinem etwas exotischen Aussehen und an meiner fehlerhaften Aussprache, die viele für einen Sprachfehler halten. Die Leute hier meinen, ich sei vietnamesischer Herkunft, aber tief in mir spüre ich, dass meine Wurzeln in einem ganz anderen, fernen Land liegen. Vielleicht klingt es für einen modernen, aufgeschlossenen Menschen wie dich lächerlich, aber, je älter ich werde, desto mehr komme ich zu der Überzeugung, dass gewisse kulturelle Charaktereigenschaften einem bei der Geburt in die Wiege gelegt werden. Oder aber es waren die ersten Stunden und Tage mit meiner leiblichen Mutter, die mich so geprägt haben. – Jedenfalls habe ich eine Sehnsucht nach dieser Fremde, die ich dir gegenüber nicht verleugnen will.«

Sie streckte wieder ihre Füße ins Wasser und begann erneut, kleine Wellenkreise zu schlagen. Christian schwieg. Dann lachte Dorisa leise auf. »Ist schon komisch. Du bist der erste Mensch, mit dem ich darüber rede. So sehr ich mich auch bemühe, ich kann hier auf der Insel nicht so richtig heimisch werden. Ich will weder undankbar noch überheblich sein, aber meinen Lebensabend hier bei diesen kantigen Insulanern zu verbringen, ist für mich unvorstellbar.«

Sie hob den Kopf und zeigte rüber zum Gaffelschoner, der sich am Horizont nur wenig weiterbewegt hatte. »Das Segelschiff zieht mich irgendwie an. Am liebsten würde ich jetzt dort an Bord gehen und mich mit ihm in die Weite der Meere treiben lassen.«

Christian legte seinen Arm um ihre Schulter. »Das wäre aber schade, denn dann wärst du ja weit weg von mir. Und mit meiner bescheidenen Jolle kann ich dir leider nicht überall hin folgen.«

Dorisa schmiegte sich an ihn. »Dann komm doch einfach mit.«

Beide schwiegen, als sei alles gesagt worden. Sie schauten dem Gaffelschoner zu, wie er sich ganz langsam über den Horizont schob. Nach einer Weile tauchte daneben das Fährschiff aus Wismar auf, das wegen seines geringen Tiefgangs die Fahrrinne nicht einhalten musste, sondern die Abzweigung in den Kirchsee über die flacheren Gewässer nutzte. Plötzlich wurde Dorisa sichtbar nervös. Sie stand auf. »Komm, Christian, wir müssen gehen.«

»Aber der Bus kommt doch erst in 20 Minuten«, protestierte der junge Mann, der sich an Dorisas Seite offenbar wohlfühlte.

»Es ist nicht wegen des Busses«, erklärte sie. »Es ist, weil …« Sie zögerte ein wenig, ehe sie weitersprach. Suchte sie nach den rechten Worten oder fehlte ihr der Mut, Christian die volle Wahrheit zu sagen?

»Es ist wegen meines Vaters. Er ist dort an Bord. Ich möchte nicht, dass er mich hier an dem Anlegesteg sieht. Ich weiß, dass es ihm nicht recht ist, wenn ich mich hier aufhalte. – Ich habe irgendwie Angst vor ihm.«

»Aber …«, wandte Christian ein und erhob sich ebenfalls. Doch Dorisa legte ihm einen Finger auf die Lippen: »Bitte, frag mich nicht. Bitte, lass uns hoch zur Bushaltestelle gehen.«

Christian wollte nicht weiter auf sie eindringen. Er machte ein paar Schritte bis zum Ende des Stegs. Dann drehte er sich um. Plötzlich stutzte er, als er von dort aus auf den Bootsschuppen schaute. War das nicht der Schuppen auf dem Foto von Nadine, der Schuppen, der angeblich in Zusammenhang mit den Bilderdiebstählen stand? – Richtig, jetzt erinnerte sich Christian. Er hatte das Gebäude früher schon mal vom Wasser aus gesehen, als er mit seiner Jolle im Kirchdorfer Hafen festgemacht hatte.

Er kehrte zu Dorisa zurück und fragte sie: »Was ist das eigentlich für ein Schuppen?«

Arglos antwortete sie ihm: »Das ist das Winterlager für das Fahrgastschiff. Der Schuppen gehört meinem Vater.«

»Was ist denn da drin?«

Dorisa wunderte sich etwas über seine Neugier. »Wieso fragst du? Was in einem Bootsschuppen eben so drin ist: Ersatzteile, Reinigungsmittel, Zubehör, Krimskrams. – Wenn du willst, kann ich dir das zeigen. Ich weiß, wo mein Vater den Schlüssel aufbewahrt. Allerdings kann ich mir nicht vorstellen, dass du da etwas Interessantes für deine Jolle findest. Und außerdem haben wir jetzt keine Zeit dafür.«

Sie zeigte rüber zur Fähre, die sich inzwischen deutlich genähert hatte. »Ich möchte nicht, dass mich mein Vater hier sieht.«

»War ja auch nur so eine Frage von mir«, wiegelte Christian ab, doch er spürte, dass Dorisa mit seiner Antwort nicht ganz zufrieden war. »Komm, lass uns hoch zur Straße gehen. Der Bus wartet nicht.«

*

Pastor Laurentius traute bei seinem nächsten Stadtbesuch seinen Augen nicht, als er am Kiosk über die Schlagzeile im ›Neuen Deutschland‹ stolperte. Das Erscheinen der sowjetischen Zeitschrift ›Sputnik‹, die er gern las, weil sie die Diskussionen in der UdSSR über die dortige neue Politik der politischen Öffnung widerspiegelte, ist in der DDR verboten worden. Er überflog den Artikel. Angeblich leiste der ›Sputnik‹ keinen Beitrag mehr zur Freundschaft unter den sozialistischen Brüderländern, und angeblich würden dort verzerrende Bilder zur Geschichte veröffentlicht.

Laurentius kaufte sich das Zentralorgan der SED, klemmte es sich unter den Arm und setzte sich in ein Straßencafé auf dem Wismarer Marktplatz. Die Novembersonne lud zu einem letzten Verweilen ein, bevor der Winter Norddeutschland wieder unter seinen festen Griff bekam.

Er bestellte sich einen ›Türkischen‹. Der schmeckte etwas besser als der übliche Muckefuck, man musste allerdings warten, bis sich der Kaffeesatz gelegt hatte. Die unerfahrenen Touristen, die sich ihn bestellten, rührten ihn mit dem Löffel um, schlürften ihn gierig in vollen Zügen und wunderten sich, dass es sich anfühlte, als hätten sie Sand im Mund. Na ja, DDR, dachten sich die meisten von ihnen und orderten ein Helles, um sich die Zähne wieder sauber zu spülen.

Dem Pastor unterlief dieser Fehler natürlich nicht. Er wartete, bis der ›Türkische‹ trinkbereit war. Sein Blick ging in die Runde und streifte ein auffälliges Plakat: ›Von der Sowjetunion lernen, heißt siegen lernen‹. Wie aber, fragte er sich, ist das mit dem Sputnikverbot zu vereinbaren? Man kann doch nur dann lernen, wenn es eine Informationsfreiheit gibt. Warum hat die SED-Führung so ein starkes Interesse daran, die Pressefreiheit entgegen aller Freundschaftsbekundungen und Bruderküsse so einzuschränken?

Laurentius trank seinen ›Türkischen‹, ohne dass es ihn entspannte. Also bestellte er sich ein Helles, nicht um den Kaffeesatz, sondern um seinen aufkommenden Ärger herunterzuspülen. Nach dem zweiten Hellen kam ihm eine Idee.

Am nächsten Tag war er wieder auf dem Marktplatz, aber nicht als kaffeetrinkender Bürger, sondern als wandelnde Litfasssäule, die die Aufmerksamkeit der Touristen erregte. Auf einem Transparent stand: »Gegen die Streichung des ›Sputniks‹ aus der Postzeitungsliste«. Aber er erregte nicht nur die Aufmerksamkeit der Touristen. Auch die Ordnungshüter kümmerten sich um ihn. Ohne auf seine Proteste zu achten, nahmen sie die lebendige Litfasssäule mit geübtem Knebelgriff in ihre Mitte und stießen Laurentius mehr oder weniger sanft in ihren Bereitschaftswagen. Er wurde in das Volkspolizeikreisamt Wismar, Abteilung Kriminalpolizei gebracht. Kriminalobermeister Schiffert führte das Verhör.

»Man hat Sie heute gegen 16 Uhr auf dem Marktplatz festgestellt, weil Sie dort mit einem Transparent standen. Was können Sie zu diesem Sachverhalt sagen?«

»Gestern Mittag habe ich im ›Neuen Deutschland‹ gelesen, dass die Zeitschrift ›Sputnik‹ von der Postzeitungsliste gestrichen werden soll. Das hat mich sehr empört, und ich wollte das nicht so ohne Weiteres hinnehmen. Zu Hause habe ich mir dann aus einem alten

Bettlaken ein etwa 50 mal 100 Zentimeter großes Stück herausgeschnitten und darauf mit schwarzer Alkydharz-Vorstreichfarbe den von Ihnen beanstandeten Text geschrieben. Heute Nachmittag habe ich mir das Transparent mit zwei Sicherheitsnadeln auf der Rückseite meiner Jacke befestigt und bin damit zum Marktplatz gegangen. Dort stand ich etwa 20 Minuten, bis mich Volkspolizisten dem VPKA zuführten.«

»Welches waren Ihre Ziele bei dieser Aktion?«

»Wie gesagt, ich wollte meinen Unmut gegen die Entscheidung der Pressestelle beim Ministerium für Post und Fernmeldewesen loswerden.«

»Andere Ziele hatten Sie nicht?«

»Nein, die gab es nicht.«

»Hatten Sie sich vorher mit anderen Personen über Ihre Aktion abgesprochen?«

»Nein, auch das nicht.«

»Nach Lage der Dinge müssen wir gegen Sie ein Ordnungsstrafverfahren gemäß § 4 Absatz 1 Ziffer 4 des Gesetzes zur Bekämpfung von Ordnungswidrigkeiten durchführen. Sehen Sie das anders?«

»Ich sehe keinen Verstoß gegen verfassungsmäßiges Recht.«

»Warum haben Sie sich mit Ihrem Protest nicht an das Ministerium gewandt, sondern sind mit Ihrem Anliegen demonstrativ auf die Straße gegangen?«

»Weil ich negative Erfahrungen mit der Eingabepraxis gemacht habe, war ich der Meinung, dass das keinen Erfolg haben würde.«

»Hiermit belehre ich Sie, dass Sie sich an offizielle Stellen wenden müssen, wenn Sie Entscheidungen der staatlichen Organe für nicht richtig halten. Außerdem lege ich Ihnen nahe, in Zukunft Abstand von demonstrativen Handlungen zu nehmen.«

Pastor Laurentius musste für seine Protestaktion eine Ordnungsstrafe von 400 Mark zahlen.

KAPITEL 6
PARTNERSCHAFTEN

Beata hängte das letzte Bild von der Wand und packte es sorgfältig in den großen Transportkarton. Sie hatte gehofft, Christian wäre mit nach Lübeck gekommen und hätte ihr dabei geholfen. Doch der hatte sich in letzter Zeit ziemlich rar gemacht, fand sie. Der schien nur noch sein Segelboot im Kopf zu haben, so wie in seiner Jugendzeit. Beata spürte, dass ihr Einfluss auf ihn abnahm. Lag das daran, dass sie politisch und künstlerisch erfolgreicher geworden war als er? Sein Antrag, ihre Ausstellung in der BRD im Rahmen der Städtepartnerschaft mit einer Lesung eigener Gedichte und Kurzgeschichten zu begleiten, war von der zuständigen Behörde in Wismar abgelehnt worden. Schließlich war er nicht Mitglied im Schriftstellerverband der DDR. Für sie als Funktionärin der Kulturgutschutzkommission war das anders. Ihr stand die Grenze in den Westen jederzeit offen.

Seufzend verschloss sie den Karton mit einem festen Klebestreifen. Als Künstlerin trennte sie sich mit gemischten Gefühlen von ihren Werken. Einerseits zögerte sie, als würde sie ihre Kinder verabschieden, die erwachsen geworden waren und in die Ferne zogen. Andererseits freute sie sich über den Erfolg ihrer ersten großen Kunstausstellung. Nachdem alles verpackt war, setzte sich Beata auf den einzigen Stuhl, der die nun kahle Halle schmückte, und ließ sich die letzten Wochen durch den Kopf gehen.

Die Bilder hingen 14 Tage im Kulturforum Burgkloster zu Lübeck und sollten den innerdeutschen Kulturaustausch dokumentieren. Die Lübecker Presse war voll des Lobes. Endlich ginge es mit den deutsch-deutschen Beziehungen aufwärts. Immerhin ein kleines Stückchen Grenzöffnung. Auf der DDR-Seite war man eher an der Valutamark interessiert, die die abschließende Auktion erwirtschaften sollte. Eine Würdigung der künstlerischen Seite ihrer Bilder vermisste Beata, was sie sehr verletzte.

Zur Auktion waren nur wenige gekommen. Der Zeichenlehrer eines Lübecker Gymnasiums wollte unbedingt die Giotto-Variationen erwerben. Er war sicherlich der Einzige, der über ein fundiertes ästhetisches Urteil verfügte. Doch ihm fehlte es an dem nötigen Kleingeld. Ein Vertreter der örtlichen Kulturbehörde entschied sich für die Konterfeis der modernen Maler. Die könnte man in den städtischen Büros aushängen. Doch das durfte nicht viel kosten. Der Beauftragte eines westdeutschen Kunstmuseums hielt sich zurück. Schließlich: Wer kannte schon eine Beata Bohnsack? – Und dann dieser unmögliche Name, der in Bezug auf die internationale Reputation seiner Institution nicht verwertbar war! Der Vertreter der örtlichen Kulturbehörde begann, ein erstes, bescheidenes Angebot abzugeben. Endlich war der Moment gekommen, da das erste Geld rollen sollte.

Die Auktion schleppte sich jedoch auf niedrigem Niveau hin. Niemand wollte den Nennpreis aufbringen. Da rief jemand aus dem Hintergrund mit weicher, aber entschiedener Stimme: »Wenn es nicht pressiert, ich kaufe sie alle. Für den doppelten Preis.«

Gemurmel im Saal. Alle drehten sich zu dem Mann um. Niemand kannte ihn. Elegante Kleidung, glattes Gesicht, sorgfältige Rasur, pechschwarze Haare, etwas dunkler Teint, kastanienbraune Augen. Er hatte einen fremdländischen Akzent und setzte die Betonung der Silben recht ungewöhnlich. Seine Stimme klang, als würde er singen.

»So geht das aber nicht!«, erregte sich der Auktionator. »Die Objekte werden nur einzeln versteigert, so ist es hier im Lande üblich.«

Der Fremde erhob sich. »Entweder keines oder alle. Für den dreifachen Preis.«

Beata wollte vermittelnd eingreifen: »Aber …«

Doch der Fremde ließ ihr keine Wahl: »Ich bleibe dabei: Entweder keines oder alle. Für den vierfachen Preis.«

»Nun, wenn das so ist«, schaltete sich der Auktionator ein, »dass das internationale Interesse gegenüber dem nationalen überwiegt, könnte man eine Ausnahme machen, allerdings vorausgesetzt, dass …«

Er konnte seine Einwände nicht zu Ende bringen, denn der Fremde unterbrach ihn sofort: »Ihre Bedenken respektiere ich und biete dafür den fünffachen Preis.«

Dann ging er zu Beata nach vorn und drückte ihr einen dicken Briefumschlag in die Hand. »Stimmt so. Sie brauchen nicht nachzuzählen.« Er legte ein Kärtchen obendrauf, das wie eine Visitenkarte aussah, doch es enthielt keine Adresse. Nur das Bildnis eines kunstvoll verzierten Palmwedels.

»Morgen wird sich jemand bei Ihnen melden und sich mit einer ähnlichen Karte ausweisen. Bitte händigen Sie ihm die Gemälde aus. Transportsicher verpackt, wenn's nicht pressiert.«

Dann wandte er sich zu dem Auktionator und legte ihm einen weiteren Briefumschlag aufs Pult. »Das ist für Ihre freundlichen Bemühungen. Ich denke, es wird Sie gebührend entschädigen.« Dieser zuckte nur müde mit den Achseln und ließ ihn gewähren. Schließlich hatte sich die Auktion doch zu einem beachtlichen finanziellen Erfolg entwickelt.

Die Unruhe im Saal ebbte langsam ab. Niemand kümmerte sich weiter um die Künstlerin. Nicht so der Leiter der DDR-Delegation, der bislang regungslos auf einem Platz in der hintersten Reihe gesessen hatte. Er kam nach vorn und zog Beata zur Seite.

»Glückwunsch, Genossin Bohnsack! Sie haben dem Aufbau des sozialistischen Vaterlandes einen wertvollen Dienst erwiesen. Ich werde es in meinem Bericht an das ZK lobend erwähnen. – Und wegen der Valuta melde ich mich, wenn wir wieder in Wismar sind. – Ich meine, damit das alles seinen geregelten Weg geht.«

*

Wenige Stunden später saßen sich in einem Nobelrestaurant in der Hüxstraße in einem der Séparées im Obergeschoss zwei Personen gegenüber. Auf dem Speiseplan stand: Appetithäppchen – Gänsestopfleberterrine mit glasierten Kumquats – Suppe von gelben Linsen mit Scampi – Bachsaibling mit Steckrübensalat und scharfer Peperoni – Rinderfilet im Ganzen gebraten in Thymiansoße an Wurzelgemüse mit Römer Nocken –

Rotweinbirne mit Pistazienmousse. Dazu diverse edle Tropfen, passend zum jeweiligen Gang. Dem einen Gast, der sich gleich zu Beginn des Treffens so mit dem Rücken zur Tür gesetzt hatte, dass er gegen neugierige Augen geschützt war, war das Vokabular geläufig. Derlei Genüsse kamen in seinem Alltag nicht selten vor. Der Kellner erkannte den hochrangigen Politiker sofort, doch er ließ sich nichts anmerken. Diskretion gehörte zu seinem Berufsverständnis. Dem Gast gegenüber jedoch glich die Menükarte wie ein Buch mit sieben Siegeln. In der DDR gab es so was nicht. Der Kellner bemerkte sofort dessen Unsicherheit und ahnte den Zusammenhang, aber er sagte nichts. Auch das gehörte zu seinem Berufsverständnis. Ihm war sofort klar, dass der andere zahlen würde. Und zwar mit einem fürstlichen Trinkgeld. Das war er so gewohnt.

Das Gespräch während des ersten Gangs begann mit einem landläufigen Vorurteil. Der BRD-Politiker kannte das nicht anders. Ob es denn gefährlich sei, in der Sperrzone so nahe am Todesstreifen zu wohnen. Ob man sich denn dort wie ein Eingesperrter fühle. Und dann der Schießbefehl.

»Erstens gehört Wismar, wo ich lebe, schon nicht mehr zum Sperrgebiet«, entgegnete der DDR-Gast. »Und zweitens haben die Menschen, die in einem solchen Gebiet leben, zwar den Nachteil des kontrollierten Besuchverkehrs, was einige allerdings nicht so eng sehen, haben sie doch wenigstens ihre Ruhe. Im Gegenteil geht es ihnen in mancherlei Hinsicht deutlich besser als uns. Wer dort wohnt, erhält nämlich eine Sperrzonenzulage, die je nach Beruf ganz beachtlich ist. Auch die Versorgung ist dort besser. Ich, der ich einen Passierschein habe, fahre oft dorthin, um einzukaufen. Man bekommt fast alles, vom Briefpapier bis zu gutem Schuhwerk.«

Mit fragendem Blick schaute sich der andere die Schuhe an. Sahen eigentlich nicht nach Ostware aus, dachte er. »Die habe ich mir vorhin in der Breiten Straße gekauft«, erhielt er als Antwort.

Der zweite Gang brachte die aktuelle Politik ins Spiel. Wie er als BRD-Politiker den erstmaligen Einzug von Rechtsradikalen in einem westdeutschen Parlament, also den der Republikaner in Berlin-West, sehe.

»Ganz im Vertrauen«, der Politiker neigte sich dem anderen zu und sprach leise, als hätte er Angst, sein Kommentar würde an die Öffentlichkeit dringen. »Ganz unter uns: Meine Partei ist der festen Überzeugung, dass der Rechtsradikalismus in unserem Staate keine Rolle spielt. Was da in Ihren Zeitungen steht, ist – entschuldigen Sie meine Direktheit – hochgeputschte Agitation. Eine gesunde nationale Einstellung ist bei uns heute keine Schande mehr. Da waren die Linksterroristen der RAF, die ja bekanntlich von der DDR unterstützt wurden, viel gefährlicher für unsere Demokratie.«

Der Kellner reichte dezent den dritten Gang, und so war der DDR-Gast froh, das Gespräch in weniger brisante Bahnen lenken zu können. Die beiden verbissen sich rasch in eine Diskussion über das Pro und Kontra zum Thema ›Sozialistischer Realismus in der Malerei‹. Offenbar verstand jeder unter den Begriffen ›sozialistisch‹ und ›Realismus‹ etwas anderes. Was aber der geselligen Stimmung des Abends keinen Abbruch tat.

Während des vierten Ganges kam die Unterhaltung –

der Alkohol fing an zu wirken – fast wie zufällig auf den Sinn des Lebens, auf die Vergänglichkeit. »Ja, die Niederländer waren Meister der Vanitas-Gemälde«, flocht der westdeutsche Politiker in einem Nebensatz ein. Das war das verabredete Stichwort, denn der andere Gast schob den sorgfältig in Packpapier eingehüllten Köcher, der die ganze Zeit neben seinem Stuhl an der Wand lehnte, vorsichtig auf die andere Seite.

»Hier, wie abgesprochen: Das ›Selbstbildnis mit Sonnenblume‹ von Anthonis van Dyck.«

Nach dem fünften Gang wechselte ein prall gefüllter Briefumschlag mit 50.000 DM den Besitzer. Jeder der beiden Gäste war mit dem Ablauf des geselligen Abends zufrieden. Der eine konnte nun endlich einen echten van Dyck in sein Schlafzimmer hängen. Seine Frau wird ihn anhimmeln – den Gatten, nicht den van Dyck, dessen war sich der hochrangige Politiker sicher.

Und die 50.000 DM verschwanden im geheimen Privatsafe des anderen Gastes. Als Valutamark standen sie dem Aufbau des Sozialismus in der DDR jedenfalls nicht zur Verfügung.

*

Am letzten Tag vor der Abreise der DDR-Delegation, die im Rahmen des Kulturaustauschs Beatas Gemäldeausstellung in Lübeck begleitet hatte, betrat eine nicht besonders vertrauenserweckende Person mit einem schweren und sperrigen Gegenstand unterm Arm den Laden einer noblen Antiquitätenboutique in der Flaniermeile von Timmendorfer Strand. Das Geschäft galt weithin als ein Zentrum des gehobenen westdeutschen Kunst- und Antiquitätenhandels. Die illustre Gesellschaft aus Hamburg und Lübeck, die hier normalerweise verkehrte, hatte wenig Ähnlichkeit mit dieser Person.

Der Angestellte bemerkte das sofort und taxierte sie zunächst als besseren Hausierer, zumal es nicht üblich war, Kunstgegenstände direkt hier über den Ladentisch zu verhandeln. Wahrscheinlich wollte der Kunde ein Erbstück in klingende Münze verwandeln. Bestimmt die Standuhr seines Großvaters.

Bevor der Angestellte sich nach dessen Wünschen erkundigen konnte, blaffte dieser sofort: »Den Chef bitte. Ich verhandle nur mit dem Inhaber.«

»Da muss ich erst einmal nachschauen, ob Herr Lüttjohann im Haus ist«, wich der Angestellte in einem etwas hochnäsigen Ton aus. »Dienstags ist er meistens auf Auktionen in Hamburg und kommt in der Regel sehr spät zurück.«

Der Neuankömmling stellte seinen Gegenstand polternd auf den Ladentisch und riss die obere Hülle der Verpackung auf. Wie erwartet kam eine Standuhr zum Vorschein. Der erfahrene Verkäufer sah sofort, dass es sich um ein besonders wertvolles Stück des Hofuhrmachers Friedrich des Zweiten handelte, einem Meisterwerk von Christian Ernst Kleemeyer aus der zweiten Hälfte des 18. Jahrhunderts.

»Wenn Sie auch nur einen blassen Schimmer von Antiquitäten haben«, schnauzte der Kunde ihn von oben herab an, »dann werden Sie wissen, dass es sich hier um etwas Ungewöhnliches handelt, etwas, das ich nur mit Ihrem Chef verhandeln kann. Rufen Sie ihn bitte sofort telefonisch hierher. Ich habe keine Zeit zu verlieren.«

Der Angestellte knickte sichtlich ein. »Aber gern doch, wie Sie wünschen.«

Im Nu erschien Herr Lüttjohann, ein kleiner, untersetzter Mann, der mit seiner Nickelbrille und seinem Spitzbart ein wenig Ähnlichkeit mit dem russischen Revolutionär Trotzki hatte. Diplomatisch bat er seinen Kunden samt Standuhr in das Hinterzimmer. Der Angestellte brauchte schließlich nicht alles erfahren. Aber immerhin durfte er den beiden Tee und Gebäck bringen. Als sie dann allein waren, kam der Chef sofort auf den zentralen Punkt.

»Ich nehme an, Sie können sich als legitimen Besitzer dieser Rarität ausweisen. Sie werden wissen, dass sich in unserem Metier nicht nur ehrbare Leute tummeln. Meine Auflagen sind in diesem Punkte sehr genau.«

»Aber sicher, Sie müssen sich vor mir nicht verteidigen. Ich kenne das Geschäft sehr gut. Vielleicht sogar besser als Sie.«

Der Kunde legte ein paar Dokumente auf den Schreibtisch des Besitzers, der sie sofort griff und ausgiebig studierte.

»Nun gut, Herr von Motte-Fouqué«, lautete das Ergebnis seiner Analyse. »Ihr Name ist mir nicht ungeläufig. Und die Dokumente beweisen zur Genüge, dass es sich hier um Ihren persönlichen Besitz handelt.«

Er rückte seine Nickelbrille zurecht und schaute seinem Gast fest in die Augen. »Warum wollen Sie sich denn von solch einem seltenen Exemplar trennen? Wir beide wissen, dass dieses Objekt besser in ein Museum gehört als in den privaten Antiquitätenhandel.«

Der Gast rutschte ungeduldig auf seinem Stuhl hin und her. »Wenn Sie kein Interesse haben, dann sagen Sie es mir bitte kurz und knapp. Ich muss nach Lübeck zurück, mein Zug geht in einer halben Stunde.«

»Nichts für ungut, mein Lieber«, entgegnete der Händler. Zwar ahnte er, dass hier nicht alles mit rechten Dingen zuging, aber die Papiere waren in Ordnung, und er witterte ein gutes Geschäft. »Ich denke, mit 5.000 könnten Sie sehr zufrieden sein.«

»20.000«, konterte der andere.

Eine Weile wurde hin und her gefeilscht. Schließlich wechselte die Standuhr ihren Besitzer. Natürlich gegen Unterschrift. Und der Kunde verließ den Laden zufrieden mit 10.000 DM in der Brieftasche. Valutamark, die leider am Aufbau des Sozialismus in der DDR vorbeigingen.

*

Endlich tat sich etwas. Der alte Leuchtturmwärter war durch die langen Wochen in der Untersuchungshaftanstalt schon ganz mürbe geworden und hatte die Hoffnung aufgegeben, alles würde sich als ein bedauernswerter Irrtum herausstellen. Er konnte es immer noch nicht fassen, dass man ihm Steuerhinterziehung vorwarf. Schließlich hatte er immer seine Arbeitseinkünfte korrekt angegeben, nie Schwarzarbeit gemacht und sich aus der Politik weitgehend herausgehalten.

Nun stand er vor dem Untersuchungsrichter. »Ihnen

wird mehrfache Steuerverkürzung in schwerem Fall und versuchte Steuerverkürzung vorgeworfen. Können Sie sich dazu äußern?«

Der Alte kam ins Schwitzen. Er wusste nicht so recht, was er sagen sollte, also entgegnete er einfach: »Ich bin mir keines Verstoßes gegen das Steuergesetz bewusst. Ich weiß nicht, was Sie meinen. Ich bin in Pension und verfüge über keinerlei weitere Einkünfte als meine Rente.«

»Nun, dann muss ich Ihnen wohl ein wenig auf die Sprünge helfen. Ist es richtig, dass Sie im vergangenen August bei einem Optiker in der Innenstadt einen antiken Winkelmesser gegen ein neuwertiges Fernrohr eingetauscht haben?«

»Ja, das ist richtig. Aber das war doch nur ein Tausch, da habe ich doch nichts dran verdient.«

»Und wo hatten Sie denn das antiquarische Stück her?«

»Das war ein Erbstück.«

»In Ihrer Wohnung sind mehrere solcher Antiquitäten sichergestellt worden. Sind das auch alles Erbstücke?«

»Ja und nein. Ich bin Sammler, Hobbysammler. Vieles habe ich geerbt, anderes wurde mir von nahen Verwandten geschenkt, und das eine oder andere Stück ist durch Tausch in meinen Besitz gelangt.«

»Können Sie das denn nachweisen, ich meine, haben Sie Unterlagen darüber?«

»Nein. Unter den Verwandten und Freunden, mit denen ich verkehre, ist es nicht üblich, sich gegenseitig Schenkungs- oder Tauschurkunden auszustellen. Ehrlich gesagt habe ich auch keinen genauen Überblick über meine Sammlung.«

»Wir aber.« Der Untersuchungsrichter legte dem Alten eine detaillierte Liste vor. »Hier, sind das alles Ihre Sachen?«

Der Alte studierte das Verzeichnis sorgfältig. Ist ja ganz schön was zusammengekommen, sinnierte er. Die Fernrohre, die Chronometer, die Sextanten, das Nocturlabium und all die vielen nautischen Andenken. Erst jetzt merkte er, welch ein Wert hinter all dem steckte. Doch zwei Dinge vermisste er in der Aufzählung: Die Kleemeyer-Uhr aus dem 18. Jahrhundert, wohl das wertvollste Stück seiner Sammlung, und die Kollektion von Sailing Cards, die er im Turmzimmer aufbewahrte.

Sollten die das übersehen haben, ging es ihm durch den Kopf. Wird wohl so sein, aber er wagte es nicht, den Richter daraufhin anzusprechen. »Ja, das ist mein Eigentum, meine nautische Sammlung.«

»Sie behaupten also, nur als Sammler, nicht als Antiquitätenhändler tätig gewesen zu sein?«

»So ist es.«

»Nun, so muss ich Sie zunächst einmal über unsere Steuerparagrafen in Zusammenhang mit selbstständigen Unternehmern aufklären. Dort heißt es unter anderem: ›Gewerblich oder beruflich ist jede nachhaltige Tätigkeit zur Erzielung von Einnahmen, auch wenn die Absicht, Gewinne zu erzielen, fehlt.‹ – Und dass Sie ein selbständiger Unternehmer sind, dafür gibt es eine Reihe zwingender Indizien. Wie erklären Sie sich zum Beispiel, dass ein großer Teil der Gegenstände in Kartons gelagert war. Versandbereit. Und dann unter dem Bett und im Keller versteckt? Ein echter Sammler stellt doch seine Gegenstände aus und erfreut sich an ihrem Anblick, oder?«

»Nun, das ist leicht aufzuklären. Die Kartons sind ja genau eben die Pakete, in denen mir meine Verwandten und Freunde die Sachen zugeschickt haben. Ich kann mir keine Regale leisten, also habe ich die Gegenstände in diesen Kartons aufbewahrt. Wenn ich Lust hatte, mal was in Ruhe in die Hand zu nehmen, oder wenn es mal wieder gepflegt werden musste, dann habe ich mir das aus den Kartons herausgeholt und es anschließend wieder reingesteckt. Außerdem wollte ich nicht, dass jeder x-beliebige Besucher gleich über die Sammlung stolpert.«

»Na gut, dass wenigstens die Ermittler über Ihre Schätze gestolpert sind. Kennen Sie eigentlich den Wert Ihrer Sammlung?«

»Nein, ich habe nicht Buch geführt.«

»Und Sie wissen wohl auch nicht, wie hoch die Freigrenze bei der Festsetzung der Vermögenssteuer von Kulturgütern ist?«

»Nein, aber ich nehme an, Sie werden es mir gleich sagen.«

Der Richter ließ sich von dem ironischen Unterton seines Opfers nicht irritieren. Wie ein vertrockneter Buchhalter deklamierte er: »50.000 Mark. Wer als steuerpflichtiger Kunst- oder Antiquitätensammler höhergeschätzte Werte besitzt, muss zahlen. Zwischen 0,5 und 2,5 Prozent pro Jahr. Das alles wussten Sie nicht?«

»Nein, tut mir leid. Aber das Sammeln ist doch mein privates Hobby. Wieso muss ich dafür eine Steuererklärung abgeben? Ich bin kein Händler.«

Der Richter überlegte eine Weile, ehe er sich zu einer

Erwiderung entschloss. »Sagen Sie mal, was ganz anderes. Aus Ihrer Akte geht nicht hervor, dass Sie jemals in der Partei oder in einer der Massenorganisationen Mitglied waren. Auch vermisse ich Angaben über irgendwelche solidarische oder wenigstens karitative Aktionen Ihrerseits. Als ehemaliger Leuchtturmwärter sind Sie Staatsangestellter, da haben Sie doch gewisse Verpflichtungen unserem sozialistischen Staat gegenüber. Meinen Sie nicht auch, dass es da selbstverständlich ist, sich wenigstens in der Steuergesetzgebung schlauzumachen und die Belange des Gemeinwohls über irgendwelche, durch den Sieg des Proletariats geschichtlich überholte Sammlerspinnereien zu stellen?«

»Aber Genosse Honeckers Sammelleidenschaft von Jagdtrophäen ist doch legitim, oder? Warum dann nicht mein Hobby?«

Dem Richter schwollen die Zornadern an. »Erstens übertreten Sie Ihre Kompetenzen, wenn Sie den Genossen Staatsratsvorsitzenden anzweifeln. Und außerdem sollten Sie wissen, dass Ihre Sammelleidenschaft bei Weitem den Status eines Hobbys überschritten hat.«

Er legte dem alten Leuchtturmwärter eine zweite Liste vor. »Hier, um das mal in handfesten Zahlen auszudrücken. Die zuständigen Genossen von der Kunst und Antiquitäten GmbH haben eine Zeitwertfeststellung Ihrer Sammlung durchgeführt. Da Sie offensichtlich Geschäfte mit dem westlichen Ausland getätigt haben, wurden die einzelnen Gegenstände nach dem Maßstab des westlichen Kunstmarktes taxiert. Dabei ergab sich, wie Sie unter dem Strich erkennen können, ein Valutawert in sechsstelliger Höhe, der nach unseren

Gesetzen zu 90 Prozent zu versteuern ist. Hinzu kommen das entsprechende Bußgeld und die Kosten für das Verfahren. – Mit anderen Worten: Wir sind gezwungen, den Wert Ihrer gesamten Sammlung Ihrer Steuerschuld gegenzurechnen. – Es sei denn, Sie verfügen über eine andere Möglichkeit, Ihre Steuerschulden zu tilgen.«

Keine Antwort. Der Alte fühlte sich so vor den Kopf geschlagen, dass ihm die Worte fehlten.

Sein Gegenüber hatte damit gerechnet. Es war nicht sein erster Fall mit enteigneten Sammlern. Er stand auf und rief seiner Sekretärin im Nebenzimmer zu: »Zwei Kaffee. Türkisch.«

Dann widmete er sich wieder seinem Opfer. »Ich denke, Sie können jetzt auch eine Stärkung brauchen. – Man muss ja schließlich Mensch bleiben. – Ich mache Ihnen, gewissermaßen außerhalb des Protokolls, einen Vorschlag. Sie kommen mit fünf Jahren auf Bewährung davon. Im Gegenzug übertragen Sie Ihre Sammlung ersatzlos der Kunst und Antiquitäten GmbH. Damit leisten Sie schließlich auch einen Beitrag zum Aufbau des sozialistischen Vaterlandes. Und da bei Ihnen keine Fluchtgefahr besteht, können Sie sofort wieder nach Hause zurückkehren. – Allerdings empfehle ich Ihnen, in Zukunft die Hände von bourgeoisen Geschäften zu lassen und sich besser für das Wohl der Gemeinschaft zu engagieren.«

Der Alte nickte nur müde mit dem Kopf. Was sollte er auch noch sagen? Wenigstens blieben ihm die Kleemeyer-Uhr und die Sailing Cards erhalten, die die Steuerfahnder wohl übersehen hatten.

*

Das hatte er zumindest gehofft. Als er am nächsten Tag in seine Wohnung zurückkehrte, war er über das Chaos entsetzt, das sich ihm bot. Die Steuerfahnder müssen ganze Arbeit geleistet haben, fürchtete der Alte. Weder die Uhr noch die Sailing Cards waren an Ort und Stelle. In seiner Niedergeschlagenheit suchte er Trost bei Pastor Laurentius. Als wäre nichts vorgefallen, fuhr er mit seinem Fahrrad zum Pastorat, um wie gewohnt eine Partie Schach mit ihm zu spielen und um einen Blick in die Tageszeitung zu werfen.

Laurentius empfing ihn wie immer mit der Bemerkung: »Sauwetter heute.«

»Ungewöhnlich für die Jahreszeit.«

»Jou. War früher nicht so.«

»Waren halt andere Zeiten.«

»Dann wollen wir mal.«

Wie in alten Zeiten nahmen beide am Wohnzimmertisch Platz. Doch diesmal geriet das Schachspiel schnell zur Nebensache. Der Alte erzählte mit wenigen Worten, was ihm widerfahren war.

»Muss schlimm gewesen sein«, meinte der Pastor.

»Jou. Jetzt reicht's mir. Das wünsch ich keinem.«

»Hast recht. Sind wilde Zeiten heutzutage.«

»Jou. War früher nicht so.«

»Übrigens, wenn du was vermissen solltest. Ich war inzwischen mit Christian bei dir zu Hause. Wir haben das Siegel aufgebrochen, wenn du nichts dagegen hast.«

»Schon recht. Viel ist ja nicht übriggeblieben.«

»Na ja, wenigstens deine Sailing Cards im Turmzimmer konnten wir retten. Sind jetzt im Schuppen neben dem Pastorat. Kannst sie wiederhaben, wenn du willst.«

»Nee, lass man lieber. Wer weiß, vielleicht kommen die Kerls noch mal wieder. Ich bin ja nur auf Bewährung.«

»Mann, wie das klingt. Als wärst du ein Ganove. Die wirklichen Verbrecher sitzen ganz woanders.«

»Ach, lassen wir die Politik besser außen vor. Und meine Kleemeyer-Uhr habt ihr nicht auch gerettet?«

»Nee. War nirgends keine Uhr.«

»Wird sich wohl einer von denen unter den Nagel gerissen haben.«

»Jou, sind eben schlimme Zeiten heutzutage. Aber das muss man ja nicht alles hinnehmen. Immer mehr Leute sind unzufrieden mit dem System. Es tut sich was. Vielleicht bist du ja auch bald dabei.«

»Nee, mit Politik will ich eigentlich nichts zu schaffen haben. – Aber, wenn man's richtig betrachtet, wer sich nicht wehrt, der lebt verkehrt.«

»Genau mein Reden. Komm doch mal in die Kirche. Da versammeln sich immer mehr Menschen. Nicht nur, um meine Predigt zu hören. Auch, um sich über das weitere Vorgehen abzusprechen.«

»Mal sehen. Aber jetzt muss ich denn mal wieder.«

»Jou. War schön, dass du mich besucht hast.«

»Klar, mach ich doch gern.«

*

Der Fährmann Tobias verabschiedete sich mürrisch von seiner Frau, bevor er die vorletzte Fahrt rüber nach Wismar antrat. Wieder einmal hatten sie sich gestritten. Diesmal war nicht ihre Pflegetochter Dorisa der

Grund. Marthe hatte sich nach ihrem Abenteuer auf dem Marktplatz, das mit einer unangenehmen Nacht im Gebäude der SED-Kreisleitung endete, ziemlich verändert. Seitdem entwickelte sie eine sonderbare Streitbarkeit, was politische Fragen anging, fand ihr Ehemann. Er selbst bezeichnete sich als guten Sozialisten, als aktives Parteimitglied, als treuen Staatsbürger. Schließlich hatte die Partei ihm das alles ermöglicht: eine ordentliche Ausbildung als Schiffskapitän, eine gesicherte Position als Fährmann auf der Linie Wismar – Poel, ein eigenes Zuhause und ein ehrliches Familienleben. Und mit seinem Dienst im grenznahen Seeverkehr genoss er so manche Privilegien, die seine Kollegen auf den Binnengewässern nicht hatten. Er war bisher mit sich und seiner Welt zufrieden. Er hatte kein Verständnis für die Querulanten, die sogenannten Ausreisewilligen, die unbedingt in alle Welt reisen wollten, vor allem in die kapitalistische. Und die ihren Willen auch noch öffentlich auf dem Marktplatz vor den Augen der Touristen austoben mussten. Nun aber fing ausgerechnet seine eigene Ehefrau an, gewisse Sympathien für diese vom Westen verblendeten Bürger zu haben. »Stell dir vor, du würdest eines Tages mit deinem Fahrgastschiff unbehindert rüber nach Travemünde, nach Timmendorfer Strand oder nach Scharbeutz fahren können«, hatte sie während des Kaffeetrinkens gesagt. »Da soll man schön flanieren gehen können. Und die Geschäfte mit der reichen und modischen Auswahl. Richtigen Kaffee gibt es da, das ist ganz was anderes als unser ›Türkischer‹. Und Dorisa könnte in Lübeck eine richtige Gesangsausbildung bekommen. Übrigens bräuchte ich neue Schuhe.

Aber zurzeit herrscht ja mal wieder ein Versorgungsengpass in der HO.«

Tobias hatte dem nicht viel entgegenzusetzen. »Wird schon wieder«, meinte er. »Anlässlich des 40-jährigen Bestehens unserer Republik werden die Werktätigen alle Anstrengungen unternehmen, um den Westen in jeder Beziehung zu überholen.«

»Na, hoffentlich dauert das nicht weitere 40 Jahre, denn dann bin ich so alt, dass ich keine neuen Schuhe mehr brauche«, rief sie ihrem Mann in spitzem Ton hinterher.

Als sich die Fähre dem Wismarer Stadthafen näherte, erkannte Tobias sofort den Mann mit der Thälmannmütze, der an der Anlegestelle wartete. »Nicht schon wieder die Stasi«, fluchte er leise vor sich hin. Aber er wusste, dass er dem Mann nicht entrinnen konnte.

Auf der Rückfahrt zur Insel musste Butt, der Bootsmann, das Ruder übernehmen. Tobias und der Mützenmann zogen sich in die Kapitänskajüte zurück.

»Auf der Insel läuft nicht alles so, wie es für die Partei gut wäre«, begann der Gast das Gespräch. »Sogar deine eigene Frau, lieber Genosse Bootsführer, musste ich auf frischer Tat ertappen. Hatte sich mit den Ausreisewilligen verbrüdert. Ich weiß nicht, ob das gut ist für eine angesehene Schifferfamilie. Ich meine, mein lieber Tobias, ich habe alles getan, um sie da wieder rauszubekommen. Schließlich sind wir ja Parteifreunde. Aber, ehrlich gesagt, bei einem zweiten Mal wird es selbst für mich eng. Du verstehst, was ich meine?«

»Ja, schon recht. Weiber! Haben nicht immer alles beisammen im Kopp.«

»Freut mich, dass wir uns so gut verstehen. Gerade jetzt, wo die Kommunalwahlen vor der Tür stehen, sollte jeder wirkliche Sozialist Flagge zeigen. Die Partei braucht jeden Genossen, auch dich, Tobias.«

»Schon recht. Ihr könnt euch auf mich verlassen.«

»Nun zum Geschäftlichen. Ich muss mal wieder in deinen Schuppen, ein paar Sachen holen, die der Genosse Staatsratsvorsitzende angefordert hat. Kunst als Waffe im Klassenkampf, du kennst die Losung.«

Durch Tobias' Körper ging ein deutlicher Ruck. Das sah nach höchster Konspiration zugunsten des sozialistischen Vaterlandes aus. »Na klar. Bin dabei.«

Als das Fahrgastschiff in Kirchdorf anlegte, gab Tobias seinem Bootsmann Butt die Anweisung, alles für die letzte Überfahrt bereitzumachen. Er selbst verschwand in Begleitung des Mützenmannes. Die beiden steuerten auf den Winterlagerschuppen zu. Tobias vergewisserte sich, dass sie unbeobachtet waren. Dann holte er den Schlüssel aus dem Versteck und öffnete die Tür zum Schuppen. Die plötzliche Dunkelheit erschwerte die Orientierung, doch die beiden kannten sich hier gut aus. Tobias nahm sich eine Taschenlampe, die er für solche Fälle gleich neben der Tür aufbewahrte. Damit leuchtete er in den hinteren Teil der Hütte.

»Verdammt, was ist das?«, brüllte der Mützenmann. »Willst du mich verarschen, oder was?«

In dem durch ein Holzgitter abgeteilten Verschlag an der Stirnseite des Schuppens herrschte gähnende Leere. Sämtliche Bilderrahmen und Zeichenrollenköcher waren verschwunden.

Tobias blieb die Luft weg. »Wie... wieso?«, stotterte

er. »Das kann ich mir nicht erklären. Außer mir kommt hier doch keiner rein. Das Schloss ist absolut sicher, und …«

»Jetzt erzähl mir keine Märchen! Du und deine Schlösser. Du siehst doch, dass sich hier jemand bedient hat.« Der Mützenmann riss Tobias die Taschenlampe aus der Hand, drehte sich um und studierte das Türschloss. »Hier sind jedenfalls keine Spuren von einem gewaltsamen Einbruch, wenn ich das richtig sehe. Da gibt es eigentlich nur wenige Erklärungsmöglichkeiten.«

Der Mann packte Tobias am Kragen und zog ihn dicht an sich heran. »Entweder du selbst hast das Zeugs verschwinden lassen, und dann Gnade dir Gott! Oder aber du hast einem von deiner Sippe gezeigt, wo der Schlüssel versteckt ist.«

Tobias spürte den üblen Mundgeruch des Stasimannes. Er begann, sich vor ihm zu ekeln.

Der ließ seiner Wut freien Lauf. »Da kann doch nur deine Frau dahinterstecken. Jetzt, wo sie mit den Feinden der Republik unter einer Decke steckt. – Oder sollte dich am Ende deine Tochter an der Nase herumführen?«

Tobias löste sich mit Gewalt von der Umklammerung. Das ging gegen seine Ehre. »Jetzt beruhige dich! Für meine Familie lege ich meine Hände ins Feuer. Und das Schloss gilt als eines der sichersten, die jemals erfunden wurden.«

»Was aber nutzt das beste Schloss«, polterte der Mützenmann, »wenn man den Schlüssel nicht sorgfältig verwahrt! Ich fürchte, du bist da in etwas hineingeraten, das zu klären ich keine Lust habe.«

Der Mann spielte mit der Taschenlampe, als sei sie

eine Waffe. »Ich sage dir nur eines. Entweder du schaffst die Gegenstände wieder herbei oder du bezahlst deinen Fehler mit dem Leben. Unser Staat kann sich einen Versager wie dich nicht leisten.«

Der Mützenmann warf die Taschenlampe mit einem hohen Bogen ins Wasser. Dann stiefelte er zur Haltestelle und verschwand mit dem Bus, der wenig später Richtung Wismar fuhr.

KAPITEL 7 – ZETTELFALTEN

Die diesjährigen Kommunalwahlen warfen bereits im Januar ihre Schatten voraus. Der Staatsratsvorsitzende verkündete in der Neujahrsansprache seinen unerschütterlichen Glauben an die Zukunft des Sozialismus und rief sein Volk auf, im historischen Jahr des 40-jährigen Bestehens der DDR die Überlegenheit des Sozialismus mit dem höchsten Wahlergebnis der Geschichte zu bekräftigen. In einer Anleitung der für die Wahlangelegenheiten zuständigen zweiten Sekretäre der SED in den Bezirken setzte ein Politbüromitglied die Messlatte hoch. Dieses Mal müssten die bei den letzten Kommunalwahlen erzielten 99,88 Prozent übertroffen werden, ansonsten drohten Kaderveränderungen. Die Mehrheit der Bürger bezeichnete den Gang zur Wahlurne als sinnloses Zettelfalten.

Schon bei der Kandidatenaufstellung begannen die ersten Probleme. Pastor Laurentius folgte dem Aufruf oppositioneller Gruppen, sich außerhalb der Einheitsliste der Nationalen Front als unabhängiger Kandidat aufzustellen. Doch als er beim Bezirksrat um eine Wählbarkeitsbescheinigung nachfragte, wurde diese ihm verweigert. So scheiterte seine Kandidatur, noch bevor sie überhaupt beginnen konnte.

Reibungen gab es auch bei der Kandidatenvorstellung. Erstmals kam es bei den Veranstaltungen zu offenen Diskussionen. Laurentius und eine Handvoll Freunde nahmen kein Blatt vor den Mund. Sie kritisierten die katastrophale Versorgungslage, verlangten uneingeschränkte

Reisefreiheit und forderten politische Reformen. Aufgrund ihres Drucks musste sogar ein besonders unbeliebter Kandidat der Nationalen Front ausgewechselt werden.

In dem Dorf Dersekow drohten 20 Familien mit Wahlboykott, wenn ihr Ortsteil nicht endlich Telefonanschlüsse erhalten würde. In Wusterhausen forderte man auf ähnliche Weise die Instandsetzung der einzigen Straße. In Wismar tauchten Transparente auf mit Parolen wie ›Stell dir vor, es ist Wahl, und keiner geht hin!‹. In Rostock sagte ein Arzt öffentlich: »Dieser Staat sperrt uns alle ein. Ich habe nichts verbrochen und darf nicht dorthin fahren, wohin ich möchte. Ich werde dafür bestraft, dass ich täglich meiner Arbeit nachgehe und werde nicht zur Wahl gehen. Ich kann doch nicht meine eigenen Gefängniswärter wählen.«

Pastor Laurentius hatte inzwischen Christian und den alten Leuchtturmwärter für seine oppositionelle Arbeit gewinnen können, auch wenn die beiden noch sehr zögerlich bei der Sache waren. Sie trafen sich im Pastorat. Auch Dorisa, die jetzt oft zum Musizieren in die Kirche kam, war mit von der Partie. Im Radio lief die Aufzeichnung einer Rede des Staatsratsvorsitzenden Erich Honecker.

›Stets lassen wir uns davon leiten, dass das Antlitz des Sozialismus, man kann es heute so sagen, in den Farben der DDR vor allem in dem Maße zunimmt, wie wissenschaftlich-technischer Fortschritt mit sozialem Fortschritt verbunden ist. Die DDR stellt in Rechnung, so haben wir in der Berichtsperiode im Politbüro bei der Festlegung

unseres weiteren Kurses bekräftigt, dass die wissenschaftlich-technische Revolution durchaus bei Gewährleistung der Vollbeschäftigung und des Volkswohlstandes, ohne Massenarbeitslosigkeit und neue Armut gemeistert werden kann.‹

»Schalt bloß das Radio ab, sonst bekomme ich noch eine Krise!«

»Aber Christian, das ist doch hochinteressant, was der Vorsitzende da sagt«, entgegnete Pastor Laurentius. »Auf die Zwischentöne kommt es an. Man muss auf die Feinheiten achten.«

»Na ja«, mischte sich der alte Leuchtturmwärter ein. »Besonders fein klingt das in meinen Ohren nicht, vor allem, seitdem ich erleben durfte, wie die Farben der DDR in einer Untersuchungshaftanstalt aussehen.«

»Ihr müsst das richtig einordnen, dann werdet ihr die Tragweite dieser Rede verstehen«, fuhr Laurentius fort. »Die ›Farben der DDR‹ ist doch im Grunde genommen eine sanfte Umschreibung dafür, dass Honecker und Co. nicht gewillt sind, Gorbatschows Weg von Perestroika und Glasnost mitzugehen. Das erklärt auch das ›Sputnik'-Verbot, das mich immerhin 400 Mark gekostet hat.«

»Und ich frage mich«, unterbrach ihn der Alte, »was es kosten wird, wenn der Unmut der Bevölkerung über die verrotteten Zustände in unserem Lande in Wut umschlägt. Ob jener Gorbatschow dann seine Panzer auffahren wird, um das Bruderland zu retten? So wie das schon am 17. Juni 1953 passierte. Oder beim Prager Frühling 1968. Und wie wird Mielkes Stasi reagieren? Und wie die Betriebskampfgruppen?«

»Nun mal man den Teufel nicht gleich an die Wand«, beschwichtigte der Pastor. »Ich bin fest davon überzeugt, dass gerade das nicht eintreten wird. In der Sowjetunion herrschen heute ganz andere Bedingungen als damals. Dort hat man erkannt, dass es so nicht mehr weitergehen kann. Heute haben auch wir in der DDR die Chance, den Gorbatschow-Faktor zu nutzen. Je mehr Menschen eine schonungslose Auseinandersetzung mit den Mängeln und Missständen verlangen, desto geringer ist die Gefahr einer gewaltsamen Entwicklung. Was wir brauchen, ist ein wirklich demokratischer Sozialismus, von dem schon Rosa Luxemburg geträumt hatte.«

»Ich bin skeptisch«, gab Christian zu bedenken. »Die Allmacht der Partei ist doch unüberwindbar. Nun feiern sie bald ihren 40. Jahrestag, aber immer noch nicht kann man über die offene Ostsee segeln. Und immer noch können die staatlichen Kunsträuber zuschlagen und sich ein wertvolles Gemälde oder eine antike Uhr einfach so unter den Nagel reißen. – Ich sehe nur zwei Möglichkeiten: Entweder die DDR bleibt ein Bollweg des bürokratischen Sozialismus oder es gibt so einen gewaltigen Umschlag, dass die DDR einfach durch den Westen geschluckt wird. Einen dritten Weg sehe ich nicht.«

»Ich verstehe, was du meinst«, unterstützte ihn der Alte. »Auch ich habe da so meine Bedenken, zumal die Kohl-Regierung nicht schläft. Und noch etwas beunruhigt mich zutiefst. Es sind die Rechtsradikalen, die hier bei uns in der DDR immer dreister auftreten, auch wenn man das von offizieller Seite nicht wahrhaben will.«

Nun mischte sich auch Dorisa, die sich die ganze Zeit zurückgehalten hatte, in das Gespräch ein. »Davon kann ich ein Lied singen. Es fängt damit an, dass man mir im Dorf nicht immer offen in die Augen schaut. Für die Einheimischen bin ich eine Vietnamesin, eine Fremde. Was ja so oder so nicht stimmt, denn ich bin weder eine Vietnamesin, und ich bin hier auf der Insel aufgewachsen wie sie auch, nur, dass meine Hautfarbe und meine Gesichtszüge anders sind. In der Stadt drüben haben mich auch schon Jugendliche deswegen angerempelt. Schnell kann so was enden wie neulich im Personenzug von Riesa nach Elsterwerda. Ohne jeden Anlass beschimpften Jugendliche zwei Afrikaner mit üblen rassistischen Parolen. Sie schlugen auf einen der Ausländer ein, traten ihn mit Füßen und stießen ihn schließlich aus dem fahrenden Zug. Der Mann wurde schwer verletzt. Und das Schlimmste in meinen Augen ist: Die anderen Fahrgäste schwiegen, keiner hat eingegriffen. Von wegen: die DDR als Bollwerk gegen Faschismus und Rassismus. Der braune Sumpf ist da, doch niemand will ihn wahrhaben.«

»Gerade weil wir einen totalitären Sozialismus haben, kann der Rassismus blühen und findet bei gewissen Kreisen der Bevölkerung Zustimmung«, antwortete Laurentius. »Das ist immer so, wenn die Leute über das erträgliche Maß hinaus unzufrieden sind. Und gerade deswegen ist es notwendig, das System von innen heraus zu reformieren, die positiven Seiten des Sozialismus zu stärken, ohne den Kapitalisten in die Arme zu fallen.«

Der Pastor stand auf und schaute auf die Straße, wo gerade ein Bus hielt und eine Anzahl von Arbeitern in den wohlverdienten Feierabend entließ. Er schaute ihnen nach, dann fuhr er fort: »Ich träume von einem Land, in dem um die Wahrheit gestritten wird. Ich träume von einem Land, in dem die menschliche Würde über aller Ideologie steht. Es liegt an uns, an jedem Einzelnen von uns, wohin der Karren zieht. Warum macht ihr drei nicht mit bei uns? Wir sind schon mehr als nur eine kleine oppositionelle Gruppe. Gerade jetzt so kurz vor den Wahlen haben wir viel Zulauf bekommen. Diese Kommunalwahlen in unmittelbarer zeitlicher Nähe zum 40. Jahrestag der DDR sind unsere Chance, den Karren auf den richtigen Weg zu bringen.«

*

Am Morgen des 7. Mai 1989 gingen Laurentius und der Alte vom Leuchtturm gemeinsam zum Wahllokal. Der Pastor hatte tags zuvor nochmals allen Sympathisanten erklärt, was zu tun und was zu unterlassen war. Auf alle Fälle sollten sie die Wahlkabinen benutzen, auch wenn das ein persönliches Risiko bedeutete.

In der Vergangenheit hatte es immer wieder Fälle gegeben, in denen die geheime Stimmabgabe in einer Kabine als Misstrauen dem Staate gegenüber gewertet und mit Repressionen geahndet wurde. Auch für das Ausfüllen der Wahlzettel gab es klare Bestimmungen, die die meisten Bürger überhaupt nicht kannten: ›Für den Wahlvorschlag der Nationalen Front stimmt, wer keinen, einen oder mehrere Kandidaten streicht. Gegen den Wahlvorschlag stimmt, wer alle Kandidaten einzeln durchstreicht. Ungültige Stimmen sind von o.g. abweichende Änderungen, z. B. mit Losungen versehene oder zerrissene Zettel.‹

»Also, Freunde«, mahnte Laurentius. »Wenn wir effektiv gegen die Politik der Einheitsliste stimmen wollen, dann müssen wir jeden Kandidaten einzeln durchstreichen, obwohl das aufwendig ist. Aber nur so können wir unsere Stimme einbringen. Alles andere zählt unter Zettelfalten, auch wenn man es anders meint. Der nächste Schritt besteht darin, die Stimmauszählung zu beobachten. Immerhin ist sie öffentlich. Im Wahlgesetz heißt es: ›Die Auszählung der Stimmen erfolgt im Wahllokal. Sie ist öffentlich und wird vom Wahlvorstand durchgeführt.‹ Und das Strafgesetzbuch der DDR sieht sogar Sanktionen gegen Wahlbehinderungen vor: ›Der Tatbestand der Wahlbehinderung ist erfüllt, wenn ein Bürger durch Gewalt, Drohung mit Gewalt, Täuschung oder andere, die Entscheidungsfreiheit beeinträchtigende Mittel von der Wahrnahme seines Wahlrechtes abgehalten wird.‹«

Christian hatte Dienst in der Wismarer Stadtverwaltung. Der Oberbürgermeister trommelte alle Stadträte, die Wahlverantwortlichen der Gewerkschaft und die Zuständigen für die Wohnbezirke zusammen. Diejenigen, die wie Christian für einen Wahlbezirk verantwortlich waren, wies er an, alle Bürger zu streichen, die bei den letzten Wahlen nicht gewählt hatten. So hoffte er, von vornherein unbequeme Querulanten aus der Statistik herauszuhalten. Ansonsten ordnete er an, jeder Einzelne habe bei der Stimmauszählung dafür zu sorgen, dass die von oben vorgegebenen Prozentzahlen eingehalten wurden.

Am späten Nachmittag erschien Beata im Wahllokal. Christian und sie waren in letzter Zeit oft eigene Wege gegangen. Noch lebten sie nicht unter einem Dach. Das Verhältnis unter den Verlobten hatte sich deutlich abgekühlt. Beata war zu sehr mit ihrer Karriere als Malerin beschäftigt, um die Beziehungskrise wahrzunehmen. Christian war ihr unbewusst ausgewichen, weil ihn die Vorgänge auf der Insel Poel um Pastor Laurentius und um Dorisa mehr interessierten als Beatas Karrierepläne, in denen er sich nur als geduldetes fünftes Rad am Wagen empfand. Laurentius und Dorisa gaben ihm ein Gefühl, das er im Umgang mit Beata vermisste: einen eigenen Weg gehen zu können, die eigene Identität zu finden.

Als Christian sie eintreten sah, flüchtete er sich verlegen hinter seine Wählerlisten, doch Beata schien sich um seine Befindlichkeit wenig Gedanken zu machen. »Dich sieht man also auch mal wieder«, begann sie in einem etwas herrischen Ton, der Christian noch mehr ducken ließ. »Du hättest mir wenigstens bei meiner Ausstellung in Lübeck helfen können. Aber ist jetzt egal, ich habe das auch allein geschafft.«

Sie zog ihren Wahlzettel hervor und zeigte ihn Christian mit einer spöttischen Miene. »Hier, Genosse Wahlbezirksleiter, damit du siehst, dass ich alles richtig gemacht habe.«

Christian schaute unwirsch auf den Zettel. Doch dann stutzte er. Beata hatte alle Kandidaten auf der Liste fein säuberlich jeden einzeln durchgestrichen. Gehörte auch sie zu den Oppositionellen, fragte er sich. Er schaute sich um, ob seine Mithelfer irgendetwas gesehen hatten, aber die waren mit ihren eigenen Dingen beschäftigt. Dann lächelte er Beata mit einem Augenzwinkern an. »Ist recht so, Genossin Künstlerin. Habe ich auch so gemacht.« Laut fügte er hinzu: »Die Partei wird es dir danken.«

Er erhob sich und geleitete sie zur Wahlurne. Leise fragte er sie: »Was ist eigentlich aus deiner Jagd nach den Kunsträubern geworden? Ich fürchte, du hast mich da nicht auf dem Laufenden gehalten.«

Stolz erwiderte Beata: »Auch das habe ich allein geschafft. Fürs Erste jedenfalls. Ich weiß jetzt, wo sich die Hütte befindet, die auf Nadines Foto zu sehen war. Es handelt sich um einen Bootsschuppen in Kirchdorf auf Poel.«

»Ach ja, jetzt, wo du das sagst, fällt es mir wieder ein. Ich muss sie früher mal beim Segeln gesehen haben.« Er rieb sich verlegen die Stirn, um nicht zu zeigen, dass er errötete. »Aber ich habe den Schuppen seit Jahren nicht mehr wiedergesehen«, log er. Er wollte ihr seinen Ausflug mit Dorisa nicht verraten.

»Ist auch nicht unbedingt der Rede wert, ihn kennenzulernen.« Jetzt war es an Beata zu lügen: »Ich habe mich dort umgesehen, aber außer den üblichen Bootsutensilien war nichts Bemerkenswertes zu finden. Wer weiß, warum Nadine den Schuppen fotografiert hat.«

Beata warf ihren Stimmzettel in die Urne. »Ich hab's eilig. Meine nächste Vernissage muss vorbereitet werden. Wie wäre es, wenn du zu meinen Bildern ein paar passende Gedichte rezitieren würdest? Könnte eine großartige Sache werden. Vielleicht auch wieder mit einer Ausstellung in Lübeck.«

»Ja, gute Idee«, antwortete Christian etwas halbherzig. »Wäre eine großartige Sache. Ich denke mir da mal was aus. Und was die Jagd nach den Kunsträubern angeht: Ich bleibe am Ball.«

»Gut, wir sehen uns dann.« Beata verschwand so schnell, dass Christian keine Gelegenheit hatte, sie nach dem Wann und Wo zu fragen.

*

Am Wahltag saßen Tobias, Marthe und Dorisa beim Frühstück, bevor sie gemeinsam zum Wahllokal gingen. Das war so Tradition in der Familie des Fährmanns. Zur Feier des Tages hatte Marthe den Tisch reichlich gedeckt.

»Wieso sind die Eier jetzt eigentlich gestempelt?«, wollte Dorisa wissen. »Das war doch früher nicht so.«

»Weil die privaten Kleinbauern Schindluder mit der Subventionspolitik der Partei getrieben haben«, erklärte ihr Vater. »Weil es Engpässe in der Versorgung mit Eiern gab, hat der Konsum sie von den umliegenden Siedlern für einen höheren Preis aufgekauft, als sie dann anschließend aus dem Regal heraus wieder verkauft wurden. Bis zu 25 Prozent konnte der Unterschied betragen. Klar, dass sich besonders pfiffige Hühnerhalter die hinten verkauften Eier vorn wieder für weniger Geld einsackten, um sie dann anschließend erneut hinten wieder zu verkaufen. Und das nicht nur einmal. So mancher hat sich da ein illegales Zubrot verdient. Bis es aufgeflogen ist. Jetzt werden die abgelieferten Eier mit einem Stempel versehen. So können diese Burschen ihre Eier nur noch einmal zurückkaufen.«

»Das ist ja schlimmerer Kapitalismus als im Westen«, mischte sich seine Frau ein. »Ich verstehe nicht, dass es nach 40 Jahren Sozialismus immer noch zu solchen Engpässen kommen muss.«

»Davon verstehst du nichts, Marthe«, polterte Tobias. »Die sozialistische Planwirtschaft ist schließlich nicht zu vergleichen mit deiner einfachen Abrechnung im Wirtshaus oder mit meinem Fahrkartenverkauf. Das ist so kompliziert, dass es schon mal hier und dort zu Problemen kommen kann. Wenn die Leute ein sozialistisches Bewusstsein hätten, würden solche Betrügereien erst gar nicht auftreten.«

»Und das haben sie immer noch nicht nach 40 Jahren?«, unterstützte Dorisa ihre Mutter. »Ich bin zwar erst knapp 20 und habe in meinem ganzen bisherigen Leben nur den Sozialismus erlebt. Wie lange soll ich denn noch warten, bis wir alle das richtige Bewusstsein haben?«

Tobias wusste keine Antwort. Er hielt sich für einen guten Sozialisten, aber in vielen Fragen hatte er so seine Zweifel. Nicht mit allem, was die Partei propagierte, war er einverstanden. Besonders die unangemessene Verhaftung seiner Frau neulich auf dem Marktplatz konnte er nicht verstehen. Musste denn jeder, der eine andere Meinung vertrat, gleich als Klassenfeind behandelt werden?

Dorisa klopfte ihr Ei auf und genoss es. »Ob mit oder ohne Stempel. Mir schmeckt's jedenfalls. Sie streute sich etwas Salz auf das Ei. »Übrigens ist das mit den Subventionen keine schlechte Idee, sein Taschengeld aufzubessern. Ich werde das im Spätsommer mal mit unseren Pflaumen versuchen. Die kann man wenigstens nicht stempeln.«

»Hör auf, so zu reden!«, erwiderte ihr Vater mit einer festen Stimme, um nicht in die Gefahr zu geraten, dass seine Autorität untergraben wurde. »Mit der Politik der Partei soll man keine Scherze treiben.«

Auch er machte sich über sein weich gekochtes Ei her. »Übrigens«, fragte er wie nebenbei, »war jemand von euch in letzter Zeit im Bootsschuppen?«

»Nein«, antwortete Marthe. »Was sollten wir jetzt dort zu suchen haben?«

Tobias schob seinen Frühstücksteller von sich und lehnte sich zurück. »Ich frage, weil ich ein Problem habe. Ihr werdet nicht wissen, dass ich dort hinten im Verschlag ein paar Bilder und Antiquitäten gelagert hatte. Altes, wertloses Zeugs aus dem Erbgut meiner Eltern.«

Marthe wunderte sich. Von einem Erbe hatte sie noch nie gehört, aber sie sagte nichts.

»Ja, also, nichts Besonderes. Nur ein paar Bilder mit Goldrahmen und so weiter. Sie sind verschwunden. Wisst ihr was darüber, oder sollte dort jemand eingebrochen sein?«

»Aber Tobias«, gab seine Frau zu bedenken. »Du bist doch ein Meister im Schlösserbasteln. Wer soll das denn aufgeknackt haben?«

»Das ist es ja gerade, was mich irritiert. Das Türschloss wurde nicht aufgebrochen. Der Dieb muss gewusst haben, wo sich der Schlüssel befand.«

»Da musst du nicht uns fragen. Oder traust du uns zu, dass wir dich bestehlen? Außerdem weiß ich nicht, wo du den Schlüssel hast. Und Dorisa ja wohl auch nicht, oder?«

»Keine Ahnung«, log Dorisa. »Außerdem würde ich dich doch niemals bestehlen, lieber Papa.« Das war durchaus ernst gemeint. Sie hatte zwar mitbekommen, wo ihr Vater den Schlüssel versteckt hielt, und sie hatte auch schon mal neugierig in die Bootshütte geschaut. Aber für Gemälde und Antiquitäten hatte sie nie ein Auge gehabt.

Bilder in goldenem Rahmen, ging es ihr durch Kopf. Wo hatte sie die vor Kurzem gesehen? Richtig, vor ein paar Monaten, als sie zufällig durch das Naturschutzgebiet im südwestlichen Teil der Insel streifte und die Hütte entdeckte, die den Seegrasbauern einst als Zwischenlager diente. Und sie erinnerte sich daran, dass sie einen Unfall mit dem Fahrrad hatte. Da war der elegante Wartburg. Mit Papprollen auf dem Rücksitz. Und eine Frau, die offenbar inkognito bleiben wollte.

»Ich weiß nicht, Papa, ob das wichtig ist. Beim Bootsputzen im vergangenen Winter habe ich diese goldenen Rahmen zwar wahrgenommen, aber nicht weiter beachtet. Erst vor einiger Zeit sah ich etwas Ähnliches in einer Hütte, unten am Faulen See, im Naturschutzgebiet.«

Wenigstens eine erste Spur, dachte Tobias, auch wenn er dadurch noch nicht das Rätsel gelöst hatte, warum die Tür zu seinem Bootsschuppen nicht aufgebrochen wurde. Ich werde das dem Genossen von der Stasi mitteilen, nahm er sich vor, auch wenn er den Mann mit der Thälmannmütze nicht besonders mochte.

Tobias löffelte sein Ei aus, wischte sich mit einer Serviette den Mund ab und stand auf. »Man wird sehen, liebe Dorisa. Nun aber Schluss jetzt mit dem privaten Geplauder. Werden wir politisch, gehen wir wählen.«

Tobias stimmte für den Wahlvorschlag der Nationalen Front. Seine Frau stimmte ungültig. Dorisa entschied sich für die Neinstimme. Fein säuberlich, so wie sie es von Pastor Laurentius gehört hatte, strich sie jeden Kandidaten auf der Liste einzeln durch.

*

Pastor Laurentius war fest entschlossen, von seinem Recht Gebrauch zu machen, bei der öffentlichen Stimmauszählung zugegen zu sein. Da wird sich ja zeigen, wie es um unsere Demokratie bestellt ist, meinte er. Gegen elf Uhr fand er sich in dem Gebäude seines Wahlbezirks ein, in dem um zwölf Uhr die Auszählung beginnen sollte. Er dachte, das sei rechtzeitig genug, um nicht abgewiesen zu werden. Die Tür war noch verschlossen, niemand wartete.

Nach einer Weile erschien ein Stadtrat und wies ihn an: »Wenn Sie zum Wahllokal wollen, dann gehen Sie rüber zur anderen Seite des Gebäudes, dort, wo der Schuleingang ist. Um zwölf Uhr werden Sie dann dort eingelassen.«

Laurentius befolgte diese Anordnung und wartete beim Schuleingang. Um Punkt zwölf Uhr erschien dort ein Hausmeister und eröffnete ihm: »Hier können Sie nicht rein. Dieser Eingang bleibt auf Anordnung des Rates heute geschlossen.«

Durch die Glastür konnte Laurentius erkennen, dass sich auf dem Gang zum Wahllokal bereits über 40 Personen versammelt hatten. Wie die dorthin gekommen waren, blieb ihm schleierhaft. Ganz offensichtlich handelte es sich um vertrauenswürdige Personen, die von offizieller Stelle bereits vorher herbeordert waren, um die Ergebnisse der Auszählung ohne unliebsame Dritte absegnen zu können.

Erst nachdem diese Personen in das Wahllokal eingelassen waren, öffnete man Laurentius die Tür. »Besucherzeit! Extra für Sie«, meinte ironisch der Hausmeister.

Der Raum war brechend voll. Laurentius wollte sich nach vorn drängeln, wurde aber nicht durchgelassen. So blieb ihm nichts anderes übrig, als auf Zehenspitzen stehend zu beobachten, wie vorn an einem länglichen Tisch irgendwelche Zahlen laut ausgerufen wurden. Von 502 Wahlberechtigten hatten sich nur neun Bürger an der Wahl nicht beteiligt. Von den 493 abgegebenen Stimmzetteln gab es keine ungültige und nur sieben Neinstimmen. So lautete das offizielle Wahlergebnis für den Bezirk. Nachprüfen konnte Laurentius das nicht, denn er konnte keinen einzigen Wahlzettel mit eigenen Augen sehen. Er war auf die akustischen Zurufe der handverlesenen Genossen da vorn am Tisch angewiesen.

»Völlig unmöglich!«, rief Laurentius kopfschüttelnd, doch niemand kümmerte sich um seinen Protest. Er wurde rasch von ein paar besonders stämmigen Genossen zum Ausgang abgedrängt. »Ich weiß doch, dass allein in meinem Wahlbezirk mindestens 60 Leute gegen die Einheitsliste stimmen wollten. Die können doch nicht alle plötzlich in ihrer politischen Haltung eingeknickt sein. Wo sind all die Proteststimmen geblieben? Auch wenn das gerade mal nur zehn Prozent gewesen wären, so wäre das noch lange keine Revolution. Aber nicht einmal ein Prozent?

Pastor Laurentius eilte wütend nach Hause. Dass die Verantwortlichen so brutal die elementarsten Menschenrechte, wie das Recht auf eine eigene Wahlentscheidung, mit den Füßen treten würden, hätte er nicht gedacht. Es wurde Zeit, die Kirche als Sammelpunkt des Protests zu nutzen, fand er.

Am nächsten Tag besprach er sich mit Christian und ein paar Mitstreitern. Sie beschlossen, zu einem Friedensgebet in der Kirche einzuladen.

Mit musikalischer Umrahmung, Dorisa sollte singen.

KAPITEL 8 – MÜHLENBECK

Das Rattern der Rotationsmaschinen war im ganzen Verlagsgebäude der Ostseezeitung zu hören. Obwohl sich Bohnsack, der Chefredakteur für Lokales, mit seiner Tochter Beata und deren Verlobten Christian in den hintersten Winkel zurückgezogen hatte, mussten sie sich mit lauter Stimme unterhalten.

»Also«, kam Bohnsack ohne Umschweife auf den Kern der Sache. »Wie weit seid ihr mit euren Recherchen über die Bilderdiebstähle? Kann ich demnächst mit einer aufrüttelnden Schlagzeile rechnen?«

Christian duckte sich hinter einem Berg von alten Zeitungen, die auf dem Tisch offenbar schon seit Tagen lagen. Beata warf ihm einen missbilligenden Seitenblick zu. Deine Gedanken sind wohl mal wieder woanders, ging es ihr durch den Kopf. Dann antwortete sie ihrem Vater, indem sie bewusst dessen *ihr* auf ein *ich* reduzierte: »Ich komme voran. Für eine Schlagzeile reicht es zwar noch nicht. Aber ich weiß jetzt, wo man das Diebesgut versteckt hat. Und zwar auf der Insel Poel.«

Ihr Vater unterbrach sie etwas ungehalten: »Aber davon wusste doch schon Nadine! Ich will endlich was Neues, nicht die ollen Kamellen.«

»Schon, aber sie wusste nicht, wo genau.« Sie richtete sich stolz auf und entgegnete, indem sie jedes Wort so betonte, als müsste sie sich selbst Mut machen, es auszusprechen. »Die Gemälde aus dem Gothaer Kunstraub befinden sich in einem Bootsschuppen direkt oberhalb des Kirchdorfer Hafens.«

Christian schien plötzlich aus seinen Träumen herausgerissen worden zu sein. »Unmöglich! Da ist doch nichts. Ich war erst vor Kurzem dort und habe nichts dergleichen bemerkt. Dorisa hätte mir das erzählt.«

Er biss sich auf die Lippen. Jetzt hatte er verraten, dass er dort mit einer anderen Frau war. Beata spürte sofort seine Verlegenheit. »Ach, tatsächlich? Davon hast du mir nichts erzählt. Was suchst du denn auf Poel? Und überhaupt, wer ist Dorisa?«

Ihr Verlobter schwieg einen Augenblick. Er suchte nach einer Ausrede. Doch dann entschied er sich, die Wahrheit zu sagen. Das heißt, den Teil davon, den er im Moment Beata gegenüber für vertretbar hielt.

»Das ist so. Ich war vor einiger Zeit dort in den Gewässern segeln. Da habe ich dann den Pastor Laurentius getroffen, den ich seit meiner Kindheit nicht mehr gesehen hatte. Wir haben uns unterhalten, alte Erinnerungen ausgetauscht. Und da war eben auch diese Dorisa, die Tochter von dem Fährmann, dem jener Schuppen gehört.«

»Ach so, da treibst du dich also in letzter Zeit herum«, fiel ihm Beata ins Wort. Dann stutze sie. »Und woher weißt du, dass das der Schuppen ist, von dem ich spreche?«

»Ich habe ihn wiedererkannt. Das Foto von Nadine, du weißt doch. Ich war dort vor langer Zeit mal beim Segeln.«

»Und jetzt verbringst du deine Zeit offenbar lieber mit dieser Dorisa als mit mir!«, fauchte sie ihn an. »Was ist denn an der so interessant, dass du mich vernachlässigst?«

Bohnsack gefiel diese Wendung der Unterredung nicht. »Beata, was soll die Eifersüchtelei? Das bringt uns nicht weiter. Wenn unklar ist, ob diese Gemälde dort sind oder nicht, warum spannt ihr diese Fährmannstochter nicht in eure Recherchen ein, statt euch gegenseitig zu bekriegen?«

Beata zog sich beleidigt zurück. »Ich wüsste nicht, inwieweit die uns dabei helfen könnte. Wer weiß, vielleicht ist sie ja sogar eine Komplizin dieser Räuber.«

»Quatsch!« Das konnte Christian nicht so im Raume stehen lassen. »Dorisa ist eine ehrliche Frau. Sie ist von Geburt eine Vietnamesin oder so ähnlich und wurde von der Familie des Fährmanns als Adoptivtochter aufgezogen.«

»Umso verdächtiger!«, knurrte Beata. »Und was hat dann dieser Pastor damit zu tun? Wer weiß, vielleicht gehört der auch zur Bande.«

Ihrem Vater riss langsam der Geduldsfaden. »Jetzt bleib mal auf dem Teppich, Beata! Wenn Christians Kontakte uns helfen, die Sache aufzuklären, dann sollten wir uns dagegen nicht stemmen. Also, mein lieber Schwiegersohn in spe. Wie zuverlässig sind diese Leute denn?«

»Pastor Laurentius und Dorisa sind aufrechte Leute. Es gefällt mir, dass sie sich nicht alles gefallen lassen, was hier in unserem Staat schiefläuft.«

»Jetzt wirst du auch noch politisch«, rief Beata. »So kenne ich dich ja gar nicht.«

»Eben, meine liebe Beata. Sagtest du nicht vor einiger Zeit: ›Wer kennt schon seinen Nächsten wirklich‹? Ich erinnere mich noch genau an deine Worte, denn du wolltest mir die Motivation für deine Malerei damit erklären. Findest du nicht auch, dass es langsam an der Zeit ist, die Motivation meiner Lebenswelt kennenzulernen, mich als eigenständiges Individuum zu akzeptieren?«

Beata fehlten die Worte. So hatte sie ihn noch nie reden gehört. Irgendwie spürte sie, dass sie jetzt in Erklärungsnot geraten war. Sollte sie Christian unterschätzt haben?

Sie war froh, dass ihr Vater sich wieder in das Gespräch einmischte. »Wenn ich das richtig verstehe, dann ist der Pastor Laurentius ein Oppositioneller.« Er lachte kurz auf. »Und auch du, mein lieber Christian, scheinst einer zu sein.«

»Beata ist auch eine«, ergänzte Christian. »Ich weiß das, denn sie hat mir ihren Wahlzettel selbst und sogar freiwillig gezeigt.«

»Dann ist ja alles in Butter«, kommentierte Bohnsack. »Dann verstehe ich nicht, warum ihr euch so echauffiert. Statt euch anzugiften, solltet ihr besser euren gemeinsamen Nenner stärken. Vielleicht kommen wir dann voran.«

Christian zögerte ein wenig, ehe er antwortete. Ob es Pastor Laurentius wohl recht war, dass er hier Reklame für das Friedensgebet machte? Warum nicht. »Ich hätte da einen Vorschlag. Nächste Woche findet eine Protestveranstaltung in der Inselkirche statt. Wegen der Wahlfälschungen. Ihr beide könnt doch mitkommen. Dann lernt ihr auch den Pastor Laurentius kennen.«

Mit einem vorsichtigen Seitenblick auf Beata ergänzte er: »Und auch diese Dorisa.«

Beata wollte etwas einwenden, doch in diesem

Moment stürmte ein Drucker herein. »Hier, Genosse, die Druckerfahne für die morgige Ausgabe. Ist wichtig, dass Sie Ihr OK dazu geben, denn schließlich ist das ein politisch brisanter Stoff.«

Er warf das Papier auf den Tisch und verschwand. Bohnsack setzte sich seine Brille auf, die er stets an einem Band um den Hals trug. Er zitierte:

Die Wahlbeteiligung in Wismar lag bei 98,9 Prozent, das waren 43.757 Stimmen. Für den Wahlvorschlag der Nationalen Front stimmten 99,5 Prozent, also 43.522 Bürger. 218 Gegenstimmen und 17 ungültige Stimmen wurden ausgezählt.

»Das klingt ja, als hätte man das aus den Direktiven der Partei abgeschrieben«, sagte er. »Wozu eigentlich der ganze Wahlaufwand, wenn das Endergebnis schon vorher feststand?«

»Jetzt sprichst du ja auch ganz wie ein Oppositioneller«, lächelte Beata ihren Vater an. »Das gefällt mir. Wir sollten in der Tat gemeinsam zu diesem Friedensgebet gehen.«

»Das wird wohl schlecht möglich sein. Du weißt, ich habe alle Hände voll zu tun. Außerdem scheint mir die Zeit noch nicht reif genug zu sein, dass sich der Chefredakteur einer staatstragenden Zeitung auf einer oppositionellen Veranstaltung blicken lässt.«

Er legte seine Hand auf die seiner Tochter und ergänzte leise: »Im Übrigen habe ich meine Fühler schon gen Westen ausgestreckt. Journalistisch ist das, was die da machen, hundertmal spannender, als Parteidirektiven abzuschreiben. Nimm Christian mit. Ich glaube, ihr beide seid da richtig aufgehoben.«

*

Den kleinen Ort Mühlenbeck am nördlichen Stadtrand von Berlin konnte man nicht unbedingt als eine touristische Attraktion bezeichnen. Dennoch waren die hässlichen Lagerhallen am Rand der S-Bahntrasse regelmäßig angesteuerte Ziele westdeutscher Mittelklassewagen. Die normalen Bürger, die hier vorbeikamen, hielten den mit Kunststoffplatten verkleideten Gebäudekomplex für ein Zwischenlager der Intershops. Nur wenige eingeweihte Personen wussten, dass sich hier das Hauptlager der Kunst und Antiquitäten GmbH befand. Fabrikhallen voller Kunstgegenstände, Musikinstrumente, antiker Möbel und sogar alter Pflastersteine, die im Handel mit dem Westen wertvolle Devisen einbringen sollten.

Der Antiquitätenhändler Lüttjohann aus Timmendorfer Strand bei Lübeck parkte sein Auto direkt vor einer der Hallen. Er war vorgestern im Ostberliner Interhotel abgestiegen und hatte bereits in dem großen Antiquitätengeschäft Unter den Linden ein paar Schnäppchen ergattert. Dort hatte ihm ein hilfsbereiter Angestellter unter vorgehaltener Hand geraten, er möge sich auch mal hier im Mühlenbecker Lager umschauen. Für den Tipp hatte ihm Lüttjohann einen Fünfziger zugesteckt. »Ich werde Sie avisieren, dann kann nichts schiefgehen«, hatte sich der Mann mit einem vielsagenden Augenzwinkern verabschiedet. Und so kam Lüttjohann ohne Probleme über die Ostberliner Stadtgrenze, obwohl er das mit seinem BRD-Kennzeichen nicht ohne Weiteres gedurft hätte.

Neugierig streifte er durch die langgestreckte Halle. Mit Kennerblick unterschied er Wertvolles von Plunder. Hin und wieder griff er sich eine Vase, um die Prägung auf der Unterseite zu lesen, studierte mit der Lupe ein Gemälde oder tastete das Innere einer antiken Kommode ab. Die Angestellten kümmerten sich nicht weiter um den Kunden. Sie waren es gewöhnt, dass ein Wessi die Kunstschätze erst einmal in Ruhe sichten wollte. Je weniger man sie dabei störte, desto ertragreicher wurde dann das Geschäft.

Lüttjohann machte sich eifrig Notizen. Hier, für diese Uhr aus dem 18. Jahrhundert war in seinem Budget noch Luft. Wenn man die ordentlich restauriert, könnte man ein Vermögen rausschlagen, sinnierte er. Als er sich in Gedanken versunken umdrehte, rempelte er einen der Mitarbeiter an, der gerade im Gespräch mit einem Kollegen war.

»Oh, entschuldigen Sie.«

Der Mann murmelte etwas vor sich hin und wollte sich entfernen. Da erkannte ihn der Antiquitätenhändler: »Oh, Herr von Motte-Fouqué! Schön, Sie hier zu sehen. Haben Sie wieder etwas Interessantes auf Lager? Die Kleemeyer-Uhr, die Sie mir vor einiger Zeit in meinem Geschäft in Timmendorfer Strand überlassen hatten, war wirklich ein ausgezeichneter Deal.«

Dem Angesprochenen war es sichtlich unangenehm, in Anwesenheit seines Kollegen auf diese vertrauliche Art und Weise angesprochen zu werden. »Entschuldigen Sie bitte«, antwortete er. »Ich fürchte Sie verwechseln mich mit jemandem anderen. Aber das wird sich ja leicht aufklären lassen.«

Er wies seinen Kollegen an: »Genosse, gehen Sie schon mal voraus in die Pianoabteilung. Ich komme gleich nach, wenn sich dieses Missverständnis geklärt hat.«

Als der unliebsame Zuhörer verschwunden war, zog der Mann den Besucher aus dem Westen zur Seite: »Es ist bei uns hier unüblich Namen zu nennen, müssen Sie wissen. Und erst recht spricht man nicht in Anwesenheit anderer über Geschäfte, wenn Sie mir diesen Hinweis erlauben.«

Lüttjohann durchschaute das Spiel sofort. »Oh, nichts für ungut, Herr Genosse. Geschäft ist Geschäft, und Dienst ist Dienst«, antwortete er mit einer etwas hinterlistigen Betonung. »Das ist bei uns im Westen nicht anders. Jeder ist sich selbst der Nächste.«

Der Händler griff zu der Uhr aus dem 18. Jahrhundert, für die er sich eben interessiert hatte und reichte sie dem Gegenüber. »Hier, das wäre auch was für mich, Herr Genosse. Ich denke, wo Sie so gute Beziehungen zu Ihren staatlichen Behörden haben, werden Sie mir diese Uhr als Schnäppchen nicht verweigern. – Ich meine, es muss ja nicht jeder gleich wissen, dass Sie gern auch mal einen Direkthandel mit einem BRD-Bürger machen. Wenn Sie verstehen, was ich meine.«

Der Mann fühlte sich durchschaut. Er ließ seinen Blick vage nach links und rechts schweifen, um sich zu versichern, dass niemand zuhörte. Nach einer Weile meinte er: »Nun, ich denke, wir betreiben eine ähnliche Geschäftspolitik. Ich schlage vor, wir treffen uns auf neutralem Boden. Dann könnten wir in Ruhe den Handel abschließen. Diese Uhr, wenn Sie wollen, und dann hätte ich noch ein paar andere Einzelstücke, für die Sie bestimmt einen passenden Beitrag opfern würden. Ich denke da zum Beispiel an die berühmte Leipziger Münzsammlung mit dem silbernen fünffachen Löser von 1666 aus dem Hause Herzogtum Braunschweig-Lüneburg.«

Herr Lüttjohann bekam rote Ohren, als er das Angebot hörte. »Aber gern doch. Ich bin dabei. Am besten, Sie kommen morgen Vormittag ins Interhotel Ostberlin, wo ich logiere. Dort können wir in Ruhe alles Weitere besprechen. Geld spielt bei mir eine untergeordnete Rolle. Wichtig ist, dass der Partner stimmt.«

*

Am nächsten Vormittag, es war ein Samstag, räkelte sich Herr Lüttjohann verschlafen aus dem Bett. Der Abend gestern in der Hotelbar war anstrengend gewesen. Dem Grasovka, dem Wodka mit einem Grashalm in der Flasche, hatte er nicht widerstehen können. Schließlich versprach diese Reise lukrative Ausmaße anzunehmen. Wer weiß, was der Genosse aus Mühlenbeck so alles in seinem Köfferchen dabei hatte.

Er bestellte sich über das Haustelefon ein fürstliches Frühstück mit einer Flasche Rotkäppchen Sekt Extra Cuvée, made in DDR. »Stellen Sie es mir an mein Bett«, kommandierte er ins Telefon. »Ich möchte jetzt in Ruhe duschen, und wenn ich wieder aus dem Bad komme, wünsche ich, dass das Frühstück fertig serviert bereitsteht.«

Dann ging er ans Fenster und öffnete es, um bei frischer Luft ein paar Gymnastikübungen zu machen. Doch schon nach dem ersten tiefen Atemzug wurde ihm schwindlig. Lag das nun an dem typischen Dieselgestank, den die DDR-Autos auf der Straße da unten verbreiteten, oder war das der Vorbote eines üblen Wodka-Katers? Egal. Eine heiße Dusche wird auch diese Schwäche kurieren, dachte sich Herr Lüttjohann. Nackt stieg er unter die Dusche und drehte den Warmwasserhahn voll auf.

Das Wasser prasselte auf seine Ohren, sodass er nicht hörte, wie sich seine Zimmertür öffnete. Ein Page brachte auf einem Beistellwagen sein Frühstück herein. Doch er ließ die Tür offen, als er verschwand.

Wenig später schlich sich eine Gestalt in sein Zimmer. In der Hand hielt sie einen schweren, stumpfen Gegenstand. Ohne auf den Frühstückstisch zu achten, ging sie zum Badezimmer.

Herr Lüttjohann merkte von all dem nichts. Mit geschlossenen Augen genoss er den heißen Wasserstrahl, der über sein Gesicht prasselte.

Den heftigen Schlag auf seinen Hinterkopf spürte er nur für den Bruchteil einer Sekunde. Dann brach er zusammen. Sein Körper verstopfte den Abfluss. Das Blut aus der Kopfwunde vermischte sich mit dem Duschwasser zu einer rotweinähnlichen Flüssigkeit.

Erst als sich diese Brühe nach draußen auf den Flur ausbreitete, erregte sie die Aufmerksamkeit anderer Hotelgäste. Sofort waren die Flurpagen zur Stelle.

Und auch die Experten von der Staatssicherheit. Tödlicher Unfall durch Sturz im Bad nach übermäßigem

Alkoholkonsum, stand auf dem Totenschein. Die leere Sektflasche und ein paar leere Grasovka-Flaschen, die der Mörder zur Vertuschung seiner Tat neben das Bett gelegt hatte, schienen Beweis genug zu sein. Sofort leitete die Stasi die für den Fall eines tödlich verunglückten Westbürgers vorgeschriebenen Maßnahmen ein.

KAPITEL 9
SAND IM GETRIEBE

»Fahren Sie so bald wie möglich nach Mühlenbeck.« Die Stimme am Telefon klang nüchtern und herrisch wie immer. Beata wusste, dass ihr Chef, der Leiter der Kulturgutschutzkommission, sie nur in den dringlichsten Fällen direkt anrief. Gewöhnlich hielt er sich lieber aus den unfruchtbaren Reibereien mit der Kunst und Antiquitäten GmbH heraus, die sowieso meistens zu seinen Ungunsten endeten.

»Es geht um die Bewertung einer Sammlung von Zeichnungen und Grafiken zum Thema ›Kunst im Widerstand‹. Das ist doch Ihr Fachgebiet, Genossin. Die Mühlenbecker wollen, dass das Zeug in die Kategorie III eingeordnet wird, damit sie es zu Valutamark verscherbeln können. Aber der enteignete Besitzer ist Mitglied in einer starken Ortsgruppe des KdAW. Die wollen in Berlin auf die Barrikaden gehen, wenn auch nur eines der Bilder verschwindet, und sie wollen sich an die Westpresse wenden. Sie können sich vorstellen, was das für uns bedeutet.«

Sie konnte sich das sehr gut vorstellen. Sie wusste, dass das Komitee der Antifaschistischen Widerstandskämpfer ein unbequemer Widersacher sein konnte. Wenn gerade jetzt in diesen unruhigen Zeiten auch noch herauskommt, wie Schalck-Golodkowski und seine Mühlenbecker Vasallen das nationale Kulturerbe ausplündern, dann wird das den Volkszorn nur noch weiter anfeuern.

»Die ›AG Bereich KoKo‹ ist auch schon eingeschaltet. Ich will, dass Sie den Fall so unauffällig wie möglich aus der Welt schaffen. In 14 Tagen erwarte ich Ihren Bericht.«

Der Anrufer legte auf, ohne sich zu verabschieden. Dass jetzt ausgerechnet auch noch die Stasi mit im Spiel ist, ärgerte Beata. Die ›Arbeitsgruppe Bereich Kommerzielle Koordinierung des Ministeriums für Staatssicherheit‹ – kurz AG BKK – war vor sechs Jahren gegründet worden, um die ›KoKo‹, die gleichnamige Abteilung im Ministerium für Außen- und Innerdeutschen Handel, diesem konspirativen Konglomerat von Politik, Geheimdienst und kommerziellen Aktivitäten, in Stasi-relevanten Dingen zu kontrollieren.

Nur ganz wenige DDR-Bürger kannten die KoKo und die Stasi-AG. Beata als Fachgutachterin der Kulturgutschutzkommission gehörte dazu. Sie hatte den Anweisungen zu gehorchen. Da war für Fragen kein Platz. Eigentlich wollte sie sich dieser Tage in ihr Atelier zurückziehen, um mit ihren eigenen Gemälden voranzukommen. Sie hatte sich vorgenommen, ihren provokanten Stil der verzerrten Porträts auf Partei- und Staatsfunktionäre anzuwenden, die in die Schusslinie der Opposition geraten waren. Beata verstand sich als Teil dieser Bewegung.

Bevor sie sich auf den Weg machte, betrachtete sie noch einmal kurz ihr erstes Bild aus dieser Reihe. Es stand fertig auf der Staffelei und zeigte die Brust eines reich mit Orden verzierten Mannes: den Karl-Marx-Orden, die Ehrentitel Held der DDR und Held der Arbeit, den Vaterländischen Verdienstorden mit Ehrenspange, den Banner der Arbeit und den Leninorden. Alle Medaillen funkelten farblich überbetont im Licht eines Scheinwerfers. Das Brustbild wurde am Hals durch den oberen Bildrand abgeschnitten.

Der Dargestellte hielt einen leicht nach unten gekippten rechteckigen Spiegel in der Hand, der den größten Teil des Bildes einnahm. Darin reflektierte sich sein Gesicht, allerdings so, dass es auf dem Kopf stand. Beata hatte die Gesichtszüge von Erich Honecker bis ins Detail nachgezeichnet und dabei die Falten, die runzlige Haut und die Stoppelhaare durch raffinierte Schatteneffekte überbetont. Die Augen allerdings waren blind, so, wie es die Künstlerin auch auf den in Lübeck ausgestellten Malerporträts gemacht hatte. Eigentümlich verwaschen, als wäre jemand mit den Fingern über die noch nasse Farbe gestrichen. Am Rand des Spiegels reflektierte sich die unsichtbare Lichtquelle in Form von Linsenflecken, geisterbildähnlichen Rückspiegelungen, wie man sie von Fotos der Spiegelreflexkameras her kannte.

Insgesamt ein nicht gerade schmeichelhaftes Porträt des Staatsratsvorsitzenden. Bevor Beata das Atelier verließ, überlegte sie kurz, ob die Zeit schon reif sei, das Bild zu veröffentlichen. Doch sie verwarf diesen Gedanken. Eine derartige Provokation hätte ein sofortiges Berufsverbot bedeutet. Stattdessen beschloss sie, es bei nächster Gelegenheit mit nach Lübeck zu nehmen und es dort unter einem Pseudonym auszustellen.

*

Immer, wenn Beata die nüchternen Lagerhallen der Mühlenbecker Kunst und Antiquitäten GmbH betrat, beschlich sie ein Gefühl der Trauer und der Wut. Sie wusste, welche Kunstschätze hier lagerten, achtlos von gleichgültigen, wenig fachkundigen Bürokraten in langen Regalen gestapelt, wie die verstaubten Ersatzteile in einem Maschinenbaukombinat. So ging also der Staat mit seinem nationalen Kulturerbe um!

Ein mit einem schmutzigen Overall bekleideter Mitarbeiter führte sie in einen fensterlosen Raum, der durch ein paar nackte, von den Wänden herunterhängende Glühbirnen beleuchtet wurde. Auf einem rohen Arbeitstisch lag eine Mappe mit den Bildern, die sie begutachten sollte.

»Warten Sie hier«, knurrte der Mann. »Die Genossen sind noch in einer Sitzung und kommen gleich. Aber fassen Sie nichts an, bevor sie hier sind!«

Wahrscheinlich stimmen sie sich jetzt über ihr Vorgehen mir gegenüber ab, dachte Beata. Nachdem der Mitarbeiter verschwunden war, trat sie neugierig an den Tisch und strich mit der Hand über die Mappe. Ganz schön umfangreich, fand sie. ›Kunst im Widerstand‹ hatte jemand in ungelenker Schrift auf dem Umschlagdeckel notiert.

Mit spitzen Fingern hob sie ihn vorsichtig an. Was darunter zum Vorschein kam, erregte sofort ihre Aufmerksamkeit. Wenn das nicht eine Originalgrafik von Käthe Kollwitz war! Behutsam blätterte sie weiter. Hier, ein echter George Grosz, und dort, ein Heinrich Vogler. Am liebsten hätte sie jedes Blatt einzeln herausgezogen und im grellen Licht der Glühlampen studiert. Doch sie traute sich nicht. Sie schloss die Mappe wieder und setzte sich auf einen der an der Wand stehenden Hocker, um die Ankunft der anderen abzuwarten.

Als sich die Tür öffnete, traten zwei Männer ein. Beata fuhr ein heftiger Schreck durch die Glieder. Der eine von denen war der Mann mit der Thälmannmütze und dem hervorstechenden Kinn, der geheimnisvolle Kunsträuber, dessen Identität sie trotz aller Recherchen bisher noch nicht herausbekommen hatte. Heute allerdings war er ohne Kopfbedeckung und trug einen maßgeschneiderten Anzug mit Krawatte. Den hat er bestimmt aus dem Westen, schätzte Beata mit Kennerblick. Bei uns gibt es das Material und den Schnitt überhaupt nicht. Sie zwang sich, nach außen hin so ruhig wie möglich zu wirken, und stand auf. Der andere Mann stellte sich mit Genosse Oswald vor, Leiter der örtlichen Niederlassung der KoKo. Danach präsentierte er seinen Begleiter:

»Genosse Oberstleutnant Weingärtner von der AG BKK, Abteilung WSE.«

Also doch ein Stasimann, fühlte Beata sich bestätigt, und dann noch aus dem Tätigkeitsprofil ›Wach-, Sicherungs- und Beobachtungsaufgaben‹. Sie wurde nervös und spürte einen leichten Anflug von Angst in sich hochsteigen. Ich muss jetzt höllisch aufpassen und darf mir auf keinen Fall anmerken lassen, dass ich ihn schon kenne, nahm sie sich vor.

Weingärtner schien Beatas Nervosität nicht zu bemerken. Er streifte sie nur mit einem flüchtigen Blick, dann konzentrierte er sich auf den Tisch mit der Mappe.

»Fangen wir an.« Der Stasimann legte die Hand auf den Umschlag. »Hier haben wir es mit einem besonders schweren Fall von Steuerhinterziehung zu tun. Dank der guten Arbeit unserer Genossen von der Steuerfahndung ist uns dieser Fisch ins Netz gegangen.«

Er warf einen kurzen, abschätzigen Seitenblick auf den Genossen Oswald. »Das Problem ist, dass die KoKo offenbar nicht in der Lage ist, den Wert dieser Sammlung in Valuta anzugeben. Ich würde gern Ihre Meinung als Fachgutachterin hören, Genossin Bohnsack.«

Beata erschrak zunächst, als sie hörte, dass der andere ihren Namen kannte. Doch dann beruhigte sie sich. Der Genosse Oswald wird ihn ihm vorher genannt haben.

»Wenn Sie erlauben, Genosse Weingärtner«, erwiderte sie, indem sie das charmanteste Lächeln aufsetzte, zu dem sie in der gegebenen Lage fähig war. Sie rutschte den Hocker an den Tisch und setzte sich. Dann zog sie betont lässig ein paar Plastikhandschuhe aus ihrer Handtasche. Als Profi wusste sie, dass man unbekannte Dokumente nie mit den bloßen Fingern anfassen sollte. Sie blätterte eine lange Zeit in der Mappe herum. Die beiden anderen standen hinter ihr und sagten kein Ton. Schließlich fischte Beata ein Blatt hervor und hielt es gegen das künstliche Licht einer der Glühbirnen.

»Aha«, entfuhr es ihr. »Wie ich es vermutet hatte.« Dann legte sie das Blatt wieder zurück und schloss die Mappe mit einer vorsichtigen Bewegung, als hätte sie eine zerbrechliche Goldfolie vor sich. Beata schob die Mappe in die Mitte des Arbeitstischs und richtete sich auf. »Bitte setzen Sie sich, Genossen. Dieser Fall muss in aller Ruhe besprochen werden.«

Die beiden Männer konnten dem freundlichen Charme der Genossin nicht widerstehen. Sie nahmen sich ebenfalls Hocker, setzen sich links und rechts neben sie und warteten auf Beatas Urteil. Alle richteten ihre Blicke neugierig auf die einsam auf dem Tisch liegende Mappe.

»Genossen«, begann Beata nach einer kleinen Kunstpause, die sie einlegte, um ihren folgenden Worten mehr Gewicht zu geben. Sie bemühte sich, den richtigen Ton zu treffen, auch wenn er etwas pathetisch klang. »Es steht außer Zweifel, dass wir es hier mit einem Kulturgut der Kategorie II a, wenn nicht sogar der Kategorie I zu tun haben. Kulturgut von internationalem Rang, wie Sie wissen. Es handelt sich um Originale, um Erstdrucke von namhaften Künstlern wie Käthe Kollwitz, Ernst Barlach, George Grosz, um nur einige zu nennen. Außerdem ist es absolut bemerkenswert, dass sich die Sammlung unter dem Begriff ›Kunst im Widerstand‹ zusammenfassen lässt. Vor uns liegt eine einmalige Sammlung von zeitgenössischen Dokumenten des antifaschistischen Kampfes gegen das Hitlerregime, das aus der Hand zu geben sich unser Staat, dem einzigen legitimen demokratischen Erbe auf deutschem Boden, nie erlauben dürfte. Das zu tun, hieße, den innersten Kern unserer Daseinsberechtigung zu verletzen. Genosse Weingärtner, Sie werden mir da zweifellos zustimmen.«

Weingärtner nickte wichtigtuerisch und blähte sich auf. Er hatte nicht erwartet, dass sich die zierliche Fachgutachterin zu solch einer fundamentalen Bewertung entscheiden würde. Oswald rutschte auf seinem Hocker herum. Er sah seine Felle, sprich seine erhofften Valuta davonschwimmen.

Beata entging das nicht. »Ich kann ja verstehen, Genosse Oswald, dass Sie enttäuscht sind. Ihre Abteilung leistet sicherlich einen großen Beitrag bei der Konsolidierung des Staatshaushalts. Aber die Bestimmungen des Kulturgutschutzgesetzes sind in diesem Falle eindeutig.«

Die junge Frau stand auf, ging zur gegenüberliegenden Seite des Arbeitstischs und zog die Mappe zu sich heran. Nach einem kurzen Moment des Besinnens fuhr sie fort: »Ich denke, es gibt eine Lösung, die alle Seiten zufriedenstellen wird. Ich schlage vor, wir überzeugen den vormaligen Besitzer, seine Sammlung bei seinem Kreisrat als angemeldetes Kulturgut nachträglich registrieren zu lassen. Sie, Genosse Weingärtner, müssten dafür sorgen, dass die Steuerfahnder ihre Anzeige zurückziehen. Dann hätten wir nämlich die Möglichkeit, die Sammlung einem interessierten Museum – ich denke hier beispielsweise an die Kunsthalle Rostock – zur öffentlichen Ausstellung anzubieten. Im Gegenzug wird dieses Museum dann der Kunst und Antiquitäten GmbH Gegenstände aus seinem Bestand überstellen, die dem Valutawert dieser Mappe entsprechen. Und, verehrter Genosse Oswald, was die Würdigung des Engagements von Genosse Weingärtner betrifft, so werden Sie sich da intern sicherlich gebührend einigen.«

Auf Oswalds Gesicht zeichnete sich eine gewisse Zufriedenheit ab. Er war froh, dass er nicht mit leeren Händen dastand. Weingärtner hingegen zog eine säuerliche Miene. Als Ranghöchster fühlte er sich durch Beatas Dominanz ein wenig auf den Schlips getreten. Aber immerhin verschaffte ihm der Deal einen gewissen Spielraum für seine nächste Aktion.

Dass der arme Museumsleiter von Rostock bei dem Geschäft bluten musste, interessierte jetzt niemanden.

*

Beata war ganz neugierig auf das, was sie bei dem Friedensgebet in der Poeler Kirche erwartete. Mit Religion hatte sie als Atheistin nichts am Hut. Wohl aber gefiel ihr, dass sich einige kirchliche Kreise aktiv an die Spitze der Reformbewegung stellten. Sie sympathisierte mit den Oppositionellen. Zu viele Missstände hatte sie mit eigenen Augen gesehen. Da war einerseits der staatlich organisierte Kunstraub, von dem einzig und allein Parteibonzen wie der Oberstleutnant Weingärtner von der AG BKK profitierten. Und dann war da dieser merkwürdige tödliche Unfall des westdeutschen Antiquitätenhändlers in einem Ostberliner Hotel, über den sie in einer westdeutschen Zeitung gelesen hatte. Sie kannte das Vorwort von Schalck-Golodkowskis Dissertation:

In der vorliegenden Arbeit stellen sich die Verfasser das Ziel, ausgehend von der Forderung unserer Partei, das entwickelte gesellschaftliche System des Sozialismus umfassend zu gestalten, Vorschläge zu unterbreiten, um durch gezielte, offizielle und nichtoffizielle Maßnahmen zusätzliche Devisenquellen aufzudecken und Wege zu deren Nutzung sichtbar zu machen.

Schreckte man jetzt nicht einmal mehr vor Gewalttaten zurück, vor sogenannten nichtoffiziellen Maßnahmen? Ein Sozialismus, der sich eines derartigen Umgangs mit den Kunstschätzen des Volkes bediente, hatte in ihren Augen seine Daseinsberechtigung verloren. So ging es nicht weiter, da war sie sich sicher. Andererseits lehnte Beata aber auch den kapitalistischen Weg ab. Dort beherrschte der Kommerz die Kunst, nicht das revolutionäre Streben nach Wahrheit, so wie sie es für ihre eigenen Bilder in Anspruch nahm. Wenn in einem Auktionshaus das Bild eines zeitgenössischen Malers für mehrere Millionen unter den Hammer kommt, dann muss doch etwas faul daran sein.

Kaum hatte sie den Gedanken zu Ende gebracht, bekam sie heftige Gewissensbisse. War es wirklich richtig, den van Dyck eigenmächtig bei ihrem Lübeckbesuch zu verhökern? Sie brauchte dringend Geld, das war unbestritten. Geld, um sich etwas mehr Luxus leisten zu können als der Normalbürger. Geld aber auch, um die Oppositionellen der ›Jenaer Hinterhofvernissagen‹ zu unterstützen, Künstlergenossen, die sich gegen den offiziellen Kunstbetrieb der DDR stellten. Sie beruhigte ihr schlechtes Gewissen schließlich damit, dass es ihr immerhin gelungen war, die anderen Gemälde aus dem Gothaer Kunstraub vor den Klauen der staatlichen Kunstplünderer zu retten. Wenn vielleicht später einmal andere Zeiten in der DDR ausgebrochen waren, dann würde sie die Schätze aus ihrem Geheimversteck hervorholen und sie wieder dem Volke zugänglich machen. Das schwor sie sich.

Unten auf der Straße hupte es. Christian holte sie mit seinem Trabi ab, um rüber zur Insel zu fahren. Nachdem sie den Damm überquert hatten, etwa auf der Höhe von Niendorf, wies sie ihn an, kurz zu halten.

»Da drüben. Siehst du den Schuppen? Das ist der, den ich neulich meinte. Dort sollen angeblich die geraubten Bilder lagern.«

»Ja, genau«, antwortete Christian. »Das ist der Schuppen von Dorisas Vater. Nach der Veranstaltung können wir sie mal daraufhin ansprechen.«

Vor der Kirche war schon die Hölle los. Mit so viel Andrang hatte Pastor Laurentius nicht gerechnet. Die Trabis und sogar ein paar Trecker standen bis runter zum Hafen. Die Wallanlage rund um die Kirche war voller Fahrräder. Aber auch ein Kordon von Polizeiautos war nicht zu übersehen. Man hatte eine Art Schleuse gebildet, die alle Kirchenbesucher passieren mussten. Jeder musste sich ausweisen. Angeblich suchte man einen Scheckbetrüger.

Christian fasste Beata am Arm und zog sie zur Seite. »Komm, das müssen wir uns nicht antun. Ich weiß einen Schleichweg vom Wasser aus. Da werden sie bestimmt nicht kontrollieren.« Er führte sie runter zum Hafen, und beide schlichen im Schutz der Büsche auf einem schmalen Uferweg hoch, der nach etwa 200 Metern zur Kirche abbog. Diesen Pfad war Christian schon oft gegangen, um Dorisa dort zu treffen. Aber davon sagte er jetzt Beata gegenüber nichts. Kurz bevor der Weg nach oben abknickte, musste man eine kleine Landspitze umrunden, die in den Kirchsee hineinragte. Von hier hatte man einen guten Blick über die ganze Länge des Haffs.

Plötzlich blieb Christian stehen. »Schau, dort am Horizont, der Gaffelschoner.« Majestätisch glitt das Schiff durchs Wasser in Richtung offener See. »Diesmal hat er ein fünftes Segel gesetzt, das Großsegel am achterlichen Mast.«

Auch Beata war von der Würde, die der Schoner ausstrahlte, beeindruckt. »Du scheinst das Boot zu kennen?«

»Na ja, wie man's nimmt. Nur flüchtig. Ich habe beim

Segeln mit meiner Jolle hin und wieder seinen Kurs gekreuzt. Aber nie hatte er so viele Segel gesetzt.« In Gedanken versunken, setzte er den Weg fort. Ich muss Dorisa davon bei nächster Gelegenheit berichten, sinnierte er.

Die beiden erreichten unbehelligt die Kirche. Sie war bereits ziemlich voll besetzt, sodass sie mit der hintersten Bank ganz an der Seite vorliebnehmen mussten. Von den in der Nähe sitzenden Besuchern kannte Christian niemanden. Wenn er sich reckte, konnte er ganz vorn die Kanzel sehen, aber den Pastor entdeckte er noch nicht. Christian bedauerte es, so weit hinten zu sitzen, weil er so keinen Blick auf die Orgelempore hatte. Er wusste ja, dass von dort aus Dorisa singen würde.

Lange dauerte es, bis einigermaßen Ruhe im Kirchenschiff eingetreten war. Eine diffuse Nervosität lag über der Menge. Einige waren durch die Kontrollen der Volkspolizei eingeschüchtert worden. Was wird wohl am Ende der Veranstaltung geschehen? Werden sie wieder die Knüppel schwingen? Nicht einmal vor Schwangeren und alten Menschen Halt machen?

Andere schauten sich mit hochgestelltem Mantelkragen um: Hoffentlich kennt mich keiner! Wieder andere traten selbstbewusst auf: Jetzt oder nie! Schluss mit dem staatlich verordneten Maulkorb.

KAPITEL 10 – DURCHBRUCH

Die Veranstaltung begann mit wuchtigen Orgelklängen, das heißt, jedenfalls so wuchtig, wie es das nicht besonders gut erhaltene Instrument hergab. Bachs Toccata und Fuge in d-Moll, eine Musik, die Mut machte. Alle kannten dieses kühne ta – ta – ta – – – di, da, di, da, di, da.

Wenig später die Wiederholung eine Oktave tiefer. Und dann die wunderbar sich im Kirchenschiff ausbreitenden verminderten Akkorde. Klänge, die sich voller Zuversicht gegen die Vergänglichkeiten des Alltags stemmten. Ein Raunen ging durch die Reihen. Christian blieb vor Staunen der Mund offen. Sollte Laurentius heimlich geübt haben – oder spielt da jemand anders? Er reckte seinen Hals zur Orgelempore, doch er konnte nichts erkennen.

Es dauerte lange, bis der letzte Ton der Fuge in dem halligen Raum verebbt war. Niemand klatschte, alle waren von der Musik ergriffen. Laurentius ließ sie betont lange wirken, bevor er die Kanzel betrat. Jetzt kam wieder Bewegung in die Zuhörer. Der Pastor räusperte sich leicht und begann: »Ich begrüße euch. Auch die, die nicht zu uns gehören, die aber überall dabei sein müssen.«

Die leise Anspielung auf die vereinzelt in der Menge sitzenden Spitzel löste Belustigung aus. Das Gefühl der Erleichterung wich der Beklommenheit: Wir sind schon so viele, da kann uns nichts passieren, dachte so mancher.

Pastor Laurentius hielt eine Schrift in die Höhe. »Bevor wir zu unserem eigentlichen Friedensgebet kommen, möchte ich euch ein Buch zeigen, welches zu zitieren schon staatsfeindlichen Charakter hat.«

Erneute Spannung im Saal. Ein Spitzel enttarnte sich, weil er übereifrig sein Notizheft und seinen Bleistift hervorholte. Er war zum Mitschreiben bereit, das konnte er perfekt.

»Jeder Bürger der Deutschen Demokratischen Republik hat das Recht, den Grundsätzen dieser Verfassung gemäß seine Meinung frei und öffentlich zu äußern … Niemand darf benachteiligt werden, wenn er von diesem Recht Gebrauch macht.«

Der Bleistift flitzte über das Papier. Kein Wort durfte man verpassen.

»Alle Bürger haben das Recht, sich im Rahmen der Grundsätze und Ziele der Verfassung friedlich zu versammeln.«

Zwischenrufe aus dem Saal: »Hört, hört! – Auch auf der Straße?«

Laurentius ließ sich nicht beeindrucken und zitierte weiter. »Die Persönlichkeit und die Freiheit jedes Bürgers der Deutschen Demokratischen Republik sind unantastbar.«

Wieder Kommentare aus dem Raum: »Aber der Gummiknüppel darf uns antasten! – Oder die Panzer wie 53 in Berlin, wie 68 in Prag oder wie derzeit in Peking!«

Laurentius schlug das Büchlein zu, aus dem er zitiert hatte. »Die in der Regierung haben wahrscheinlich diese Artikel nie gelesen.« Er warf die Schrift auf den Boden. »Da liegt sie«, rief er mit einer Gebärde der Verachtung. »Die Verfassung der DDR in der Version von 1974. Wer mag, kann sie mit Füßen treten.«

Die Menschen in der Kirche klatschten lebhaft Beifall. Das heißt, nicht alle. Der Notizenjäger bemerkte zu spät, dass er dem Redner auf den Leim gegangen war, und strich seine Aufzeichnungen wütend durch. Ein Nachbar sah das und rief spöttisch: »Mann, Genosse, ein ehrlicher Bürger kann doch nicht einfach die Verfassung durchstreichen. Das machen doch nur die Staatsfeinde!« Lautes Gelächter ringsum. Der Spitzel zog sich mit hochrotem Kopf hinter seinem Mantelkragen zurück und war fürs Erste außer Gefecht gesetzt.

Laurentius ließ die Leute einen Augenblick gewähren. Als wieder Ruhe eingekehrt war, fuhr er fort. »Nein, wir wollen die Verfassung der DDR nicht mit den Füßen treten. Das tun schon genug andere. Ihr alle kennt die Beispiele. Wer mit einem Plakat herumläuft, auf dem ein Rosa-Luxemburg-Zitat steht, wird zusammengeknüppelt. Wer auf dem Marktplatz friedlich mit einer Kerze in der Hand für Reisefreiheit eintritt, wird mit Gewalt ins Staatssicherheitsgebäude verschleppt und auf die Liste für den ›Vorbeugekomplex‹ gesetzt. Warum darf der Oberbürgermeister der Stadt Wismar über zwei Bungalows in Timmendorf verfügen, ohne für die Nutzung zu zahlen, während die Werktätigen in einem verrotteten Erholungsheim in Gollwitz auf die Sonne warten müssen? Warum wird die Kantine des Stadtrats bei der Belieferung mit Fleisch gegenüber den Kaufhallen für Otto Normalverbraucher bevorzugt? Und wer dann alle paar Jahre als Dankeschön seinen Zettel falten soll, wird im wahrsten Sinne des Wortes mundtot gemacht. Denn seine Stimme wird einfach durch die Planvorgaben der Sekretäre der Bezirkswahlkommissionen ersetzt. Wozu braucht man denn eine Wahl, wenn sowieso alles vorher festgelegt wurde? – Wenn das so weitergeht, liebe Freunde, dann ist zu erwarten, dass die begeisterte Zustimmung der Bevölkerung bei der nächsten Wahl zum ersten Mal planmäßig die 100-Prozent-Marke überspringen wird.«

Der Witz löste eine Welle von Gelächter und Beifallklatschen aus, obwohl viele der Zuhörer ihn schon kannten. Dann nahm der Pastor seinen ernsten Ton wieder auf. »Es ist schön, liebe Freunde, wenn man das Lachen nicht verlernt hat. Und es ist ebenso schön, wenn man auch seinen Glauben nicht verliert. Das meine ich in zweierlei Hinsicht. Den Glauben an eine bessere Gesellschaft und den Glauben an Jesus, unseren Erlöser.«

Er stützte beide Ellbogen auf die Brüstung der Kanzel und lehnte sich vor. Mit ruhigem, freundlichem Ton sprach er weiter. »Liebe Freunde, ihr müsst jetzt keine Angst haben, dass ich jeden Einzelnen von euch zum Christentum bekehren will. Jeder soll seinen Glauben haben, wie er will, auch und gerade wenn er weder an einen Gott, noch an Jesus den Erlöser glaubt. Das Friedensgebet, das wir jetzt gemeinsam feiern werden, soll uns über die Religionsgrenzen hinaus vereinigen, zusammenhalten gegen eine weltliche Macht, an der wir alle zweifeln.«

Der Pastor lächelte ein wenig. »Na ja, vielleicht nicht alle. Diejenigen unter uns, die nicht zu uns gehören, die aber überall dabei sein müssen, dürfen derweil ihre Bleistifte zücken und alles fein säuberlich mitschreiben. Denn jetzt zitiere ich nicht wieder aus der Verfassung.«

Freundliches Lachen in der Runde. Dann erklärte Laurentius gut gelaunt: »Als Basis unseres Friedensgebets habe ich das bekannte Kirchenlied ›Jesu, meine

Freude‹ gewählt. Ich hoffe, die Melodie kennen viele von euch, und wer Lust hat, darf sie auch mitsingen. Heute will ich euch von meinem Orgelspiel verschonen. Ich weiß, dass ich da kein Meister bin. Der Organist der Wismarer Nikolaikirche, ein Profi auf seinem Gebiet, hat sich bereit erklärt, mich und unser Friedensgebet musikalisch zu umrahmen. Er ist einer von uns.«

Pastor Laurentius deutete hoch zur Orgelempore, wo sich der Musiker zeigte. Applaus setzte ein. Viele Insulaner freuten sich, dass sich einer aus Wismar öffentlich mit ihnen solidarisierte.

»Ihr habt ihn vorhin schon mit einem Werk von Johann Sebastian Bach gehört. Von dem gleichen Komponisten stammt auch die Vertonung von ›Jesu, meine Freude‹, die wir nun hören und singen werden. Eigentlich ist es eine Motette, aber weil wir hier auf Poel keinen geeigneten Chor haben, werden wir unser eigenes Arrangement zum Besten geben. Dafür haben wir aber eine wunderschöne Stimme in unseren Reihen. Ich freue mich, euch Dorisa, eine von unserer Insel, vorzustellen.«

Jetzt ließ sich Dorisa auf der Empore blicken. Wieder brandete Applaus auf. Mancher der Anwesenden kannte sie, die Tochter des Fährmanns Tobias. Christian stand auf, um sie besser sehen zu können, und klatschte laut mit den Händen. Beata zog ihn wieder auf seinen Platz zurück. Zu viel Bewunderung muss ja nicht sein, meinte sie.

Der Redner fuhr fort. »Nun, das mit der Musik haben wir also. Aber mit dem Text ist das so eine Sache. Das uns heute bekannte Kirchenlied stammt von einem gewissen Johann Franck. Bach hat es dann musikalisch ausgebaut und Bibeltexte einbezogen.«

Er langte unter das Pult, holte ein Gesangbuch hervor und schlug es auf. »Wir haben zwar nicht genügend Gesangbücher, aber die wenigen, die ausliegen, werden reichen. Nummer 293.«

Diejenigen, die ein EKG vor sich liegen hatten, schlugen es auf. Den Text kannten viele:

Jesu, meine Freude, meines Herzens Weide, Jesu, meine Zier.
Ach, wie lang, ach lange ist dem Herzen bange und verlangt nach dir!
Gottes Lamm, mein Bräutigam, außer dir soll mir auf Erden nichts sonst Liebers werden.

»Ihr seht«, fuhr der Pastor fort, »dass es ein zuversichtliches Lied ist. Es drückt Freude aus. Freude, weil man sicher ist, dass die lange Zeit der bangen Herzen bald ein Ende hat.« Jeder Einzelne im Publikum wusste, was damit gemeint war. Dann zeigte Laurentius einen Zettel, den er zwischen die Seiten seines Gesangbuchs gesteckt hatte.

»Seit Bach haben mehrere Menschen dieses Lied mit einem anderen Text unterlegt. Jede geschichtliche Epoche hat eine eigene Version hervorgebracht, warum also nicht auch die unsrige. Manche von euch werden den Liedermacher Gerhard Schöne kennen. Auch er hat einen eigenen Text auf die Melodie geschrieben, in dem es über Jesu heißt:

Du gefährdest Sicherheit.
Du bist Sand im Weltgetriebe.

Den Sinn dieses Satzes muss man euch wohl nicht groß erklären, wenn man Jesu als einen von uns versteht. In euren Gesangbüchern findet ihr einen Zettel, da steht das gesamte Gedicht drauf. Welchen Text ihr bevorzugt, mag jeder selbst entscheiden. Denn, es ist, wie ihr wisst, bei uns nicht ohne Risiko, Sand im Getriebe zu sein, gar die Sicherheit zu gefährden. Geht das nicht zu weit?«

Lebhafter Widerspruch im Publikum. Gerade deswegen waren sie doch hierher gekommen. Als wieder Ruhe einkehrte, setzte das Orgelvorspiel ein. Dann sangen alle den Text auf dem Zettel. Es gab nicht genügend Blätter, also beugten sich diejenigen, die keines hatten, weit zu ihren Nachbarn herüber.

Christian beobachtete die Szene und musste lächeln. Es sah sonderbar aus, wie sich die Sänger um die Zettel drängelten. Einige standen auf, um dem Vordermann über die Schulter zu schauen. Andere hielten ihren Zettel hoch, damit ihn auch die Nachbarn sehen konnten. Doch aus weiterer Entfernung war nur wenig zu erkennen. Also hörten sie erst zu, was die Zettelleser sangen und wiederholten es zeitversetzt, sodass sich ein recht wirrer Gesang ergab.

Aber das machte niemandem etwas aus. Im Gegenteil, das Singen stärkte ihr Selbstbewusstsein und das Gefühl der Zusammengehörigkeit. Nachdem das Lied verklungen war, ergriff Pastor Laurentius erneut das Wort. »Im zweiten Teil der Motette von Johann Sebastian Bach heißt es:

Es ist nun nichts Verdammliches an denen,
die in Jesu Christo sind,

die nicht nach dem Fleische wandeln,
sondern nach dem Geist.

Nun, liebe Freunde, diese Zeilen sehen auf den ersten Blick harmlos aus. Die alte Geschichte vom Diesseits und Jenseits, wird so mancher glauben. Doch man kann das auch anders interpretieren. Ersetzen wir das Wort ›Fleisch‹ durch das Wort ›Stimmvieh‹, dann wird die Sache brisant. Denn wer darf bei uns schon nach seinem eigenen Geist wandeln? Diese Frage, liebe Gemeinde, wollen und können wir hier und heute nicht entscheiden. Und weil wir alle gute Staatsbürger sind, werden wir diese Passage ganz allein unseren Musikern überlassen.«

Laurentius beugte sich über die Kanzel und lächelte einem Zuhörer aus Voßkuhl zu, der eigens mit ein paar Freunden aus dem Wismarer Randgebiet auf die Insel gekommen war, und der nun auf einer der ersten Kirchenbänke saß: »Außerdem ist die Musik eine Fuge. Ich fürchte, mein lieber Fritz, das könnte deine Musikalität überfordern. Also wird sich unsere Kirchdorfer Mitbürgerin Dorisa, von der Orgel begleitet durch unseren Freund aus Wismar, der Melodie annehmen. Aber sie wird sie auf Vokalise singen, nicht auf Text, damit man uns wegen der staatsfeindlichen Worte nicht verhaftet.«

Ein breites Lachen ging durch den Raum. Der angesprochene Fritz, ein bekannter Kopf der Oppositionellen, grinste und klatschte Beifall. Die anderen fielen ein. Laurentius war zufrieden, denn auf diese Weise hatte er vermieden, dass Dorisa wegen ihres fremden Akzents auffiel.

Die junge Frau lehnte sich über die Brüstung der Orgelempore. Endlich konnte Christian sie sehen, auch wenn er sich stark den Hals verrenken musste. Auch Beata schaute neugierig nach oben. Das war sie also, die geheimnisvolle Dorisa. Sie konnte ihr Gesicht auf diese Entfernung nur vage erkennen, aber sie war sich sicher, dass sie sie schon einmal gesehen hatte. Doch wann und wo?

Die Musik nahm ihren Lauf. Eigentlich ist sie eine Chorfuge zu vier Stimmen. Doch in Ermangelung geschulter Sänger hatte der Organist den Satz so arrangiert, dass Dorisa nur die Sopranstimme ausführte, während die anderen Stimmen durch eine geschickte Orgelregistrierung ersetzt wurden. Dennoch verhehlte die Musik mit den spannungsgeladenen, blockartigen Akkorden und den vielen Synkopen ihre dramatische Wirkung nicht. Die Zuhörer fühlten sich in eine widersprüchliche, kämpferische Welt hineinversetzt, die sie auch ohne konkrete Wortbedeutungen gut verstanden. Denn es war ihre Lebenswelt, die sich hier in Tönen widerspiegelte. Als Dorisa geendigt hatte, klatschte man lebhaften Beifall.

»Am Ende der Motette greift Bach die Melodie vom Anfang wieder auf«, erklärte der Pastor anschließend. »Er ruft uns zu:

Weicht, ihr Trauergeister, denn mein
Freudenmeister, Jesus, tritt herein.
Duld ich hier schon Spott und Hohn, dennoch
bleibst du auch im Leide, Jesu, meine Freude.

Bei Gerhard Schöne heißt es an dieser Stelle:

Herrscher gehen unter, Träumer werden munter.

Trauergeister, Spott und Hohn – ich glaube, ich muss diese Worte nicht kommentieren. Jeder von euch wird sich das Seinige denken. Und ich bin sicher, dass er dabei nicht falsch liegt. Lasst uns zum Schluss den Text aus dem Gesangbuch singen. Die Zeilen von Gerhard Schöne mögen uns dabei heimlich im Kopfe begleiten. – Träumer werden munter.«

Ein kraftvoller Gesang rundete den musikalischen Teil der Veranstaltung ab. Wer kein Gesangbuch hatte, sang die Melodie einfach auf Tonsilbe mit, so, wie es vorhin Dorisa gemacht hatte. Ob mit oder ohne Worte, jeder drückte seine Sehnsucht nach Veränderung aus, und jeder fühlte sich in der Gemeinschaft stark.

Lange Zeit, nachdem der letzte Ton verklungen war, herrschte Stille. Es war kein einfaches Schweigen. Es war eine Stille, die gut tat, eine Stille, in der viel enthalten war, Unaussprechliches, was jeder Einzelne nur dachte, aber dennoch alle einte.

Pastor Laurentius stieg behutsam die Kanzel hinunter und stellte sich vor den Altar. Nach einer Weile sagte er leise: »Lasst uns für den Frieden beten.

Wir hoffen auf ein Land,
in dem es eine Freude ist zu leben.
Wir hoffen auf ein Land,
in dem man für die Wahrheit kämpfen darf.
Wir hoffen auf ein Land, in dem sich Individuum
und Kollektiv nicht gegenseitig ausschließen.

Wir hoffen auf ein Land, in dem
Stacheldrahtgrenzen keinen Platz mehr haben.
Wir hoffen auf ein Land,
in dem die Menschenwürde geachtet wird.

*

Als die ersten Besucher die Kirche verließen, stockten sie. Ein langgestreckter Polizeikordon versperrte ihnen den Weg zum Parkplatz, zum Ortskern und zur Anlegestelle am Hafen hinunter. Furchterregend sahen die Uniformierten aus. Breitbeinig, mit Knüppeln in den Händen, standen sie und lauerten auf ihren Einsatzbefehl. Der Traum von einer friedlichen Protestversammlung schien ausgeträumt zu sein. Aus dem Hintergrund grummelte drohend und dumpf das Geräusch der laufenden Motoren von den Bereitschaftswagen. Die Polizei hatte so viel aufgefahren, dass sie mühelos alle Kirchenbesucher hineintreiben und abtransportieren konnte.

Beata wäre beim Verlassen der Kirche beinahe mit Dorisa zusammengetroffen, die sie jetzt sofort wiedererkannte. Schnell ließ sie sich von der Menge zurückdrängen und hielt sich im Hintergrund.

Das ist doch die Kleine mit dem Fahrrad, ging es Beata durch den Kopf, die mir vor ein paar Monaten unten bei Hinter Wangern ans Auto gestoßen ist. Das also ist jene Dorisa, von der Christian erzählte, die Tochter von dem Fährmann, dem der Schuppen mit dem Diebesgut gehört. Besser, ich gebe mich jetzt nicht als Christians Verlobte zu erkennen. Wer weiß, ob sie mich wiedererkannt hat.

Pastor Laurentius, Christian und Dorisa standen in der vordersten Reihe. Hinter ihnen drängelten sich die anderen und fluchten, dass es nicht weiterging, ehe auch sie die Lage begriffen. Plötzlich knatterte ein Motorrad heran. Ein Polizist in Zivil rief dem Einsatzleiter etwas zu. Schlagartig verstummten die aufgeregten Stimmen der Leute. Jeder wollte mitbekommen, was da vorn angesagt wurde. Eine bedrückende Stille legte sich über den Friedhofsplatz, der die Kirche umsäumte.

Christian flüsterte Laurentius und Dorisa zu: »Wir können versuchen, uns nach hinten über die Wiesen durchzuschlagen. Da wird uns die Polizei nicht so schnell folgen können.«

»Nein«, entgegnete Dorisa mit klarer, fester Stimme. »Wir machen das heute mal auf meine Art.«

Sie hakte sich kurz entschlossen beim Pastor und bei Christian unter den Arm. Sie begann, die Melodie von ›Jesu, meine Freude‹ zu summen. Zunächst so leise, dass nur die ganz nahe Stehenden es mitbekamen. Sie fielen in das Summen ein. Es dauerte nicht lange, bis die gesamte Menge mitmachte. So leise die Musik klang, sie wirkte dennoch mächtig und solidarisch.

Dann zog Dorisa ihre beiden Begleiter voran, direkt auf die Polizeikette zu. Dorisa ging über, die Melodie auf der Silbe na zu singen, nicht laut, aber entschieden. Sofort steckte sie die anderen mit ihrem Mut an. Langsam setzte sich die Menge in Bewegung, eindringlich und unaufhaltsam.

Jetzt, Dorisa war so nahe an den Einsatzleiter herangekommen, dass sie seinen irritierten Blick erkennen konnte. Sie ging unbeirrt weiter auf ihn zu. Schon fürchteten mehrere Demonstranten, es würde zu einer gewalttätigen Eskalation kommen und begannen das Kirchenlied auf Text zu singen.

Im letzten Moment trat der Offizier zur Seite und der Polizeikordon zerteilte sich, sodass der Demonstrationszug ungehindert zur Wismarschen Straße gelangte. Hier sangen sie das Lied aus vollem Herzen, einige mit dem Text aus dem Gesangbuch, viele in der Version von Gerhard Schöne, den sie von den Zetteln ablasen, die sie aus der Kirche mit hinausgenommen hatten.

Die Polizei wagte nicht, sie ihnen abzujagen.

Der Zug bewegte sich über den kleinen Marktplatz und am neuen Friedhof vorbei bis hin zum alten Schulgebäude. Unterwegs stießen immer mehr Menschen hinzu. Auf der freien Fläche vor der Schule gab Pastor Laurentius ein Zeichen. Die Leute versammelten sich um ihn herum. Von der Polizei keine Spur mehr. Sie war ihnen nicht gefolgt.

Laurentius sprach ein kurzes Gebet, das er mit den Worten schloss: »Jetzt geht friedlich eure Wege. Verbreitet den Samen unseres Friedensgebets. Und vergesst nicht: Wir sind das Volk.«

Die Bürger zerstreuten sich in alle Richtungen. Für viele war es das erste Mal, dass sie der Obrigkeit erfolgreich getrotzt hatten. Laurentius war sicher, dass sein kleiner Kreis in Zukunft kräftig wachsen würde.

Beata hatte sich während des Zugs langsam wieder nach vorn gedrängt. Sie hatte mitbekommen, wie nah sich ihr Verlobter und Dorisa standen. Da war mehr als nur das gemeinsame Demonstrieren. Beata spürte eine Eifersucht aufkommen, die wehtat. Sie fasste einen Plan.

Sie entschloss sich, die andere anzusprechen, auch wenn die Gefahr bestand, dass diese sie von damals wiedererkannte. In einem geeigneten Moment zog sie Dorisa zur Seite. Christian bemerkte es nicht, denn er war mit Laurentius und den Sympathisanten aus Voßkuhl bereits in ein intensives Gespräch verwickelt, bei dem es um die Organisation der nächsten Aktion ging.

»Du hast eine wunderbare Stimme«, lobte Beata die Sängerin. »Ich habe das sofort erkannt, weil ich viel mit Musikern und Künstlern Umgang habe. Du solltest dein Talent ausbauen, Gesangsunterricht nehmen.«

»Lust hätte ich ja, aber das würden mir meine Eltern nicht bezahlen können«, entgegnete Dorisa, der das Lob schmeichelte. Beata bemerkte sofort Dorisas Schwierigkeit, harte Konsonanzen auszusprechen, sagte aber nichts. Jetzt war sie sich sicher, dass Dorisa sie nicht wiedererkannt hatte.

»Man muss nicht immer zuerst an das Geld denken. Ich bin auch Künstlerin, musst du wissen. Malerin. Ich habe mich auch gegen meinen Vater durchgesetzt und bin meinen Weg gegangen.«

»Ich bin nicht in der Partei, also würde man mich niemals für ein Musikstudium zulassen.«

»Ach, Partei hin und her. Du hast ja heute gesehen, dass es bei denen bröckelt.«

»Ich liebe das Singen. Aber ich fürchte, mein Talent wird nicht für öffentliche Auftritte ausreichen.«

Beata legte ihren Arm um Dorisas Schulter. »Du gefällst mir. Du hast vorhin der Polizei gegenüber bewiesen, dass du Mut und Selbstvertrauen hast. Warum dann nicht auch in Bezug auf das Singen? – Ehrlich, du solltest Gesangsunterricht nehmen. Und auch eine Sprachschulung, damit du deine etwas fremd klingende Aussprache verbessern kannst.«

Beata zog eine Visitenkarte aus ihrer Handtasche. »Hier, ruf mich nächste Woche mal an. Ich habe gute Kontakte zur Presse und auch in den Westen. Ich könnte dir dort was vermitteln. Im Rahmen des innerdeutschen Kulturaustauschs zwischen Wismar und Lübeck. Ich bau auf dich!« Mit eiligen Schritten verschwand Beata, ohne sich weiter um Christian zu kümmern. Sie war sicher, dass ihr Plan gelingen würde. Dorisa schaute ihr etwas irritiert, aber hoffnungsvoll nach.

Der Fisch hatte angebissen.

KAPITEL 11
VERWERFUNGEN

»Nein, so geht das nicht, Dorisa! Du singst noch viel zu sehr aus der Kehle heraus.« Katharina, die Gesangsdozentin an der Lübecker Musikhochschule war unzufrieden. Jetzt hatte Dorisa nun schon mehrere Wochen lang intensiven Unterricht genossen, ohne dass der Durchbruch gekommen war. Das Stipendium, das ihr Beata vermittelt hatte, trug die Unkosten. Und dank der Städtepartnerschaft zwischen Lübeck und Wismar funktionierte auch der wöchentliche Grenzübergang problemlos.

Beata begleitete Dorisa gelegentlich und nutzte die Zeit, um Kontakte zu westdeutschen Künstlern zu knüpfen. Sie hatte die Aufgabe bekommen, im Rahmen der Städtepartnerschaft eine Ausstellung Lübecker Malerinnen in Wismar zu organisieren.

»Du bist ein Naturtalent. Du hast eine wunderbare Stimme, meine Liebe«, lobte Katharina die junge Frau aus Poel, »und du verfügst über eine erstaunliche Musikalität. Wenn du einfach nur auf Vokalen singst, klingt das wie Musik von einem anderen Stern. Aber sowie du dich auf den Text konzentrierst, rutscht dir die Stimme in den Hals.«

Katharina öffnete das Fenster, das auf einen kleinen Hof hinausführte. Der leichte Gesang von Amseln drang in den schmalen Übungsraum herein. Plötzlich hatte sie eine Idee. Sie nahm ihren Seidenschal vom Hals, legte ihn zu einem Streifen zusammen und band ihn Dorisa um die Stirn.

»Stell dir vor, die Musik strömt aus diesem Stirnband heraus, nicht aus deiner Kehle. Der übrige Körper, dein Zwerchfell, deine Stimmbänder, dein Mundraum sind nichts anderes als lediglich Zuträger für den Klang, der hier oben auf deiner Stirn erzeugt wird.«

Zunächst fand Dorisa diesen Trick albern. Doch nach ein paar Übungen gefiel ihr die Vorstellung, aus der Stirn heraus zu singen. Katharina stellte einen deutlichen Fortschritt fest. Doch das war erst der Anfang. Besonders die Intonation des r bereitete Dorisa nach wie vor Probleme. Aber auch hier hatte die Lehrerin ein erprobtes Mittel zur Hand. Dorisa musste ein d vor das r setzen. Nach einer längeren Übungsphase bekam Dorisa auch das einigermaßen in den Griff. Es klang nicht perfekt, aber immerhin waren die Konsonanten jetzt klar zu erkennen.

Dann ordnete Katharina eine Verschnaufpause an. Dorisa verließ die Musikhochschule, die aus dem Zusammenschluss von mehreren denkmalgeschützten Bürgerhäusern bestand, schlenderte die Petersgrube hinunter und setzte sich auf eine der Bänke am Ufer der Stadt-Trave. Hier bot sich Lübeck von seiner schönsten Seite. Linker Hand gegenüber leuchtete in der Sonne das Grün der Wallanlagen. Rechter Hand schräg gegenüber grüßten die alten Salzspeicher mit ihren spitzen Giebeldächern, und noch weiter rechts thronte das Holstentor, das Wahrzeichen der Hansestadt. Von ihrem Standpunkt aus konnte Dorisa genau erkennen, dass es sich ziemlich windschief zur Seite neigte, als hätte es so manchen politischen Wind im Laufe seiner über fünfhundertjährigen

Geschichte nur mit Mühe überstanden. Dorisa fühlte sich an ihre Heimat, an Wismar erinnert. Über einen langen Zeitraum hinweg waren beide Städte durch die Hanse verbunden. Jetzt teilte sie eine Grenze, die für die Westdeutschen im Rahmen des sogenannten kleinen Grenzverkehrs leicht zu überwinden war, die jedoch für den normalen DDR-Bürger eine unüberbrückbare Hürde darstellte, die zu überspringen einem Todesurteil gleichkam. Nur ganz wenigen war es vergönnt, als Folge der zaghaften Annäherung beider Systeme und unter Ausnutzung der sich anbahnenden Städtepartnerschaft, in den Westen zu reisen. Dorisa gehörte jetzt zu diesen Privilegierten. Sie wusste, dass sie das Beata zu verdanken hatte. Und Beata wusste, dass sie Dorisa mit diesem Privileg an sich und ihre undurchsichtigen Pläne binden konnte.

Die Sonne tat Dorisa gut nach all den Anstrengungen des Gesangsunterrichts. Sie schloss die Augen und träumte vor sich hin. Christian hatte sie länger nicht gesehen. Er schien sich wenig für ihre musikalische Weiterentwicklung zu interessieren. Gern hätte sie ihn jetzt an ihrer Seite gehabt, aber für ihn gab es keine Sondergenehmigung, in den Westen zu fahren. Auch war er mit seinen Gedanken in letzter Zeit nur noch mit der Oppositionsbewegung beschäftigt. Hier ein geheimes Treffen, dort eine kleine Protestaktion. Agitieren, Aufkleber anbringen, Flugblätter drucken, neue Bundesgenossen gewinnen. Mit seinem politischen Engagement war er ihr immer fremder geworden. Die schöne Zeit, die sie gemeinsam mit ihm und mit Pastor Laurentius in der Kirchdorfer Kirche verbrachte, schien vorbei zu sein.

Schwamm drüber, dachte Dorisa. Andererseits hat das hier auch sein Gutes. Unter der Anleitung von Katharina fühlte sie, dass in ihr mehr steckte, als sie es sich je in ihrem Inselleben auf Poel hätte träumen lassen. Katharina zeigte ihr, welch starke musikalischen Wurzeln in ihr steckten. Und sie half ihr, sich von den Fesseln ihrer Fremdartigkeit, von ihren Ausspracheproblemen zu lösen. Nach dem Unterricht ging Dorisa hoch in die Königsstraße und kaufte sich ein buntes Stirnband, das sie sich sofort anlegte. Es wärmte ein wenig, und es gab ihr das Gefühl, ein neuer Mensch zu sein.

Als sie nach Wismar zurückkam, entdeckte sie sofort den Gaffelschoner, der in der Höhe der Poel vorgelagerten Insel Walfisch majestätisch unter sechs Segeln über das Wasser glitt. Sie wusste aus Christians Erklärungen, dass das obere, dreieckige Segel zwischen den beiden Masten Schonertoppsegel hieß.

Christian. Viel zu lange hatte sie sich mit ihm nicht mehr getroffen. Sie begann, sich nach ihm zu sehnen. War sie soweit gekommen, dass ihr der Gesangsunterricht mehr bedeutete als seine Nähe?

*

Oberstleutnant Weingärtner stand am Pier und wartete, bis das Fahrgastschiff aus Poel angelegt hatte. Tobias, der Fährmann, hatte ihn schon von Weitem an seiner Thälmannmütze erkannt und ahnte, dass der Besuch nichts Gutes versprach.

Nachdem die Fahrgäste ausgestiegen waren, kam Weingärtner an Bord. Beide verschwanden wie gewohnt sofort in der Kajüte. Ohne Umschweife kam der Mützenmann zur Sache: »Also, wie ist das jetzt, wo sind die Bilder verblieben? Ich frage dich das zum letzten Mal, und ich hoffe, du hast eine gute Nachricht für mich, sonst …«

Er brauchte den Satz nicht zu Ende sprechen. Tobias wusste genau, was es bedeutete, sich mit der Stasi anzulegen. »Beruhige dich«, antwortete er. »Ich habe eine heiße Spur.«

»Nur eine Spur?«, platzte Weingärtner heraus. »Willst du mich auf den Arm nehmen? Ich will keine Spur, ich will konkrete Tatsachen, sonst wird es dir schlecht ergehen. Und deiner Tochter, das weißt du.«

»Lass mich erst mal ausreden, dann wirst du sehen, dass ich es ernst meine. Du warst ja damals dabei, als wir entdeckten, dass der Bootsschuppen ausgeraubt war. Und du hast auch gesehen, dass er nicht gewaltsam aufgebrochen worden ist. Der Täter muss sich also des Schlüssels bedient haben. Meine Frau und meine Tochter haben mich mit Sicherheit nicht bestohlen, da bin ich absolut sicher. Sie hätten sich ja ins eigene Fleisch geschnitten. Nein, viel eher glaube ich, dass der Täter durch Zufall mitbekommen hat, wo der Schlüssel steckte.«

»Zufall? Ich bin Materialist und glaube nicht an Zufälle. Außerdem grenzt es schon an Dummheit, wenn man einen Schlüssel direkt neben dem Schloss aufbewahrt. Das solltest du wissen, wo du dich doch immer als der große Schlosser aufgespielt hast, der ein Schloss erfinden wollte, das niemals geknackt werden könnte.«

Tobias schluckte die Zurechtweisung missmutig herunter. Er wagte es nicht, dem anderen zu widersprechen. »Das ist jetzt aber so gelaufen. Schwamm drüber. Jedenfalls weiß ich, wo das Zeugs jetzt versteckt ist.«

»Mann, dann spann mich doch nicht unnötig auf die Folter. Spuck's raus und die Sache ist vergessen.«

»Ich weiß ja, dass du nicht an Zufälle glaubst, aber wieder einmal war es ein Zufall, der uns geholfen hat.«

»Du meinst wohl eher: dir geholfen. Oder hast du dir etwa selbst geholfen? Hast du die ganze Geschichte nur inszeniert, um mir auf der Nase herumzutanzen?«

»Nein. Meine Tochter war es. Ich meine, sie hat es mir erzählt, als ich beim Abendessen der Familie den Zwischenfall mit dem Bootshaus berichtete. Ich sehe es zwar nicht gern, dass Dorisa ewig auf der Insel herumstromert. Aber eines Tages war sie unten beim Faulen See und hat in eine von diesen verlassenen Hütten hineingeschaut, die früher den Seegrasbauern als Zwischenlager diente. Dort lagern offenbar die Bilder.«

»Was heißt hier offenbar? Hast du nicht nachgeschaut und dich vergewissert?«

»Erstens weiß ich nicht genau, wo die Hütte ist. Außerdem kann ich da nicht einfach herumspazieren und suchen. Hier kennt mich jeder wie ein bunter Hund. Das wäre aufgefallen. Und bei meiner Tochter wollte ich nicht weiter nachhaken, das wäre ihr verdächtig vorgekommen.«

»Dann machen *wir* das eben von Amts wegen. Wir haben da so unsere Methoden.« Weingärtner nahm seine Thälmannmütze vom Kopf und legte sie vor sich hin. Er betrachtete sie eine Weile, dann fuhr er fort: »Außerdem genügt es mir nicht, die Bilder wieder aufzutreiben.

Ich will auch wissen, welches Schwein mich da betrügen wollte. Kannst du den Ort vielleicht etwas genauer angeben?«

Tobias holte seine Seekarte von der Wismarbucht hervor, schob die Thälmannmütze zur Seite und breitete das Blatt auf dem Tisch aus. »Hier, das ist das Naturschutzgebiet Fauler See. Die Hütte muss der Beschreibung meiner Tochter nach hier irgendwo zwischen Hinter Wangern und Brandenhusen liegen, vielleicht auch auf der anderen Seite, auf dem Rustwerder. Mit dem Auto kommt man da nicht durch, und zu Fuß nur mit Gummistiefeln. Der beste Zugang ist vom Wasser her, von der Bucht aus über die schmale Fuul Bäk.«

Weingärtner griff seine Mütze und kratzte sich nachdenklich am Kopf, bevor er sie aufsetzte. »Vom Wasser her, sagst du? – Das bringt mich auf eine Idee.«

Er stand auf, schlug mit der Faust auf den Tisch und schaute Tobias drohend ins Gesicht. »Wenn das nicht stimmt, was du mir da erzählt hast, dann Gnade dir Gott!«

*

Pastor Laurentius und Christian fuhren zum Sympathisantentreffen nach Voßkuhl. Sie hatten sogar den alten Leuchtturmwärter überreden können mitzukommen, obwohl diesem immer noch die Bewährungsstrafe wegen der angeblichen Steuerhinterziehung schwer im Magen lag.

Es war der 9. Oktober. Dunkel, kühl und regnerisch lastete der späte Abend über der abgelegenen, einsamen

Landschaft. Das Haus von Fritz, dem Oppositionellen, der neulich beim Friedensgebet auf der Insel Poel dabei war, lag am Ende einer winzigen Siedlung, die nur über eine Sackgasse zu erreichen war. Fritz wurde zwar vom Kreisrat gewarnt, das Treffen abzuhalten, doch der ließ sich nicht beirren.

Die Situation im Lande hatte sich in den letzen Wochen so zugespitzt, dass es dem Regime immer schwerer geworden war, derartigen Drohungen Taten folgen zu lassen. Dennoch musste man vorsichtig sein. Das Gelände konnte wegen der Sackgasse leicht von der Polizei abgesperrt werden, und dann saßen die Teilnehmer in der Falle. Aus diesem Grunde erklärte Fritz gleich zu Beginn der Versammlung, wie man nach hinten raus über ein Feld fliehen konnte.

Etwa 200 Menschen kamen, aus Wismar, aus Klütz, aus Grevesmühlen und von der Insel Poel. Sogar aus Schwerin waren sie angereist. Sympathisanten, Freunde, Neugierige. Und unvermeidlicherweise auch Spitzel, die die Autonummern registrierten und jeden Einzelnen fotografierten, der das Haus betrat.

Man parkte den Trabi auf der Wiese. Man sprach leise. Eine Stalllaterne spendete karges Licht. Ein Mikrofon wurde aufgebaut. Viele kannten sich bereits aus den vorigen Aktionen. Man begrüßte sich stillschweigend mit einem unmerklichen Augenzwinkern. Doch in den Blicken lauerten Angst und Vorsicht. Karl-Heinz, der Schauspieler aus Wismar, war mit seiner jungen Frau da. Sie war schwanger.

»Hast du keine Angst um dein Kleines?«

»Doch. Wer hat sie nicht? Werden sie uns prügeln,

wenn wir wieder rausgehen, im Dunkeln? Ich habe gehört, dass es gerade erst gestern in Dresden zu Gewaltausschreitungen gegen Demonstranten gekommen ist.«

Laurentius nahm sie schützend in den Arm. »Nein. Wir sind hier auf dem Lande, wir erregen kein öffentliches Ärgernis. In Dresden gab es Provokateure. Wir wollen uns hier friedlich treffen. Die *anderen* merken sich unsere Namen. Sie werden uns später Knüppel zwischen die Beine werfen, wo sie nur können, aber sie werden sich nicht trauen zuzuschlagen. Wir sind inzwischen zu viele.«

Christian, der daneben stand, bewunderte den Pastor. Dass es ihm immer wieder gelang, Zuversicht zu verbreiten. Christian musste an Dorisa denken. Er wusste, dass sie heute wieder einmal in Lübeck zum Gesangsunterricht war. War ihr das jetzt wichtiger, als der Kampf um mehr Freiheit, um eine bessere Zukunft, um mehr Demokratie? Es stimmte ihn traurig, sie nicht an seiner Seite zu wissen, so wie damals beim Friedensgebet in Kirchdorf. Und Beata? Auch sie war nicht da. Sie hatte nur ihre Kontakte im Westen im Kopf, ihren Umgang mit den Lübecker Künstlerinnen. Wer weiß, vielleicht würde sie eines Tages nicht mehr zurückkommen, vielleicht würde auch sie den Verlockungen des Kapitalismus erliegen, wie so mancher Intellektueller in der DDR, der das Privileg hatte, frei über die Grenze reisen zu dürfen.

Christian wurde in seinen Gedanken unterbrochen. Ein Scheinwerfer flammte auf. Fritz stand auf und tippte mit dem Finger an das Mikrofon, um zu testen, ob es funktionierte. Schließlich wollten auch die vielen, die draußen stehen mussten, weil im Haus kein Platz mehr war, alles mitbekommen.

Nach ein paar einleitenden Worten kam er auf den Kern der Sache zu sprechen. »Liebe Freunde. Ihr alle wisst, natürlich ausgenommen diejenigen unter uns, die sich nur für unsere Namen, unsere Gesichter und unsere Autokennzeichen interessieren, dass im Lande beginnt, ein neuer Wind zu wehen. Es ist Zeit, dem realen Sozialismus eine Absage zu erteilen. Ein Sozialismus, der es nach 40 Jahren immer noch nicht geschafft hat, uns ein menschenwürdiges Leben zu ermöglichen. Manche von euch werden gehört haben, dass vor einem Monat in Grünheide bei Berlin das Neue Forum gegründet wurde, mit dem Ziel eine politische Plattform zu schaffen, auf der ein wirklich demokratischer Dialog zwischen Staat und Gesellschaft geführt werden kann. Inzwischen ist diese Bewegung auch bei uns im Norden der Republik angekommen. Ich lese euch Ausschnitte aus der Gründungserklärung vor.«

In unserem Lande ist die Kommunikation zwischen Staat und Gesellschaft offensichtlich gestört. Belege dafür sind die weitverbreitete Verdrossenheit bis hin zum Rückzug in die private Nische oder zur massenhaften Auswanderung. Fluchtbewegungen dieses Ausmaßes sind anderswo durch Not, Hunger und Gewalt verursacht. Davon kann bei uns keine Rede sein. Die gestörte Beziehung zwischen Staat und Gesellschaft lähmt die schöpferischen Potenzen unserer Gesellschaft und behindert die Lösung der anstehenden lokalen und globalen Aufgaben. Wir verzetteln uns in übelgelaunter Passivität und hätten doch Wichtigeres zu tun für unser Leben, unser Land und die Menschheit ...

Auf der einen Seite wünschen wir uns eine Erweiterung des Warenangebots und bessere Versorgung, andererseits sehen wir deren sozialen und ökologischen Kosten und plädieren für die Abkehr von ungehemmtem Wachstum. Wir wollen Spielraum für wirtschaftliche Initiative, aber keine Entartung in eine Ellenbogengesellschaft. Wir wollen das Bewährte erhalten und doch Platz für Erneuerung schaffen, um sparsamer und weniger naturfeindlich zu leben. Wir wollen geordnete Verhältnisse, aber keine Bevormundung. Wir wollen freie, selbstbewusste Menschen, die doch gemeinschaftsbewusst handeln. Wir wollen vor Gewalt geschützt sein und dabei nicht einen Staat von Bütteln und Spitzeln ertragen müssen. Faulpelze und Maulhelden sollen aus ihren Druckposten vertrieben werden, aber wir wollen dabei keine Nachteile für sozial Schwache und Wehrlose. Wir wollen ein wirksames Gesundheitswesen für jeden; aber niemand soll auf Kosten anderer krankfeiern. Wir wollen an Export und Welthandel teilhaben, aber weder zum Schuldner und Diener der führenden Industriestaaten noch zum Ausbeuter und Gläubiger der wirtschaftlich schwachen Länder werden. Um all diese Widersprüche zu erkennen, Meinungen und Argumente dazu anzuhören und zu bewerten, allgemeine von Sonderinteressen zu unterscheiden, bedarf es eines demokratischen Dialogs über die Aufgabe des Rechtsstaates, der Wirtschaft und der Kultur. Über diese Fragen müssen wir in aller Öffentlichkeit, gemeinsam und im ganzen Land, nachdenken und miteinander sprechen ...

Allen Bestrebungen, denen das Neue Forum Ausdruck und Stimme verleihen will, liegt der Wunsch nach Gerechtigkeit, Frieden und Demokratie sowie Schutz und Bewahrung der Natur zugrunde. Es ist dieser Impuls, den wir bei der kommenden Umgestaltung der Gesellschaft in allen Bereichen lebensvoll erfüllt wissen wollen. Wir rufen alle Bürger und Bürgerinnen der DDR, die an der Umgestaltung unserer Gesellschaft mitwirken wollen, auf, Mitglieder des Neuen Forums zu werden. Die Zeit ist reif.

Der vorgelesene Text wurde mit lebhaftem Applaus bedacht. Dieses Manifest spiegelte die Gedanken vieler wider. Als die Liste für die Mitgliedschaft die Runde machte, trugen sich Pastor Laurentius und Christian ein. Der alte Leuchtturmwärter traute sich nicht, dennoch versprach er, sie zu unterstützen.

Eine Frau aus dem Nachbarort bestieg das provisorische Rednerpult. Sie hielt ein Buch und eine Postkarte in die Höhe. »Dieses Buch hier ist offiziell unerwünschte Literatur. Sein Titel lautet: ›Der vormundschaftliche Staat. – Vom Versagen des real existierenden Sozialismus‹. Die meisten von euch werden es kennen, wer nicht, dem borge ich es gern. Der Autor hat uns eine Grußadresse geschickt. Wir sollen ›ihn weiter begleiten mit unseren guten Wünschen‹. Keine Adresse, nur die Unterschrift ›Rolf‹.«

Wieder Beifall. Viele verstanden die Anspielung. Irgendwo fiel das Wort ›Bürgerbewegung‹. Ein neues, ein großes Wort, das man in der DDR bislang nicht kannte. Das war der richtige Weg, der dritte Weg zwischen realem Sozialismus und BRD-Kapitalismus.

Jetzt kam Bewegung in die Diskussion. Resolutionen wurden verlesen, Diskussionsgruppen eingeteilt. Der Pastor aus dem nahegelegenen Ort Proseken bot seine Kirche für ein Friedensgebet an, am 18. des Monats.

»Da sind wir dabei, nicht wahr?«, raunte Laurentius seinen beiden Freunden zu. Mist, dachte Christian, das ist ausgerechnet der Tag, an dem die von Beata organisierte Ausstellung westdeutscher Künstlerinnen in Wismar eröffnet werden soll.

Ausweichend antwortete er: »Mal sehen, wie's kommt. Eigentlich wollte ich an dem Tag zu dem Konzert, das Dorisa in Wismar bestreitet. Schuberts ›Winterreise‹ steht auf dem Programm.«

»Das ist natürlich was anderes«, meinte Laurentius, der stolz auf seinen musikalischen Zögling war. »Da müssen wir unbedingt hin und Dorisa die Daumen drücken. Und Schuberts Lieder sind gerade jetzt in unserer Zeit so wunderbar modern.«

*

Donnerstag, den 19. Oktober 1989. Der alte Leuchtturmwärter war froh, dass sein Nachbar Laurentius heute zu Hause war. In letzter Zeit kam das selten vor, weil der Pastor ständig für das Neue Forum aktiv war. Es ging um die offizielle Anerkennung der Wismarer Ortsgruppe, die erst vor drei Tagen infolge des Drucks der Straße gelang. Das Schachspiel stand schon auf dem Tisch. Die Figuren warteten angriffsbereit auf ihren Feldern. Doch kaum hatte der Alte die Wohnung betreten, warf Laurentius die Donnerstagsausgabe der Ostsee-Zeitung, die noch frisch nach der Druckerpresse roch, auf den Tisch und bemühte ein Zitat aus Shakespeares ›Hamlet‹.

»Etwas ist faul im Staate Honecker. Der Genosse Staatsratsvorsitzende hat abgedankt. Hier, lies mal.«

Die Titelzeile lautete: ›Egon Krenz zum Generalsekretär des ZK der SED gewählt‹. Daneben ein Bild des Neuen, der etwas säuerlich dreinblickte.

»Ein Eierkopp löst den anderen ab«, spöttelte der Alte.

Laurentius ergänzte mit satirischem Unterton. »Oder auch: Alter Wein in neuen Schläuchen. Ob das die Probleme unseres Landes lösen wird, bezweifle ich.«

Der Alte las die Meldung laut vor:

Berlin (ADN) Zum Generalsekretär des Zentralkomitees der SED hat die 9. Tagung des ZK am Mittwochnachmittag Egon Krenz, Mitglied des Politbüros und Sekretär des ZK, gewählt. Das Zentralkomitee wird der Volkskammer vorschlagen, Egon Krenz zum Vorsitzenden des Staatsrats der DDR und zum Vorsitzenden des Nationalen Verteidigungsrates der DDR zu wählen. Zuvor hatte das ZK der Bitte Erich Honeckers entsprochen, ihn aus gesundheitlichen Gründen von der Funktion des Generalsekretärs … und so weiter, und so weiter … zu entbinden.

»Aus gesundheitlichen Gründen?«, zweifelte der Alte. »Auf der Festveranstaltung zum 40. Jahrestag der DDR in Berlin sah er jedenfalls noch ganz fidel aus. Zumindest auf dem Fernsehbildschirm. Die schlechte Versorgungslage in unserem Lande wird ihn bestimmt nicht krank gemacht haben. Bei dem Luxusbankett, das sich so einer leisten kann. Wird wohl eher kalte Füße wegen der angespannten innenpolitischen Lage in seinem Musterstaat bekommen haben. Oder Gorbatschow hat ihn so in den Hintern getreten, dass sein Rückgrat gebrochen wurde.«

Laurentius musste lächeln. Er freute sich, dass der Alte seinen Humor nach der brutalen Ausplünderung seiner Antiquitätensammlung und all den Entwürdigungen in dem scheinheiligen Steuerverfahren nicht verloren hatte. Um eine deutliche Spur politischer war dessen Sarkasmus geworden.

»Beides, mein Lieber«, antwortete Laurentius. »Bei seinem Empfang in Berlin Anfang des Monats durch Honecker konnte man in der ›Aktuellen Kamera‹ Gorbatschows Warnung deutlich hören: ›Ich glaube, Gefahren warten nur auf jene, die nicht auf das Leben reagieren‹.«

Der Pastor stand auf, um Gläser aus dem Schrank zu holen und einen Grog vorzubereiten. Währenddessen fuhr er fort: »Das *Leben*, das sind wir, das ist die Reformbewegung. Du wirst dich erinnern, wie Honecker vor drei Monaten auf das Massaker in China reagiert hat. Begrüßt hat er sie, die blutige Niederschlagung der sogenannten Konterrevolution, und wer weiß, was der Neue, der Krenz, den Chinesen anlässlich seiner Teilnahme an den Feierlichkeiten zum 40. Jahrestags der VR China in Peking alles gesagt hat. Seitdem drängt sich die Frage auf, ob unser Staat diese Machtform ebenfalls gegen seine Regimegegner ausüben wird. Ich bin sicher, Honecker gehörte zu den Hardlinern, denen jedes Mittel recht war, ihre Macht zu behaupten.«

Laurentius stellte Gläser, Rum, Zucker und eine Kanne heißes Wasser auf den Tisch. »Zur Feier des Tages umgekehrtes Mischungsverhältnis?« Der Alte nickte. »Ja, gern. Zum Wohle des Dahingeschiedenen.«

Der steife Grog belebte die Gemüter. Der Gastgeber kam in Fahrt. »Weißt du, was ich glaube? Die massiven Grenzüberschreitungen und der wie ein Flächenbrand umsichgreifende Bürgerprotest haben die Parteispitze gespalten in die Ewiggestrigen und die Scheinreformer, die den alten Wein nur in neuen Schläuchen verkaufen wollen, wie ich es vorhin ausdrückte. Die Macht nicht mit dem Bajonett verteidigen, sondern mit der politischen Trickkiste. Den ›neuen Dialog am runden Tisch‹ oder so ähnlich werden sie es nennen. Doch auch wenn das Aushängeschild ausgewechselt wurde, der Laden wird der alte bleiben.«

Laurentius genehmigte sich einen großen Schluck vom steifen Grog. »Ist dir übrigens aufgefallen, dass sie in der Meldung nicht vom *Genossen* Honecker gesprochen haben? Der wurde fallen gelassen wie eine faule Tomate. Wer weiß, wann man ihn aus der Partei ausschließt, um nach außen hin für eine scheinbar neue Politik zu stehen. Da war eine Palastrevolte im Gange. Weiter unten in den Meldungen steht, dass auch Joachim Herrmann, der Chefredakteur des ›Neuen Deutschlands‹ und Günter Mittag, der Wirtschaftsboss und enge Vertraute vom Devisenbeschaffer Schalck-Golodkowski, ebenfalls keine *Genossen* mehr sind, ebenfalls gefeuert wurden. Sind die zufälligerweise auch so krank, dass sie ihre Geschäfte nicht mehr ausüben können?«

Der Alte richtet sich auf, als würde er Hoffnung schöpfen, und leerte sein Glas. »Schalck-Golodkowski von der ›Kommerziellen Koordinierung‹, dem auch der Antiquitätenhandel unterliegt? Was meinst du, habe ich jetzt eine Chance, meine Sammlung wiederzubekommen?«

Laurentius schenkte ihm nach. »Ich fürchte, ich muss dich enttäuschen. Schalck-Golodkowski ist nach wie vor im Amt und mächtiger als je zuvor. Je mehr sich die Situation zuspitzt, und ich bin sicher, dass es dieser Krenz mit seinen hohlen Reformversprechungen nicht schafft, die Protestbewegung zu ersticken, desto unwahrscheinlicher ist es, dass du deine Sachen jemals wiedersehen wirst.«

»Schwamm drüber«, seufzte der Alte. »Lass uns eine Partie spielen.«

»Denn man los.«

»Jou.«

»Du hast heute Weiß.«

»Jou.«

Der Alte begann diesmal mit der Italienischen Eröffnung. Das Spiel schleppte sich wie immer unentschieden dahin. Irgendwann kam der Gaffelschoner ins Gespräch.

»Du hast ihn neulich auch gesehen?«

»Jou. Hatte sechs Segel gesetzt, die drei Vorsegel, das Schoner- und das Großsegel und das Schonertoppsegel. War ein erhebender Anblick.«

»Wann er wohl auch sein letztes, sein siebentes Segel setzt, das Großtoppsegel?«

KAPITEL 12 – JAGDSZENEN

Als Beata die Nachricht von Honeckers Sturz las, war ihr sofort klar, dass es mit der DDR bergab gehen würde. Jetzt kommen die sowjetischen Panzer, dachte sie, und verwandeln das Land in ein noch größeres Gefängnis, als es ohnehin schon ist. Wer weiß, ob sie dann noch das Privileg haben würde, frei in den Westen reisen zu dürfen.

Sie bekam Angst um ihren Kunstschatz. Er schien ihr nicht mehr sicher zu sein in der Hütte beim Naturschutzgebiet am Faulen See. Ihr erster Gedanke war, die Bilder in einem Keller im Verlagshaus der Zeitung unterzubringen, in der ihr Vater als Chefredakteur arbeitete. Vielleicht müsste sie ihn einweihen. Dann wäre zwar die Chance auf einen Sensationsbericht verpasst, aber immerhin hatte man unschätzbar wertvolle Originale in der Familie, einen Frans Hals, einen Jan Lievens, einen Jan Brueghel und einen Hans Holbein. Den Anthonis van Dyck hatte sie ja nun schon zu Geld gemacht. Den Gedanken verwarf sie schnell wieder. Bei einem Militärputsch würde man mit Sicherheit auch das Zeitungshaus besetzen. Da wäre es besser, wenn auch gefährlicher, die Gemälde bei ihrem nächsten Besuch in der BRD über die Grenze zu schmuggeln, eingeordnet zwischen ihren eigenen Bildern, sodass es nicht auffiel. In Lübeck hatte sie inzwischen einen Arbeitsraum für ihren innerdeutschen Kulturaustausch bekommen. Dort konnte sie die Werke vorläufig verstecken.

Das Problem war nur, wie sie jetzt an die Bilder herankam. Von der Landseite aus ging das nicht, da sie mit dem Auto nicht direkt bis an die Hütte fahren konnte. Tagsüber wäre eine Frau mit verdächtigen Paketrollen unterm Arm in dem gesperrten Naturschutzgebiet unweigerlich aufgefallen. Und des Nachts traute sie sich nicht, durch das Sumpfgebiet zu stapfen. Also mussten die Bilder aus dem Versteck so herausgeholt werden, wie sie hineingekommen waren: auf dem Wasserweg mit Hilfe eines kleinen Motorboots. Bei Nacht und Nebel. Ihre beiden Gehilfen von damals würden zwar viel Schweigegeld verlangen, aber das war ihr die Sache wert.

*

Das Motorboot glitt langsam in den Faulen See hinein. Den Motor hatte man schon weit draußen vor der Einfahrt abgestellt, und die beiden Männer bedienten ihre Ruder so leise, dass kein Wellenschlag zu hören war. In der dunklen, regnerischen Nacht konnten sie kaum etwas erkennen. Aber das machte nichts, den Weg kannten sie ja bereits.

»Merkwürdig ruhig heute. Nicht einmal die Vögel sind aktiv«, flüsterte der Ältere. Von Land drang kein Laut zu ihnen. Die kleine Siedlung Brandenhausen schien wie ausgestorben. Kein Licht brannte in den niedrigen Häusern. Irgendwann läutete die Kirchturmglocke von Kirchdorf herüber. Zwei Uhr nachts.

»Wir müssen uns jetzt ein wenig Steuerbord halten. Dort, hinter dem Gebüsch ist der Anlegesteg.«

Die beiden legten an und stiegen aus dem Boot. Dabei wackelte es, was am Ufer einen hörbaren Wellenschlag verursachte. »Pst, leise!«, hauchte der Ältere seinem Kumpan ins Ohr. Sie kauerten sich auf den Steg hin und warteten eine Weile, bis sich nichts mehr rührte. Dann eilten sie in geduckter Haltung zur Hütte. Jeder hatte einen leeren Sack geschultert. Mit wenigen Griffen war die Tür geöffnet. Der Ältere machte seine kleine Taschenlampe an und ließ den lichtschwachen Kegel über die Rahmen und die Rollen mit den Bildern streifen. Auf einer der Rollen lag ein dicker Umschlag, aus dem Geldscheine herauslugten.

»Alles klar! Die Luft ist rein.« Kaum hatte er das ausgesprochen, flammte die gesamte Hütte in einem grellen Scheinwerferlicht auf.

»Hände hoch! Stehen bleiben! Keine Bewegung!«

Ein Trupp Uniformierter stürmte in die Hütte und nahm die beiden völlig verdatterten Männer fest. Man legte ihnen Handschellen an, ehe sie zur Besinnung kamen.

»Aber …«, versuchte sich der Ältere herauszureden.

Doch er kam nicht weiter: »Maul halten! Nur ein Wort, und wir werten das als Fluchtversuch. Dann wird geschossen!«

Der Anführer durchsuchte die Taschen und die Säcke der beiden, doch bis auf eine Zange, einen Schraubenzieher und ein Brecheisen konnte er nichts finden. Dann befahl er: »Du kümmerst dich um das Motorboot und bringst es nach Wismar zurück. Ihr beide bleibt hier und haltet Wache. Vielleicht kommt ja noch jemand. Die Rahmen und die Rollen mit den Bildern bleiben erst einmal hier, hat der Chef befohlen. Packt nur den Umschlag und das Geld ein, aber so, dass keine eventuellen Fingerabdrücke verloren gehen. Nehmt die beiden Strolche in die Mitte und dann ab mit ihnen zum Einsatzwagen.«

Die Männer stiefelten quer über die klitschfeuchte Wiese, bis sie das Gehöft von Hinter Wangern erreichten. Auch dort brannte in den Häusern kein Licht. Die Fensterläden waren verriegelt. Wahrscheinlich hat man die Bewohner eingeschüchtert und ihnen befohlen, nachts die Bude dichtzumachen, vermutete der jüngere der beiden Festgenommenen. Auf dem Hof stand hinter einer Scheune versteckt der Einsatzwagen. Die beiden Gefangenen wurden auf die Pritsche gestoßen, dann fuhr der Wagen ohne Licht die holprige Betonpiste hoch. Erst kurz vor Wangern machte man die Autoscheinwerfer an. Ohne anzuhalten ging es in raschem Tempo nach Wismar.

Auf dem Hinterhof des Staatssicherheitsgebäudes hielt der Wagen. Die beiden Tatverdächtigen wurden in den Keller gezerrt und jeder in eine dunkle Einzelzelle eingesperrt.

*

Zwei Tage lang saßen die beiden in ihren dunklen Löchern, jedes nur etwa zwei mal vier Meter groß. Licht drang tagsüber nur spärlich durch einen schmalen, aus blinden Glasbausteinen gemauerten Schacht unterhalb der Zimmerdecke. Die Pritsche maß nur 1,70 Meter, viel zu kurz für die ausgewachsenen Männer. In einer Ecke befand sich ein stinkender, verdreckter Abort. Sonst nichts.

Ab und zu reichte man ihnen Wasser und einen erbärmlichen Fraß. Irgendwann wurde der ältere der beiden mitten aus dem Schlaf gerissen und in den Verhörraum geführt. Dort musste er mit gefesselten Händen vor einem Schreibtisch Platz nehmen. Der Gefängniswächter, der ihn hierher geführt hatte, blieb hinter ihm stehen. Eine Lampe blendete ihm ins Gesicht, sodass er nicht erkennen konnte, wer hinter dem Schreibtisch saß. Der Mann schien keine Uniform zu tragen, denn der Gefangene nahm nur vage die Umrisse einer Thälmannmütze war.

»Wir wissen, wer Sie und Ihr Kompagnon sind. Das war nicht schwer herauszufinden, wo wir ja Ihr Motorboot haben. Ich will eigentlich nur zweierlei von Ihnen wissen: Was haben Sie in der Hütte gesucht, und zweitens, wer ist Ihr Auftraggeber?«

Der Gefangene schwieg. Der Wächter trat einen Schritt vor und schlug ihm mit dem Gummiknüppel auf die Schulter.

»Aber, aber, Genosse«, tadelte der Mützenmann mit sarkastischer Ironie. »Wir wollen doch keine physische Gewalt anwenden. Die Stalin-Ära ist vorbei. Wir sind ein demokratischer Rechtsstaat und haben unsere eigenen Mittel, um die Wahrheit herauszufinden.«

Er zog eine auf dem Tisch liegende Akte zu sich heran und blätterte darin herum. »Wie ich sehe, sind Sie Drucker bei der ›Ostseezeitung‹. Ein Arbeiter also. Sie wissen, dass wir in einem Arbeiter- und Bauernstaat leben, dass alles zum Wohle der Werktätigen geschieht. Dann erklären Sie mir mal, wieso ein Arbeiter mit einem Motorboot in den Grenzstreifen der DDR eindringt und ausgerechnet eine abgelegene Hütte betritt, in der ein Batzen Westgeld liegt?«

»Wir wollten nur angeln. Und das mit dem Geld …«

»Angeln? Wir haben keine Angelruten in dem Boot gefunden. Dafür aber Zange, Schraubenzieher und Brecheisen. Wollen Sie mir wirklich glaubhaft machen, dass Sie Fische mit dem Schraubenzieher fangen?«

»Das Werkzeug lag da schon in der Hütte. Das haben wir eingesteckt.«

»Also auch noch Diebstahl an volkseigenem Gut? Nein, mein Lieber, wir haben herausgefunden, dass das Werkzeug dieser Marke nur bei Ihnen in der Druckerei verwendet wird.«

Der Verhörende klappte die Akte wieder zu und knallte sie auf den Tisch. Dann sagte er mit harter Stimme: »Nein, so wird das mit uns beiden nichts. Ich gebe Ihnen noch ein wenig Bedenkzeit, dann will ich die Wahrheit hören. Die vollständige Wahrheit. – Abführen!«

Die Bedenkzeit dauerte lange. Tagsüber durften die Gefangenen weder auf der Pritsche sitzen noch liegen. Schlafen war in dieser Zeit verboten, das wurde alle fünf Minuten kontrolliert. Für die Nacht war Halbschlafentzug angeordnet. Alle 15 Minuten flammte für ein paar Sekunden eine grelle Leuchtstofflampe auf, sodass an Schlaf kaum zu denken war.

Nach einer Woche war der jüngere der beiden Männer so mürbe geworden, dass er mitten im Stehen umfiel und ohnmächtig auf den Boden schlug. In dieser Nacht holte man den Älteren aus der Zelle und schleppte ihn zum Verhör. Auch er war kaum noch bei Besinnung.

»Na, haben Sie ein wenig nachgedacht?«, begann der Mützenmann. »Sind Sie jetzt bereit, die Wahrheit zu sagen?«

Sein Gegenüber biss sich auf die Lippen und schwieg. Ihm fiel es schwer, seine Gedanken zu sammeln.

Plötzlich klingelte schrill das Diensttelefon, das auf dem Tisch stand. Der Mützenmann hob den Hörer. Das fingierte Gespräch dauerte einige Minuten. Der Mann sagte nur ab und zu bedeutungsvoll ein paar Wortfetzen: »Ja? – Aha! – Interessant. – Hatte ich mir schon gedacht. – Na, ja, da hat der ja auch selbst Schuld, warum hat er nicht gleich alles gebeichtet.«

Nachdem er aufgelegt hatte, schob er das Telefon zur Seite, legte die Mütze ab und beugte sich zu seinem Gefangenen vor. Jetzt konnte dieser dessen Kopf klar erkennen, die glatten, verschwitzten Haare, die eiskalt dreinblickenden Augen, den schmalen, zusammengepressten Mund und das stark hervorstechende Kinn.

Das also ist das wahre Gesicht des realen Sozialismus, dachte der Angeklagte. Von Güte, Wärme, Menschlichkeit keine Spur.

»Soeben habe ich einige Neuigkeiten erfahren, die auch Sie interessieren werden«, erklärte Weingärtner. Mit lauerndem Blick fragte er sein Opfer: »Kennen Sie einen gewissen Anthonis van Dyck?«

Der andere schüttelte nur müde den Kopf. Den Namen hatte er noch nie in seinem Leben gehört.

»Sie lügen ja immer noch!«, fuhr ihn Weingärtner an. »Ihr Kompagnon hat alles gestanden. Ihr beide hattet den Auftrag, Kulturgüter der DDR zu stehlen und sie an die Kapitalisten im Westen zu verscherbeln. Gemälde von Malern wie eben diesen Anthonis van Dyck. Und ihr habt für den westlichen Geheimdienst spioniert. Darauf steht lebenslängliches Zuchthaus.«

Der Gefangene zuckte zusammen. Sein Körper zitterte. Weingärtner stand auf, stellte sich hinter ihn und ergänzte in scheinbar mitleidsvollem Ton: »Das zu tun ist eine Schande. Eine Schande, die Ihr Freund nicht länger ertragen konnte. Nachdem er sein Geständnis unterschrieben hatte, fanden wir ihn heute Morgen tot in seiner Zelle. Er hat sich selbst gerichtet.«

Das war eine Lüge, aber sie wirkte. Der Gefangene krümmte sich und machte sich so klein, als wolle er unsichtbar werden.

Weingärtner spürte, dass sein Opfer jetzt für die entscheidende Frage reif war. Er bückte sich ein wenig und raunte ihm ins Ohr: »Entlasten Sie Ihr Gewissen. Wenn Sie nicht auch so enden wollen, dann sagen Sie mir auf der Stelle den Namen Ihres Auftraggebers!«

Ganz leise flüsterte der Mann: »Eine Frau hat uns angestiftet. Die Tochter von dem Chefredakteur Bohnsack. Beata Bohnsack.«

Weingärtner richtete sich triumphierend auf. »Na also, geht doch! Abführen.«

Als er wieder allein war, setzte er sich zurück an den Schreibtisch und stülpte sich seine Thälmannmütze wieder auf. Die also! Genossin Bohnsack von der Kulturgutschutzkommission. Na warte, deinen Hochmut, den du neulich bei der Geschichte in Mühlenbeck gezeigt hast, werde ich schon zu brechen wissen.«

*

Wismar am 9. November 1989 abends. Das Kulturhaus war gut besucht. Viele waren neugierig, denn es war das erste Mal, dass man Werke zeitgenössischer westdeutscher Künstlerinnen im Original zu sehen bekam. Bohnsack Senior hatte in der ›Ostseezeitung‹ kräftig die Werbetrommel gerührt. Kritische Bilder seien es, die die Schwächen des kapitalistischen Systems erbarmungslos anprangern würden. Bilder des Widerstands. Und er vergaß nicht, seine Tochter Beata gebührend in den Vordergrund zu stellen. Nur ihr sei es zu verdanken, dass die Ausstellung im Rahmen der Städtepartnerschaft zustande gekommen war. *Seine* Beata, selbst eine der talentiertesten kritischen jungen Malerinnen der Republik. Einige ihrer neusten Gemälde sollten denen der Westdeutschen gegenübergestellt werden.

Für das Vorprogramm war ein kleines Konzert angekündigt, ebenfalls grenzübergreifend. Eine junge Sängerin aus Poel würde, am Klavier begleitet von einer Dozentin der Lübecker Musikhochschule, Lieder aus Schuberts ›Winterreise‹ zum Besten geben.

Pastor Laurentius und sein Freund, der alte Leuchtturmwärter, hatten sich gleich nach dem Einlass die besten Plätze erobert. Sie waren sicher, dass es ein wunderschöner Abend werden würde. Die Gemälde interessierten sie weniger. Sie waren hier, um Dorisa die Daumen zu drücken. Nach ihnen kam ein elegant gekleideter Herr mit glattem Gesicht, sorgfältiger Rasur, pechschwarzem Haar, etwas dunklem Teint und kastanienbraunen Augen mit wiegendem Gang herein, der nur langjährigen Seeleuten eigen ist. Kaum einer kannte ihn. Der Kulturdezernent grübelte: War das nicht der Ausländer, der damals bei der

Auktion in Lübeck Beatas sämtliche Bilder für gute Valutamark ersteigert hatte? Ob der jetzt wieder aufkaufen wollte? Für den Dezernenten wäre das wünschenswert, denn dann würde die Veranstaltung für ihn ein finanzieller Erfolg sein. Aber auch ein politischer Erfolg musste langsam her. Die letzten Wochen waren ziemlich stürmisch gewesen. Erst vorgestern gab es im Stadtzentrum eine Protestdemonstration von 50.000 Menschen.

Auch der alte Leuchtturmwärter erinnerte sich. Dieser Fremde saß ihm vor Monaten in der Hafenkneipe gegenüber und reagierte auffällig brüsk auf die Zeitungsmeldung über die Frau, die er, der Alte, bewusstlos im Wasser unterhalb des Steilufers gefunden hatte. Der Wirt meinte damals, der Fremde sei der Kapitän von dem geheimnisvollen Gaffelschoner, der hin und wieder in der Bucht auftauchte.

Später kamen auch Dorisas Pflegeeltern. Marthe war ganz aufgeregt. Gut, Dorisa hat eine schöne Stimme, aber wird sie das schaffen, vor so vielen Leuten, wo sie doch sonst immer ein menschenscheues Wesen hatte? Und dann ihre Probleme mit der Aussprache. Würde sie die durch ihren Gesang überwinden können?

Tobias war nicht ganz bei der Sache. Er hatte den Genossen Weingärtner vorhin auf der Straße vorbeistreichen sehen. Wo der ist, liegt Unheil in der Luft. Ob der sich wirklich für die modernen Bilder interessierte? Tobias drehte sich um und ließ seinen Blick durch den Raum schweifen. Weingärtner hatte ganz hinten im Schatten einer Säule Platz genommen. An den Seiten standen Staffeleien mit Bilderrahmen, die durch Tücher verdeckt waren. Wahrscheinlich werden sie erst nach Dorisas Auftritt enthüllt, dachte sich Tobias. Langsam entwickelte sich in ihm ein Gefühl von Stolz. Die Tochter eines einfachen Fährmanns ist zu einer wirklichen Künstlerin herangewachsen.

Bohnsack kam zusammen mit Christian und dem Kulturdezernenten, der die Grußworte abstatten sollte. Ihnen und Beata waren Plätze in der ersten Reihe reserviert. Den Chefredakteur interessierte der kulturelle Teil der Veranstaltung weniger. Für ihn war wichtig, dass der Saal gefüllt war und sein Engagement für den innerdeutschen Kulturaustausch an höherer Stelle gebührend berücksichtigt würde. Außerdem wollte er bei der Gelegenheit den Dezernenten auf Christian aufmerksam machen. Ein so junges dichterisches Talent bedurfte schließlich einer geeigneten Schirmherrschaft. Ohne Beziehungen ging das nicht.

Christian bemerkte nicht, wie sehr sich sein Schwiegervater in spe um seine Karriere bemühte. Unkonzentriert folgte er dem Smalltalk mit dem Dezernenten und ließ, ganz zu Bohnsacks Ärgernis, jede Brücke aus, die man ihm bot, um sich hervorzutun. Stattdessen ging ihm Dorisa durch den Kopf. Wo ist sie? Warum ist sie noch nicht da? Die Zeit ihrer Gesangsausbildung in Lübeck hatte sie beide entfremdet. Es war nicht mehr so wie früher in der Kirche bei Pastor Laurentius, als sie Arm in Arm singend den Polizeibütteln trotzten. Christian war gespannt, wie sie heute wohl aussehen würde, wie sie singen würde. Er freute sich auf das Wiedersehen, doch er durfte es Beata gegenüber nicht zeigen.

Dorisa war spät dran. Sie hatte die Lieder mit ihrer Pianistin im Gemeindesaal nebenan nochmals durchgeprobt. Sie fühlte sich jetzt sicher. Sie wusste, dass Christian da sein würde. Seine Anwesenheit, seine Augen, sein Lächeln würden ihr Halt geben. Sie wollte ihm zeigen, dass sie nicht mehr das nette, scheue Mädchen von der Insel war. Sie wollte beweisen, dass sie mit ihrer Musik ihren eigenen Weg gefunden hatte. Und sie hoffte, dass er ihr irgendwann auch folgen würde. Dorisa hatte sich ein schlichtes, aber elegantes schwarzes Kleid gekauft. Dazu trug sie eine feine Bernsteinkette, die ihr ihre Mutter ausgeliehen hatte. Der einzige Farbtupfer in ihrer Aufmachung bestand in dem bunten Stirnband, das sie damals in Lübeck gekauft hatte. Damit hielt sie ihr pechschwarzes Haar so zusammen, dass ihre fremdländischen Gesichtszüge deutlicher hervortraten. Ihr gefiel das, und sie hoffte, dass das Stirnband ihr helfen würde, freier zu singen, so, wie sie es im Gesangsunterricht gelernt hatte.

Als Dorisa die Treppe zum Kulturhaus hochlief, wurde sie von Beata am Eingang abgefangen. Beata umarmte sie. »Gut siehst du aus! Wie eine richtige Konzertsängerin. Ich bin glücklich, dass du es so weit gebracht hast. Ich freue mich für dich und wünsche dir Erfolg. Aber du kannst so nicht durch den Saal gehen. Künstler lassen sich vor dem Konzert beim Publikum nicht blicken. Komm mit, ich zeige dir den Bühneneingang.«

Zusammen mit der Pianistin verschwand sie in einem Seitentrakt, wo sich die Künstlergarderobe befand. »Hier könnt ihr euch vorbereiten. Der Bühnentechniker gibt euch ein Zeichen, wenn ihr dran seid.« Ehe Dorisa antworten konnte, eilte Beata wieder davon.

*

Wenige Minuten, nachdem Beata in der ersten Reihe Platz genommen hatte, begann die Veranstaltung. Der Kulturdezernent verlas das Grußwort des Bürgermeisters, würdigte die Bedeutung der Städtepartnerschaft zwischen Lübeck und Wismar und verlor sich in endlosen Erinnerungen an die gemeinsame Hansezeit. Die Zuhörer begannen sich zu langweilen, aber man spendete ihm höflichen Applaus. Dann öffnete sich der Vorhang. Das Saallicht wurde abgedunkelt. Zwei Scheinwerfer beleuchteten einen schwarzen Blüthner-Flügel, dessen halboffener Deckel ihr Licht auf die Personen in den ersten Reihen streute. Dorisa und die Pianistin betraten die Bühne von der Seite und verneigten sich. Sie wurden mit verhaltenem Beifall empfangen. Die Pianistin schraubte ein wenig an ihrem Hocker herum, bis sie bereit war. Dorisa war durch die Scheinwerfer zunächst so geblendet, dass sie im Publikum keine Gesichter unterscheiden konnte. Sicherlich wird Christian dort unten sitzen, war ihr letzter Gedanke, bevor die Pianistin mit dem Vorspiel begann.

Dorisa schloss die Augen und setzte mit leiser, weicher Stimme ein.

Fremd bin ich eingezogen,
fremd zieh ich wieder aus.

Das war ihre Musik. Das war ihr eigenes Schicksal, als seien Musik und Text eigens für sie geschrieben worden. Dorisa genoss den Augenblick. All die Anweisungen ihrer Gesangslehrerin, all das Bemühen um eine akzentfreie Aussprache, es spielte jetzt keine Rolle mehr. Ihre

Stimme klang nicht nur technisch perfekt, sie begann, die Musik von innen heraus zu gestalten.

Nun ist die Welt so trübe,
der Weg gehüllt in Schnee.

Ein kurzes Zwischenspiel. Dorisa hielt die Augen weiterhin geschlossen. Jetzt kommt der Text, dessen doppelte Bedeutung viele unten im Saal auf sich beziehen werden, dachte sie. Pastor Laurentius deutete jedes Wort als einen Schlag gegen das System.

Ich kann zu meiner Reisen
Nicht wählen mit der Zeit,
Muss selbst den Weg mir weisen
In dieser Dunkelheit.

Sie spürte die Spannung im Saal. Sie war sicher, die Zuhörer gepackt zu haben. Wieder ein Zwischenspiel. Dorisa öffnete die Augen. Im ersten Moment konnte sie nichts erkennen. Jetzt kam wieder so eine anzügliche Stelle. Auch sie verstand Laurentius als Seitenhieb auf die Staatsführung.

Was soll ich länger weilen,
dass man mich trieb hinaus,
lass irre Hunde heulen vor ihres Herren Haus.

Während sie das sang, versuchte Dorisa Gesichter in der Menge zu unterscheiden. Richtig, gleich vor ihr saß Christian. Von hier oben sieht er süß aus, dachte sie.

Neben ihm saß eine Frau. Plötzlich begann Dorisa nervös zu werden. Die Frau trug ein weiß-hellblau gestreiftes Kopftuch und eine dunkle Brille.

Die Frau bei der Hütte unten am Faulen See, genau die, die sie damals beinahe überfahren hätte!

Dorisa verlor für einen Moment die Fassung und kam aus dem Text raus. Die Pianistin bemerkte das sofort, spielte aber unbeirrt weiter nach der Devise: So tun, als sei nichts geschehen.

Noch schien niemand den kleinen Fehler bemerkt zu haben. Alle hörten der Sängerin gespannt zu, weil sie meinten, eine politische Botschaft aus dem Text herauszuhören.

Doch dann nahm die Frau in der ersten Reihe ihr Kopftuch und ihre Brille mit einer ruckartigen Bewegung ab. Mein Gott, das ist ja Beata, erschrak Dorisa. Beata und die Frau bei der Hütte sind ein und dieselbe Person!

Beata lächelte ihr hinterhältig zu, legte ihren Arm um Christian und schmiegte sich an ihn. Dieser wagte nicht, sich zu bewegen. Er blickte verschämt nach unten. Ihm war Beatas Auftritt außerordentlich peinlich. Beatas Theaterspiel brachte Dorisa jetzt endgültig aus dem Lied heraus. Im Saal begann man zu munkeln. Was ist los mit der Sängerin dort vorn? Hat sie ihren Text nicht richtig auswendig gelernt? So eine Anfängerin!

Die Pianistin versuchte ein zweites Mal, die Situation zu retten. Sie setzte kurz aus und wiederholte das Vorspiel zur dritten Strophe. Doch Dorisa war so außer sich, dass sie all ihre Bemühungen um eine richtige Aussprache vergaß. Unbeherrscht riss sie sich das Stirnband vom Kopf und warf es achtlos auf die Seite. Ihre Stimme veränderte sich. Weil die harten Konsonanten nicht mehr zu erkennen waren, klang es, als würde sie lallen. Ein paar Zuhörer begannen zu lachen.

Wie konnte Beata mir das nur antun? Sie hat mich doch so gefördert, sie hat mir die Gesangsausbildung und auch das heutige Konzert vermittelt. Sie und Christian sind ein Paar, schoss es Dorisa durch den Kopf. Sie waren es schon immer, nur ich habe es nicht gewusst. Und als sich Christian für mich zu interessieren begann, hat sie aus Eifersucht den teuflischen Plan ausgeheckt, mich vor allen Leuten, insbesondere vor Christian zu blamieren. Jetzt erst recht, dachte sich Dorisa. Ich muss mich wieder fangen. Die nächste Stelle kam ihr nicht nur von der Aussprache her gelegen. Der Text passte jetzt auch genau zu dem, was sich da zwischen den Dreien abspielte.

Die Liebe liebt das Wandern,
Gott hat sie so gemacht,
von einem zu dem andern, Gott hat sie so gemacht.

Ganz langsam fand Dorisa wieder in die Musik hinein. Dennoch war die Stimmung verdorben. Dorisas Eltern waren schockiert. Sie konnten sich nicht erklären, warum ihre Tochter plötzlich so unkonzentriert war. So kannten sie sie nicht. Pastor Laurentius ärgerte sich maßlos über die Intoleranz der Zuhörer. Er sah sofort, dass Dorisa von einer tiefen persönlichen Krise überwältigt worden war, und er ahnte auch warum. Der Fremde in der eleganten Kleidung reckte sich vor, aber er konnte keine Details erkennen. Wohl aber fühlte er, dass Unheil in der Luft lag. Wenn der jungen Sängerin irgendetwas zustoßen sollte, so wusste er, was zu tun sei.

Die Unruhe im Saal ebbte etwas ab, doch alle hofften, dass die peinliche Situation endlich beendet wäre und man zum Hauptteil des Abends, zur Vernissage, kommen würde. Dorisa rettete sich mühsam in das nächste Lied hinein. Sie gab der Pianistin ein Zeichen, dass es das letzte sein sollte. Sie hatte keine Kraft mehr weiterzusingen.

Gleich zu Beginn des Liedes verschlimmerte sich die Situation deutlich. Ein paar Jugendliche stürmten in den Saal, gingen durch die hinteren Reihen und riefen den Anwesenden halblaut irgendwelche Parolen zu. Dorisa versuchte, tapfer weiter zu singen, doch sie konnte nicht mehr ihre Tränen zurückhalten.

Jetzt ging alles sehr schnell. Die Parolen wurden wie ein Lauffeuer nach vorn durchgereicht. Ein Zuhörer rief: »Schluss mit dem Spektakel da vorn!« Der Kulturdezernent stand auf und wollte um Ruhe bitten, doch er kam nicht zu Wort. Jemand schrie ihn nieder: »Abtreten! – Wir sind das Volk!«

Nun war das Konzertieren unmöglich geworden. Einige sprangen erregt auf. Sie wussten nicht, was sich abspielte. Die Pianistin schloss den Klavierdeckel, stellte sich neben Dorisa und nahm sie beschützend in den Arm. Einer der Jugendlichen stürmte auf die Bühne und drängte die beiden zur Seite. »Die Grenzen sind offen! Eben kam die Meldung im Fernsehen. Schabowski hat das vor laufender Kamera verkündet: ›Sofort, unverzüglich.‹ Die Mauer in Berlin hat einen Riss!«

Diese Nachricht riss alle vom Stuhl. Jetzt riefen sie durcheinander. ›Macht das Tor auf, wir wollen raus! – SED in den Ruhestand! – Freie Wahlen! – Freiheit für das Volk‹.

Einige stießen die Saaltüren weit auf und rannten hinaus. Auch von der Straße her drangen Rufe herüber. Von überall kam der Ruf:

Wir sind das Volk!

Jemand im Saal rief mit durchdringender Tenorstimme: »Deutschland, einig Vaterland!« Damit zitierte er eine Zeile aus der Nationalhymne der DDR, deren Text schon seit Längerem in Misskredit geraten war, weil er der offiziellen Theorie von den zwei deutschen Staaten nicht mehr entsprach.

Der Jugendliche auf der Bühne griff diesen Ruf auf und brüllte: »Jawohl, einig Vaterland! Reißt die Grenzen ein! Wir sind nicht nur das Volk!«

Wir sind ein Volk!

Die neue Parole fand sofort Zuspruch. Nur ein kleines Wörtchen ausgewechselt, die Betonung etwas verschoben, und schon war für die meisten der Kampf um den richtigen Weg in die Zukunft entschieden.

Laurentius und der Alte versuchten, auf diese Leute einzureden, doch sie verschlimmerten das Chaos nur noch. Um sie herum entwickelte sich eine Rangelei. Ganz hinten schrie jemand: »Deutschland den Deutschen! Ausländer raus!«

Beata war außer sich vor Wut. Ihre kleine Rache an Dorisa trat für sie jetzt in den Hintergrund. Wichtiger waren ihr die Gemälde. Sie fürchtete, dass der Mob zum Bildersturm aufrufen würde. Sie kümmerte sich nicht länger um Christian und Dorisa und begann, die verhangenen Staffeleien in eine sichere Ecke zu schieben. Ihr Vater half ihr dabei.

Der Kulturdezernent machte sich durch einen Seitenausgang aus dem Staube.

Wenig später verschwand auch Beata mit einem ihrer Bilder unter dem Arm und brachte es in ihr Auto, um es vor dem Mob zu retten. Im Seitenspiegel sah sie einen Schatten auf sich zukommen. Dann spürte sie für den Bruchteil einer Sekunde einen heftigen Schmerz am Hinterkopf.

Im Saal wurde es immer wilder. Der Bursche auf der Bühne schubste Dorisa und ihre Begleiterin brutal über die Rampe. Dorisa fiel in Christians Arme. Inzwischen hatte sich der Fremde mit der eleganten Kleidung und dem dunklen Teint auf die Bühne gekämpft. Gerade wollten Tobias und Marthe ihre Tochter in Schutz nehmen, da fasste der Fremde Dorisa unter die Arme. Immer wieder brüllte man ihnen ins Gesicht: ›Deutschland den Deutschen! – Auf in den Westen! – Wir sind ein Volk!‹

Der Fremde sprach mit einem weichen Akzent, doch grammatikalisch fehlerlos. »Ich kann Ihnen helfen. Ich weiß, dies hier ist nicht mehr Ihre Welt. Wenn Sie mögen, kommen Sie mit mir, ehe es zu spät sein kann. Und – Ich muss Ihnen etwas anvertrauen, was Sie sicherlich interessieren wird.«

Christian spürte sofort die starke Ähnlichkeit zwischen Dorisa und dem Fremden. Für einen Moment dachte er, Vater und Tochter würden nebeneinander stehen.

Dorisa jedoch bemerkte nichts dergleichen. Sie fühlte sich wie benebelt. Beatas scheinheilige Freundschaft hatte sie zutiefst verletzt. Und dieser Abend zeigte ihr auch, dass sie musikalisch auf einem falschen Weg war. Sie hatte sich einen Gesangsstil angeeignet, der ihrem Wesen im Grunde genommen fremd war. Die ganze Gesangsausbildung, das mühsame Einpauken der harten Konsonanten, die Betonung der Textaussprache, all das stand ihrem natürlichen Talent gegenüber. Wie frei und glücklich war sie doch gewesen, als sie in Pastor Laurentius' Kirche nur auf Vokalisen singen durfte. Christian hatte sie damals dazu ermutigt. Und dann auch noch diese plötzliche Begeisterung für ein wiedervereintes Deutschland, die ihr wie ein Verrat an dem Traum nach einem besseren Sozialismus vorkam. Ging es den Menschen jetzt nur noch um Bananen und Westmark? Laurentius' und Christians Kampf um einen dritten Weg, war er heute endgültig verloren worden?

»Ja«, antwortete sie dem Fremden, der ihr spontan wie ein lang Vertrauter vorkam. »Sie haben recht. Das ist nicht meine Welt. Ich komme mit.« Sie fasste Christian unter den Arm. »Aber nicht ohne ihn!«

Dann verschwanden die drei durch den offenen Saalausgang.

Der alte Leuchtturmwärter hatte die Szene aus der Entfernung beobachtet. Auch ihm fiel die Ähnlichkeit zwischen Dorisa und dem Fremden auf. War es mehr als ein Zufall gewesen, dass seinerzeit, als der Gaffelschoner das erste Mal in der Bucht auftauchte, Dorisa als Findelkind auf Tobias' Fähre gefunden wurde? Holte Dorisa ihre Vergangenheit ein? Würden sie und Christian mit dem Segelboot jetzt für immer in die Ferne ziehen?

Die drei Flüchtigen eilten durch die Nacht hinunter zum Hafen. Weder Dorisa noch Christian hatten das Bedürfnis sich umzuschauen. Unten, an den Kaimauern des Alten Hafens lag der Gaffelschoner, spärlich von ein paar Laternen beleuchtet. Die Positionslichter spiegelten sich im Hafenwasser. Nur in der achterlichen Kapitänskajüte brannte Licht. Bis hierhin war der Trubel der freiheitstrunkenen Menge noch nicht gedrungen. Christian bemerkte sofort, dass der Schiffsmotor unter Leerlauf arbeitete. Ab und zu schoss der kleine Wasserstrahl der Motorkühlung ins Wasser. Am Bug entdeckte Dorisa den Schiffsnamen: ›Sokatra‹. Das geheimnisvolle Wort übte eine magische Anziehungskraft auf sie aus. Es klang in ihren Ohren vertrauter als Wismar oder Poel.

Der Fremde blieb stehen und wandte sich an Dorisa. »Es ist höchste Zeit, dass du die Wahrheit erfährst. - Du bist meine Nichte. Dein Vater starb, bevor du geboren wurdest, und deine Mutter hat deine Geburt nur wenige Wochen überlebt. An ihrem Totenbett versprach ich ihr, alles zu tun, um dir eine bessere Zukunft zu sichern.«

Er deutete auf sein Schiff. »Damals meinte ich, das könnte nur in einem Land wie der DDR möglich sein. Schlagworte wie Sozialismus und ›Nie wieder Krieg‹ hatten mich geblendet. Durch Zufall erfuhr ich, dass die Tochter des Fährmanns beim Sturm vermisst wurde. Ich ließ dich vor seiner Tür aussetzen in der Hoffnung, er würde dir das Elternhaus ersetzen.«

Er machte eine Pause, als suchte er eine Entschuldigung. Dorisa nahm ihn am Arm und drückte ihn an sich. »Ist schon recht. Ich verstehe, was du sagen willst. Tobias und Marthe waren mir wie Vater und Mutter. Ich will mich nicht beklagen, aber ich ahnte schon lange, dass ich woanders hingehöre. – Ich begleite dich.«

Sie schaute Christian von der Seite an und sagte lächelnd. »Auch wenn ich mich wiederhole: Aber nicht ohne dich!«

Christian zögerte nicht lange. »Ich bleibe an deiner Seite, egal, was kommt. Der heutige Abend hat auch mir gezeigt, dass dieses Land auf dem falschen Weg ist.«

An Deck war niemand zu erkennen. Dennoch wurde wie von Geisterhand ein Laufsteg ausgefahren. Die drei stiegen wortlos an Bord. Dann zog man den Steg wieder ein. Die Festmacherleinen, die, wie es beim unmittelbaren Auslaufen eines Schoners üblich war, auf Slip lagen, klatschten ins Wasser und verschwanden schnell unter Deck. Der Schoner legte unter Motorkraft ab, denn es herrschte Flaute.

Dorisa und Christian standen an der Reling und blickten zurück. Hinter ihnen lagen die Lichter der Stadt, vor ihnen wiesen die grün-roten Fahrrinnentonnen den Weg hinaus auf das weite Meer. Bald kam die Insel Poel in Sicht. Wie eine kleine schwarze Schildkröte ragte sie aus dem Wasser heraus. Kaum ein Licht grüßte herüber, nur das Leuchtfeuer von Timmendorf.

Nun musste der Schoner seine Fahrtrichtung ändern. Jetzt verband sich sein Kielwasser nicht länger mit dem

Stadthafen. Es war so, als hätte er eine Nabelschnur durchtrennt. Christian fühlte sich an die glückliche Zeit auf seiner Jolle erinnert. Der Abschied von der Bucht fiel ihm nicht leicht, doch jetzt war Dorisa an seiner Seite.

Der Schoner machte in dem kleinen Fischereihafen von Timmendorf fest, um abzuwarten, bis morgen früh der Wind wieder einsetzte.

NACHSPIEL

Im Kulturhaus war inzwischen wieder Ruhe eingetreten. Tobias und Marthe hatten ohnmächtig zusehen müssen, wie der Fremde mit ihrer Pflegetochter verschwand. Sie waren völlig ratlos. Warum hat sich Dorisa nicht verabschiedet? Sie wird sich doch wohl nichts antun, jetzt, nach dem peinlichen Misserfolg ihres Konzerts? Doch dann trösteten sie sich. Sie wird bestimmt mit den anderen nach Lübeck gefahren sein und morgen wiederkommen.

Pastor Laurentius war so in seine Debatten vertieft, dass er Dorisas Fortgang überhaupt nicht mitbekam. Er folgte einer Einladung von Freunden, die neue Situation zu analysieren. Endlich war eine ihrer Hauptforderungen in Erfüllung gegangen: die Gewährung unbeschränkter Reisefreiheit. Und das allein durch den Druck der Straße. Wir sind das Volk. Auch er hatte diese Parole tausendmal gerufen, und er stand nach wie vor dazu.

Doch als sich der Satz umwandelte in ›Wir sind ein Volk‹, da ahnte er, dass die Reformbestrebungen schlichtweg umschlagen würden in eine banale Vereinnahmung der DDR durch die BRD. Denn diese war wirtschaftlich und politisch stärker.

Deutschland, einig Vaterland – ja, aber unter welchen Vorzeichen? Wo blieb dann die dritte Lohntüte, wie viele sagten: die kostenlose Kinderbetreuung, die Sicherung von Arbeitsplätzen, Mieten und Grundnahrungsmittel, das staatlich geförderte Gesundheitswesen, die niedrigen Preise für die Verkehrsmittel? Wo blieb das solidarische Leben? In dieser Schicksalsstunde war für Laurentius die Politik wichtiger als Dorisa und ihr Konzert.

Bohnsack machte als Letzter das Saallicht aus. Die Staffeleien standen immer noch zusammengeschoben und verhüllt in einer Ecke. Die Vernissage werden wir auf nächste Woche verschieben, dachte er, wenn sich der Trubel gelegt hat. Beata hatte er seit dem Höhepunkt des Tumults nicht mehr gesehen. Auch er nahm an, sie würde gen Westen gefahren sein und bald wieder zu Hause auftauchen.

Auf dem Marktplatz in Wismar hatte sich ein Autokorso gebildet, der im Begriff war, sich auf den Weg nach Lübeck zu machen. Über der Kolonne lag eine giftig-blaue Abgaswolke. Der Grenzübergang Selmsdorf-Schlutup war schon längst geöffnet worden, bevor kurz vor Mitternacht in Berlin der erste Übergang entlang der Mauer, der an der Bornholmer Straße, dem Druck der Massen nicht mehr standhalten konnte. Zu dieser Zeit waren die ersten DDR-Bürger bereits in Lübeck angekommen.

Der alte Leuchtturmwärter hatte sich überreden lassen, in einem der klapprigen Trabis mitzufahren. Doch als er in die Nähe der Grenze in den Stau einer unübersehbaren Schlange geriet, stieg er aus und lief zu Fuß ein wenig weiter. Was er dabei erlebte, wühlte ihn durcheinander. Die wartenden Menschen standen am Straßenrand, lachten, weinten, umarmten sich, tranken und tanzten. Die meisten wollten nur einfach mal drüben andere Luft schnappen und am nächsten Tag zurückkehren. Einige hatten fast ihren ganzen Haushalt auf dem Gepäckträger und verkündeten lautstark, dass sie der DDR für immer den Rücken kehren wollten.

Einerseits teilte der Alte die unbändige Freude der Menschen über die neugewonnene Freiheit, andererseits ging ihm das alles zu schnell. War das, was auf den ersten Blick wie der Ausverkauf der DDR aussah, wirklich der richtige Weg? Hätte man das nicht auch anders lösen können? Aber so ist nun einmal das Leben, seufzte er und bekam Sehnsucht nach seinem einsamen Leuchtturm. Er beschloss, wieder zurückzufahren, was nicht einfach umzusetzen war. Alle kannten nur eine Richtung. Westen. Endlich kam ein leerer Linienbus, der nach Wismar fuhr, um eine neue Menschenladung in die BRD zu befördern. Der Alte nahm sich vor, in ein paar Tagen, wenn sich die Lage beruhigt hatte, erneut nach Lübeck zu fahren.

*

Als der Alte endlich, lange nach Mitternacht, bei seinem Leuchtturm in Timmendorf auf Poel wieder ankam, traute er seinen Augen nicht. In dem kleinen Hafen lag der geheimnisvolle Schoner, der sein Leben bereits seit vielen Jahren begleitet hatte, allerdings immer aus der Ferne, nie so zum Greifen nah.

Er näherte sich vorsichtig dem Boot. Alles war, abgesehen von den Positionslichtern, dunkel unter Deck. Niemand weit und breit, kein Geräusch. Keine Bewegung, denn es herrschte absolute Windstille. Dennoch hatte er das unbestimmte Gefühl, dass Dorisa und Christian an Bord waren.

Erstmalig konnte er den Namen und den Heimathafen lesen: Die ›Sokatra‹ aus Toliara. Er beschloss, sofort zu Hause in seinen Lexika nachzuschlagen, um die Bedeutung der unbekannten Worte herauszufinden. Die Nationalflagge am Heck kannte er nicht.

Obwohl ihn der bisherige Abend sehr müde gemacht hatte, wurde er plötzlich wieder hellwach. Er kletterte zu seinem Turmzimmer hinauf, griff sein Fernrohr und musterte das Segelboot. Aber auch von hier oben war nichts Auffälliges zu entdecken.

Dann knipste er sich eine Stehlampe an und studierte lange in seinen dicken Seefahrtbüchern und Atlanten. Endlich hatte er es gefunden. Toliara entpuppte sich als eine Hafenstadt auf der fernen Insel Madagaskar. Jetzt konnte er auch die Nationalflagge deuten. Richtig, der Schoner fuhr unter madagassischer Flagge. Der Alte wusste, dass die DDR gute Handelsbeziehungen zu dem ostafrikanischen Staat pflegte, aber was hatte der hier oben in der Ostsee, in Wismar zu suchen? Er konnte sich darauf keinen Reim machen. Nun, da er die Nationalität kannte, war es nicht schwer, die Bedeutung des Namens herauszufinden. In einem englischen Handbuch fand er sie. ›Sokatra‹ bedeutete ›Schildkröte‹ auf Malagassi. Er schmunzelte. Das klang ihm vertraut, denn oft hatte er seine Heimatinsel Poel auch so genannt. Schildkröte, wegen ihres flachen buckeligen Aussehens, wenn man sich von Wismar näherte.

Der Alte stellte sich wieder ans Fenster und starrte erneut durchs Fernrohr. Er war unzufrieden. Die Namen hatte er zwar entschlüsselt, damit war er aber dem Geheimnis um den Schoner um keinen Deut näher gekommen. Er beschloss, dass Schiff solange zu beobachten, bis es ablegen würde.

*

Am frühen Morgen, der Alte war vor Müdigkeit schon fast eingedöst, störte das typische Rumpeln eines ablegenden Schiffes die Stille im Hafen. Die aufgehende Sonne warf bereits einen langen Schatten des Leuchtturms auf das Hafenbecken.

Der Alte sprang sofort auf und ging ans Fenster. Richtig, die ›Sokatra‹ legte ab. Da ein schwacher nordöstlicher Wind herrschte, hatte man auf die Unterstützung des Motors verzichtet. Der Alte beobachtete, wie zwei Männer nach und nach die drei Vorsegel setzten. Langsam glitt der Schoner durch die kleine Fahrrinne, die hinaus in die Bucht führte. Ein paar Möwen begleiteten kreischend das Boot.

Weiter draußen, dort, wo das Timmendorfer Fahrwasser in die Hauptrinne der Bucht mündete, luvte der Schoner an und legte sich für einen Moment fast in den Wind. Das reichte aus, damit die Männer die anderen Segel setzen konnten. Zuerst das Schonersegel, dann das Großsegel und schließlich das Schonertoppsegel. Jetzt fiel der Steuermann ein wenig ab, und der Wind konnte voll in die Segelflächen greifen. Der Schoner nahm rasch Fahrt auf. Der Alte verfolgte mit dem Fernrohr jede Bewegung. An Deck waren der Steuermann und zwei Matrosen zu sehen. Dann erschienen plötzlich Dorisa und Christian. Sie hielten sich in den Armen und schauten zum Leuchtturm hinüber. Als hätten sie den Alten am Fenster entdeckt, winkten sie kurz hinüber, bevor sie wieder unter Deck verschwanden.

Weiter nördlich bei der Ansteuerungstonne Offentief schließlich öffnete sich das Großtoppsegel, das siebente Segel. Jetzt sah der Alte das Boot zum ersten Mal unter allen Segeln. Majestätisch glitt es in den neuen Tag hinein in Richtung Dänemark. Schnell war es hinter dem Horizont verschwunden. Der Alte setzte sein Fernrohr ab. Ein Gefühl der Trauer, des Abschieds erfüllte ihn.

Mit dem siebenten Segel war Dorisa in der Weite des Wassers verschwunden. Und mit ihr die Hoffnung auf einen dritten Weg.

*

Am nächsten Morgen machte sich der alte Leuchtturmwärter auf seine gewohnte Runde um das Steilufer. Unten, nahe dem Parkplatz, zwischen der bewaldeten Böschung und den Wiesen des Faulen Sees, entdeckte er sie in der Gischt der rollenden Uferwellen. Sie war vollständig bekleidet, das Gesicht hing unter Wasser.

Er wusste sofort, dass jede Hilfe zu spät war.

Er schaute um sich. Niemand war in der Nähe. Auf dem Parkplatz stand kein Auto. Der Alte zog die Leiche sachte in den trockenen Sand. Dann drehte er ihren Kopf vorsichtig zur Seite.

Es war Beata.

ENDE

ANMERKUNGEN

Vorspiel:

Am 14. Dezember 1979 wurden aus dem Westflügel des Gothaer Museums Schloss Friedenstein fünf wertvolle Gemälde gestohlen. Es handelte sich um einen der spektakulärsten Kunstdiebstähle in der DDR. Er wurde nie aufgeklärt, die Gemälde blieben bis heute verschollen. Viele der im Roman beschriebenen Details decken sich mit den Polizeiberichten.

Unter mehreren Tatverdächtigen rangierte auch die dem DDR-Devisenbeschaffer Alexander Schalck-Golodkowski untergeordnete Behörde ›Bereich Kommerzielle Koordinierung‹ (KoKo) im Ministerium für Außenhandel, die eigens zur Devisenbeschaffung eingerichtet wurde.

Die KoKo war direkt dem Staatsratsvorsitzenden Erich Honecker und dem Wirtschaftssekretär Günter Mittag untergeordnet. Sie erwirtschaftete mit ihren mehr als 150 Tochterfirmen über 25 Milliarden Valutamark, u. a. durch embargobrechende Technologieimporte, Waffenexporte, Import von Sondermüll aus der BRD und Westberlin, Provisionseinnahmen durch Zwangseinschaltung von Vertreterfirmen, Transit- und Touristikgeschäfte, kalte Enteignungen (gepfändete Kunstgegenstände von Personen, denen Steuerhinterziehung angelastet wurde – wie in Kapitel 4 beschrieben), Kirchengeschäfte, Häftlingsfreikäufe und Export von Kunst- und Kulturgegenständen. Sogar Blutspenden von DDR-Bürgern wurden exportiert. In der Bevölkerung blieb die KoKo so gut wie unbekannt. In Schalcks ›Erinnerungen‹ heißt es: ›So wusste über KoKo nicht einmal der kleine Kreis von Eingeweihten in den höchsten Etagen des Parteiapparates Bescheid.‹

Die theoretische Begründung der hemmungslosen Devisenbeschaffung lieferte Schalck-Golodkowski in seiner Dissertation von 1970, die von Stasi-Chef Mielke persönlich betreut wurde. Die im Roman verwendeten Zitate stammen aus dieser Quelle.

Wegen seiner teilweise illegalen Praktiken und der konspirativen Kontakte zum Westen wurde die KoKo durch die ›Arbeitsgruppe Bereich Kommerzielle Koordinierung‹ (AG BKK), einer Abteilung des Ministeriums für Staatssicherheit (MfS), kontrolliert.

Am 20. Dezember 1977 verschwand der sogenannte Sophienschatz aus dem Stadtmuseum Dresden. Es handelte sich um wertvolle Grabbeigaben aus dem 15. bis 17. Jahrhundert, die in der abgerissenen Dresdner Sophienkirche gefunden wurden. Die Täter konnten nicht gefasst werden. Teile des Raubs blieben bis heute verschwunden. Angeblich soll der Auftrag für den Kunstraub vom Stasi-Chef Mielke zwecks Devisenbeschaffung angeordnet worden sein.

Die ›Kunst und Antiquitäten GmbH‹ (KuA) war neben der ›VEB (K) Antikhandel Pirna‹ ein Tochterunternehmen der KoKo, deren Aufgabe es war, Kunstschätze der DDR im westlichen Ausland gegen Valuta, also Westgeld, zu vermarkten. Das Hauptlager der KuA befand sich in Mühlenbeck, einer Gemeinde nördlich von Berlin.

Bei der ›Freischaltung‹ der Grenze handelte es sich um eine spezielle Machtbefugnis der Stasi. Wenn es staatliche Interessen erforderten, konnte die Zoll- und Grenzschutzkontrolle begrenzt aufgehoben werden. Meist diente dies dem Ein- und Ausschleusen von Agenten, aber auch dem illegalen Handel. Für den Normalfall waren feste Grenzübergänge eingerichtet, wie die Übertrittsstelle ›Taube‹ bei Lübeck. Bei Gelegenheit konnte aber auch der Grenzschutzstreifen an der Ostsee temporär ausgehebelt werden, wie es im Roman geschildert wird.

Die Kategorisierung von Kunstwerken bezieht sich auf das Kulturgutschutzgesetz der DDR. Demnach durfte die Ausfuhr von Kulturgut aus der DDR nur genehmigt werden, wenn sie ›im Interesse der sozialistischen Gesellschaft liegt oder ihrem Anliegen, das nationale Kulturerbe zu wahren und den Bestand allen national und international bedeutsamen Kulturgutes zu sichern, nicht zuwiderläuft‹.

Somit war für die Mühlenbecker KuA der Export von Gegenständen der Kategorie I (von internationalem Rang) und dem oberen Bereich der Kategorie II (von besonderer nationaler Bedeutung) verboten. Demgegenüber konnten Gegenstände im unteren Bereich der Kategorie II (Objekte minderer nationaler Bedeutung) und der Kategorie III (kulturelle Gebrauchswaren von lokalem Wert) ungehindert in den Westen gegen Valuta verscherbelt werden. Da solch eine Kategorisierung in der Praxis auf Grenzen stieß, wurde eigens eine ›Kulturgutschutzkommission‹ ins Leben gerufen, deren Fachgutachter im Zweifelsfall zu Rate gezogen werden mussten.

Trotz mancher Schlupflöcher in der vertraglichen Regelung und in der Praxis der Zusammenarbeit zwischen der KuA und der Kommission gelang es letzterer immer wieder, hochrangige Kulturgüter vor dem Ausverkauf zu bewahren. So auch die in Kapitel 9 angesprochene Sammlung ›Kunst im Widerstand‹.

Kapitel 1:

Nachdem Erich Honecker im Jahre 1986 die erste deutsch-deutsche Städtepartnerschaft zwischen seiner Geburtsstadt Saarlouis und Eisenhüttenstadt genehmigt hatte, kam es ein Jahr später zu einer Städtepartnerschaft zwischen Lübeck und Wismar. Es sollten drei bis fünf Begegnungen stattfinden, wobei private Kontakte und Übernachtungen in Privatunterkünften verboten waren. Außerdem durften Lübecker Künstler in Wismar und umgekehrt ausstellen. Die Besuche wurden stets von der Stasi beobachtet. Nach der Wende nahm das Interesse am Austausch rapide ab.

Kapitel 2:

Ab Februar 1988 kam es in Wismar zu sogenannten ›Spaziergängen auf dem Markt‹. Dienstags nach dem Gottesdienst in der Neuen Kirche versammelten sich ausreisewillige DDR-Bürger beim Marienkirchturm. Anschließend gingen sie, wie im Roman beschrieben, über den Markt und protestierten mit ihrer Aktion friedlich gegen das strikte Ausreiseverbot. Zusammenkünfte wie diese waren in der DDR untersagt, sodass es immer wieder zu Übergriffen seitens der Polizei kam.

In Wismar, bei einer Bevölkerung von fast 60.000 Einwohnern, gab es seit 1986 jährlich über 100 Antragsteller auf eine Ausreise. Im Jahre 1989 waren es sogar 114 Anträge für 260 Personen. Es war ein mutiges Unterfangen, denn die Antragsteller mussten sich negativen Konsequenzen im beruflichen und im privaten Bereich aussetzen. Die Kreisdienststelle des MfS in Wismar reagiert nervös: In einer Meldung vom 29.2.1988 sprach man von einer ›angespannten Lage für die Staatssicherheit‹.

Auf Initiative von Mielke plante das MfS in den 1980er Jahren den sogenannten ›Vorbeugekomplex‹. Dahinter steckte die Einrichtung von mit Stacheldraht und Wachtürmen umgebenen Isolierungslagern für die Aufnahme von Oppositionellen. Schlagartig, konspirativ und vorbeugend sollten alle Personen, von denen ›aufgrund ihrer verfestigten feindlich-negativen Grundhaltung gegenüber der sozialistischen Staats- und Gesellschaftsordnung‹ eine Gefahr ausgehen könnte, dort inhaftiert werden.

Im Dezember 1988 standen im Bezirk Rostock 362 Personen auf der schwarzen Liste. Bei der Kreisdienststelle Wismar waren es 36. Zur Anwendung kam dieser Vorbeugekomplex jedoch nicht mehr.

Im Frühjahr 1988 fand in Berlin das internationale Festival des Politischen Liedes statt. Anschließend gingen Singegruppen aus Kuba, Madagaskar und Australien, begleitet von Funktionären der Jugendorganisation FDJ, auf eine Tournee durch die DDR. Als sie in Wismar Station machten, bereitete man dem Tourneeleiter anlässlich seines 41. Geburtstags eine Überraschung vor. Man zündete auf dem Wismarer Marktplatz 41 Kerzen. Sofort rückte eine Hundertschaft der Polizei an, räumte den Platz und schloss die Teilnehmer im Fußballstadion ein. Erst nach Stunden wurden sie wieder freigelassen. Der Grund für diese überhastete Polizeiaktion: Seit die Oppositionellen und die Ausreisewilligen das öffentliche Anzünden von Kerzen als wirkungsvolle Form des Protests entdeckt hatten, galt es als subversiv, Kerzen in einer Gruppe brennen zu lassen.

Die Episode mit der Ordnungsstrafe von 200 Mark und dem Beleg zur Einzahlung von 75 Pfennigen für die halbe Bockwurst ist dem Augenzeugenbericht einer Demonstrantin anlässlich der Leipziger Montagsdemo am 25. September 1989 entlehnt.

Kapitel 3:

In seinem Büro in der Berliner Wallstraße hatte Schalck-Golodkowski ein Gemälde von Otto Nagel aufhängen lassen, das eigentlich als herausragendes Kulturgut seinen Platz in einem Museum hätte haben müssen. Bei seiner Flucht Anfang Dezember 1989 in die BRD, einen Tag, nachdem er aus dem ZK der SED ausgeschlossen wurde, konnte er das Bild nicht mehr mitnehmen.

Das Symbol mit dem Palmwedel deutet auf die Nationalflagge von Madagaskar hin, das Land, das am Schluss des Romans angesprochen wird, wo auch die fremden Namen erklärt werden.

Kapitel 4:

Die Episode mit der angeblichen Steuerhinterziehung beruht auf einer besonders üblen Praxis der ›kalten Enteignung‹ zwecks Devisenbeschaffung. Private Kunstsammler wurden gnadenlos um ihre Schätze betrogen, indem man sich angeblich auf das Steuerrecht der DDR berief. Wenn eine solche Sammlung in das Visier der KuA geriet, verschaffte sich ein fragwürdiger ›wissenschaftlicher Mitarbeiter‹ mittels einer Lüge Zutritt zur Wohnung, registrierte alle Kunstgegenstände und notierte eine vermutete Wertangabe dahinter. Addiert kam man bei dieser Zeitwertfeststellung schnell über die vermögenssteuerliche Freigrenze von 50.000 Mark. Der ermittelte Betrag wurde als Handelsgewinn deklariert, der eigentlich zu versteuern gewesen wäre, und zwar bis zu 90 Prozent des Schätzwerts.

Die Kunstgegenstände verbrachte man in die Mühlenbecker Lagerhallen der KuA, wo sie, wenn nicht in den seltenen Fällen die Kulturgutschutzkommission erfolgreich einschritt, nach Strich und Faden an westliche Kunsthändler gegen die begehrte Valuta verramscht wurden. Der eigentliche Besitzer musste sich in einem Verfahren wegen Steuerverkürzung unterziehen, das im ›günstigsten‹ Fall für ihn oft mit einem Vergleich endete: Verwertung an Zahlungsstatt. Steuerschuld plus Strafgelder machten ›zufällig‹ den Schätzwert der Sammlung aus.

Viele der in diesem Kapitel geschilderten Details entsprechen den Tatsachen, bis hin zum Trick mit dem Auswechseln der Wasseruhr. Die Enteignung der Kleemeyer-Uhr im Jahre 1982 hatte nach der Wiedervereinigung ein Nachspiel, das einen bitteren Beigeschmack hinterließ. Der Besitzer entdeckte später durch Zufall seine Uhr in einer Westberliner Antiquitätengalerie, wo sie für 34.000 Mark angeboten wurde. Er verklagte den Geschäftsführer der Galerie auf Herausgabe seines, wie er meinte, legitimen Eigentums. Sowohl das Landgericht als auch, in einer weiteren Instanz, das Berliner Kammergericht gaben ihm Recht. Doch als der Kunsthändler den Bundesgerichtshof anrief, wurde das Urteil revidiert und die Klage des früheren Besitzers abgewiesen. Lex rei sitae, d. h. nach dem Internationalen Privatrecht der Bundesrepublik gilt für sachenrechtliche

Tatbestände das Recht des Lagerortes der Sache: ›Die Frage eines Eigentumsverlust im Jahre 1982 ist … nach dem Recht der DDR zu beurteilen, weil sich die Uhr damals noch dort befand.‹

War die kalte Enteignung also rechtens? Der Bundesgerichtshof hielt jedenfalls in dieser Sache die DDR für einen Rechtsstaat. Ob weniger das Rechtsempfinden als das Bemühen, eine Lawine von ähnlichen Klagen durch diesen Präzedenzfall zu vermeiden, hinter dieser Begründung steckte, mag dahingestellt sein.

Die Episode mit dem Aufkleber an dem Auto hat tatsächlich weitgehend so stattgefunden, wie sie im Roman geschildert wird. Die Darstellung einer weißen Taube über blauem Grund, einem Regenbogen, einer zerrissenen Kette und dem Text ›In der Freiheit Gottes handeln‹ war eine Variation der Symbolik der ökumenischen Bewegung der Kirchen der DDR für ›Frieden, Gerechtigkeit und Bewahrung der Schöpfung‹. Das ›Ökumenische Zentrum für Umweltarbeit‹ (ÖZU) in Wismar spielte beim oppositionellen Kampf gegen die Umweltverschmutzung eine beachtliche Rolle. Einige Mitglieder stellten darüber hinaus stärker politische Fragen in den Vordergrund, besonders das Problem der Menschenrechtsverletzungen in der DDR. Man verfasste u. a. einen Brief an Honecker, in dem die Reisefreiheit für alle DDR-Bürger gefordert wurde. Auch drohte man mit Veröffentlichungen kritischer Töne in den Medien, was sofort die Stasi auf den Plan brachte. Ihr missfiel der Aufkleber, weil er angeblich die Grenzen der DDR als Mauer darstellte, die es zu sprengen galt.

Auch die Schilderung der Vorgänge auf dem Marktplatz und das anschließende Verhör in Zusammenhang mit dem Sputnik-Verbot in Kapitel 5 entsprechen in Details den Tatsachen. Gorbatschows Politik von Perestroika und Glasnost wurde von der SED-Führung abgelehnt, weil sie Angst vor inneren Reformen hatte. Da die sowjetische Zeitschrift ›Sputnik‹ die Diskussion um diese Prozesse widerspiegelte, durfte sie in der DDR nicht mehr auf dem Postwege verteilt werden.

Gegen Ende des Jahres 1988 stellte Erich Honecker gegenüber der neuen Politik der Sowjetunion eine eigene Linie auf, die er als ›Sozialismus in den Farben der DDR‹ bezeichnete (s. Kapitel 7). Es war der Versuch, einerseits die sozialistische Solidarität mit den Bruderstaaten aufrechtzuerhalten, andererseits sich gegen die dortigen Reformmodelle abzuschotten.

Kapitel 7:

Die Kommunalwahlen im Mai 1989 stellten einen Meilenstein bei der Entwicklung dar, die zum Zusammenbruch der DDR führte. Früher titulierte man die Wahlen ironisch als Zettelfalten und nahm die Farce mehr oder weniger widerspruchslos hin. Doch dieses Jahr war es anders. Erstmalig gelang es oppositionellen Gruppen, konkret nachzuweisen, dass die Wahlergebnisse massiv manipuliert worden waren. Und sie hatten inzwischen bereits so viel Einfluss gewonnen, dass ihre Enthüllungen bei größeren Kreisen der Bevölkerung Wut und Empörung auslösten. Diese Wahlfarce war gewissermaßen eine Fälschung zu viel.

Viele im Roman beschriebenen Details entsprechen den historischen Tatsachen: der erfolglose Kampf um einen eigenen, von der Nationalen Front unabhängigen Listenplatz, die Reibereien bei den Kandidatenvorstellungen, die Drohungen mit Wahlboykott, die von der Parteispitze ausgegebenen Losungen zur gezielten Stimmenmanipulation, die demütigenden Vorgänge bei der Stimmabgabe und die Behinderungen bei der scheinöffentlichen Stimmauszählung.

Der von Dorisa angesprochene ausländerfeindliche Vorfall im Personenzug von Riesa nach Elsterwerda hat tatsächlich stattgefunden und offenbart das bislang noch recht wenig erforschte Phänomen des Rechtsradikalismus in der DDR. Da rassistische und ausländerfeindliche Tendenzen nicht in das offizielle Bild der DDR als Bollwerk gegen den Faschismus passten, wurden sie in der Regel totgeschwiegen. Nur wenige Vorfälle kamen ans Licht der Öffentlichkeit.

Die kleine Szene mit der Diskussion über die staatliche Subventionspolitik beleuchtet ein besonders skurriles Phänomen der sozialistischen Planwirtschaft. Weil in manchen Bereichen ein Versorgungsengpass herrschte, entschied sich die SED, private Kleinproduktion von Lebensmitteln anzuspornen, also künstlich zu subventionieren, indem sie die Abgabe von Geflügel, Eiern, Obst, Gemüse usw. höher bezahlte, als die Lebensmittel dann später im HO-Laden kosteten. Manche Kleinproduzenten nutzten diese Differenz, indem sie ihre eigenen Produkte für weniger Geld wieder aufkauften und versuchten, sie ein zweites Mal mit Gewinn wieder abzugeben.

Kapitel 8:

Der von der Stasi organisierte Mord an einem westdeutschen Geschäftsmann basiert in vielen Details auf Tatsachen. Im Umfeld der KoKo gab es mehrere mysteriöse Todesfälle, die alle wahrscheinlich geheimdienstlichen Hintergrund hatten. Der Bericht eines Untersuchungsausschusses des Bundestags aus dem Jahr 1994 listet neun Fälle auf, von denen einer sich mit dem hier Dargestellten deckt.

Kapitel 11:

Das hier beschriebene Sympathisantentreffen in Voßkuhl war der Grundstein zur Gründung der Wismarer Ortsgruppe des Neuen Forums, einer nationalen Bürgerbewegung, die eine wesentliche Rolle bei der Wende spielte. Das Neue Forum wurde einen Monat vorher in der Nähe von Berlin gegründet und verstand sich als

Sammelbecken der Oppositionellen, als Plattform für den gewaltfreien Widerstand gegen das SED-Regime. Etwa 200.000 DDR-Bürger unterschrieben den hier zitierten Aufruf. Das Forum selbst hatte zu der Zeit etwa 10.000 feste Mitglieder. Nach der Wiedervereinigung verlor es rasch an Bedeutung, als sich die traditionelle Parteienbildung nach westdeutschem Muster durchsetzte.

Den Satz ›Wer zu spät kommt, den bestraft das Leben‹ hat Gorbatschow so nie öffentlich formuliert. Stattdessen sagte er am 6. Oktober in Ostberlin vor laufender Kamera (in der Übersetzung seines Dolmetschers): ›Ich glaube, Gefahren warten nur auf jene, die nicht auf das Leben reagieren.‹

Kapitel 12:

Die Darstellungen zu den Haftbedingungen und zur Anwendung psychischen Drucks bei Verhören in der DDR entsprechen den Tatsachen und bauen auf den Aussagen eines Betroffenen auf.

Die voreilige Erklärung von Günter Schabowski, seinerzeit so etwas wie ein Regierungssprecher, auf einer Pressekonferenz am 9. November 1989 gegen 19 Uhr in Zusammenhang mit den neuen Reiseregelungen bildete den unmittelbaren Auslöser für den Fall der Schranken noch in der gleichen Nacht.

In dem Regelungsentwurf, aus dem er zitierte, hieß es: ›Privatreisen nach dem Ausland können ohne Vorliegen von Voraussetzungen (Reiseanlässe und Verwandtschaftsverhältnisse) beantragt werden. Die Genehmigungen werden kurzfristig erteilt. Die zuständigen Abteilungen Pass- und Meldewesen der Volkspolizeikreisämter in der DDR sind angewiesen, Visa zur ständigen Ausreise unverzüglich zu erteilen, ohne dass dafür noch geltende Voraussetzungen für eine ständige Ausreise vorliegen müssen. … Ständige Ausreisen können über alle Grenzübergangsstellen der DDR zur BRD beziehungsweise zu West-Berlin erfolgen.‹
Auf die Nachfrage eines Journalisten, ab wann das gelte, antwortete er: ›Das tritt nach meiner Kenntnis … ist das sofort, unverzüglich‹. Die Folgen trafen die Grenzbehörden völlig unvorbereitet, sodass sie bald dem Druck der Massen nicht mehr standhalten konnten. In der Grenzübergangsstelle Selmsdorf-Schlutup nahe Lübeck hob sich der Schlagbaum, noch bevor es in Berlin an der Bornholmer Straße passierte.

Den Wechsel der Demonstrationsparole ›Wir sind das/ein Volk‹ wurde im Roman aus dramaturgischen Gründen zeitlich etwas vorgezogen. Der Satz tauchte zwar schon am 9. November in einem Flugblatt auf, zielte aber auf die gemeinsamen Wurzeln von Demonstranten und Polizei ab, nicht auf die politische Wiedervereinigung.

Zwei Tage später lautete die Schlagzeile der westdeutschen Bild-Zeitung: »›Wir sind das Volk‹ rufen sie heute – ›Wir sind ein Volk‹ rufen sie morgen!« Bei der Leipziger Montagsdemonstration am 13. November erklang die neue Parole öffentlich wahrscheinlich zum ersten Mal. Damit war ein entscheidender Schritt auf dem Weg zur Wiedervereinigung getan.

Dieser Weg sollte noch lang und beschwerlich werden. Der Roman endet mit den Ereignissen des 9. Novembers, da sie meiner Meinung nach die Frage nach einem dritten Weg entschieden. Der Traum von einem eigenständigen Staat unter dem Vorzeichen eines demokratischen, humanen Sozialismus war bald ausgeträumt.

Hier nur kurz einige wesentliche Stationen bis zur Wiedervereinigung, unter besonderer Berücksichtigung der Lage in Wismar und Umgebung.

12.11.89 Erste Gespräche zwischen Vertretern der Stadt Wismar und Mitgliedern des Neuen Forums.

13.11.89 Egon Krenz wird durch Hans Modrow in der Funktion des Vorsitzenden des Ministerrats der DDR abgelöst, weil er wegen seiner Mittäterschaft an den Wahlfälschungen nicht in der Lage ist, das Vertrauen breiter Schichten der Bevölkerung in die SED wiederherzustellen.

13.11.89 Demonstration von etwa 35.000 Menschen auf dem Marktplatz in Wismar

17.11.89 Gründung der Wismarer SPD

27.11.89 erneute Demonstration in Wismar (10.000 Teilnehmer)

28.11.89 Zehn-Punkte-Programm von Helmut Kohl als Beginn der massiven Einflussnahme der BRD in die DDR-Vorgänge

01.12.89 Der Führungsanspruch der SED wird aus der Verfassung gestrichen

03.12.89 Erich Honecker, Erich Mielke und andere werden aus der Partei ausgeschlossen

04.12.89 Kundgebung des Neuen Forums vor der Nikolaikirche; Demonstration bis zum Staatssicherheitsgebäude
06.12.89 1. Sitzung des Runden Tisches in Wismar, einer von der Partei von oben verordneten Form des Dialogs mit den Oppositionellen

08.12.89 Demonstration vor der SED-Kreisleitung und symbolische Besetzung des Hauses

11.12.89 Erstmals fordern Bürger auf einer Montagsdemonstration des Neuen Forums in Wismar die Wiedervereinigung

19.12.89 Helmut Kohl in Dresden

10.01.90 Öffentliche Vollversammlung des Neuen Forums in der Wismarer Sporthalle

13.01.90 Beschluss des Ministerrats zur Auflösung der Stasi

15.01.90 Demonstration des Neuen Forums gegen die Verschleierungspolitik der SED-PDS; eine der Parolen: ›Deutschland, einig Vaterland‹

22.01.90 Erneut Montagsdemonstrationen in Leipzig und Wismar mit der Forderung nach Wiedervereinigung

13.02.90 Helmut Kohl und Hans Modrow vereinbaren die Vorbereitung einer Währungsunion

14.02.90 Die Ostseezeitung berichtet über Wahlfälschungen in Wismar

16.02.90 Die Mitgliederversammlung des Neuen Forums zählt nur noch 66 Teilnehmer. Es stellt sich die Frage der weiteren Existenzberechtigung.

21.02.90 Die Volkskammer, das Parlament der DDR, spricht sich für die Wiedervereinigung aus.

März 90 Auflösung der KoKo

16.03.90 Wahlkundgebung der SPD mit Willy Brandt auf dem Wismarer Marktplatz

18.03.90 Letzte und einzige demokratische Wahl zur Volkskammer: In Wismar liegt die CDU mit 36,33 % knapp vor der SPD mit 35,19 %. Die PDS (ehemalige SED) kommt auf 15,27 %, die FDP auf 4,27 %.

06.05.90 Erste freie, demokratische Kommunalwahlen

in der DDR: SPD 34,45 %, CDU 27,31 %, PDS 13,00 %, Neues Forum 8,44 %, FDP 6,58 %.

13.06.90 Die Berliner Mauer wird abgerissen.

06.07.90 Über 1.200 Arbeitslose in Wismar. Einen Monat später sind es schon doppelt so viel.

20.09.90 Die Parlamente der DDR und der BRD stimmen dem Einigungsvertrag zu. Arbeitslosenquote in Wismar mittlerweile bei 7,1 % (über 3.000 Menschen).

03.10.90 Wismar feiert die Deutsche Einheit mit einem Volksfest auf dem Markt und einem Requiem in der Nikolaikirche.

Ich danke Herrn OstR i. R. Joachim Saegebarth, dem ersten freigewählten, parteilosen Bürgermeister der Insel Poel, Herrn Jürgen Pump, Heimatforscher und Schriftsteller auf Poel, Herrn Thomas Beyer, Bürgermeister von Wismar und ehemaliges Mitglied des Neuen Forums, für die aufschlussreichen und freundlichen Gespräche, sowie Frau Pyl und Frau Riek vom Wismarer Stadtarchiv für die hilfsbereite Unterstützung bei meinen Recherchen. Außerdem danke ich Herrn Rudolf Martens und seiner Crew vom Schoner ›Krig Vig‹, der im Lübecker Museumshafen liegt, für ihre fachkundige Beratung in Seglerfragen.

Ein besonderer Dank gilt Herrn Sven Abrokat, dessen Buch ›Politischer Umbruch und Neubeginn in Wismar von 1989 bis 1990‹ (Reinhold Krämer Verlag 1997) mir viele wertvolle Impulse geliefert hat.

Weitere Romane finden Sie auf den folgenden Seiten und im Internet: www.gmeiner-verlag.de